黄桥镇民

刘鹏旋 著

人民文学出版社

图书在版编目（CIP）数据
黄桥镇民 / 刘鹏旋著. — 北京：人民文学出版社，
2025. --ISBN 978-7-02-019064-5
Ⅰ. I267.1
中国国家版本馆 CIP 数据核字第 2024KG6990 号

责任编辑　**李　娜**
　　　　　杜玉花
封面设计　**马海云**

出版发行　**人民文学出版社**
社　　址　**北京市朝内大街 166 号**
邮政编码　**100705**

印　　制　**苏州市越洋印刷有限公司**
经　　销　**全国新华书店等**

字　　数　**199 千字**
开　　本　**787 毫米 ×1092 毫米　1／16**
印　　张　**16**
版　　次　**2025 年 1 月北京第 1 版**
印　　次　**2025 年 1 月第 1 次印刷**

书　　号　**978-7-02-019064-5**
定　　价　**68.00 元**

作者漫画像（潘铸秋 绘）

序一

抟土造出命运的群像

庞余亮

古镇黄桥很有名，比如岳飞抗金的黄桥，比如丁文江和丁西林的黄桥，比如鱼水情深的烧饼的黄桥。

但有个黄桥赤子，他一直在书写他眼中心中的黄桥，或者叫作另一个版本的黄桥。

他在黄桥出生、成长、奋斗，几乎把一辈子的心血全部浇灌在黄桥了，当然，黄桥镇同样以古镇特有的方式浇灌了他。

是的，我们和衣袍地之间的关系就是彼此浇灌，彼此辉映。

这人名叫刘鹏旋。

应该称之为作家刘鹏旋。

他的确称得上作家这个称号，他用他坚实的文字“睁”开了属于每个人的第三只眼睛。

每一个人都有第三只眼睛，但很多人的第三只眼睛一直是闭着的，没有睁开。偏偏他睁开了，他看到了，就像鲁迅先生看到了鲁镇上空的宿命云图。

黄桥的刘鹏旋看到了一群黄桥的镇民。

也可以称之为中国镇民。

镇民是刘鹏旋的命名。这是区别于农民和市民的镇民，也是介于农民和市民之间的镇民。

镇民是小镇上的人民。他们不像农民，最底层的农民很辛劳，但他们有萌芽，有开花，有结果，在扁担和耕种之间，还是有那乡村春风与田野秋阳的犒劳。

市民也辛劳，但比起镇民，多了城市给予的机会，许多活命的机会，也有更多走得通的途径。

但镇民不一样，他们拥挤在小镇里，没有土地，没有四季，也没有十里洋场，一睁眼就是“活着”这个考题。

每一寸光阴都是“活着”这个考题。

有人俯身。

有人眺望。

有人挣扎。

有人彷徨。

有人徘徊。

没有补偿机制的生存，没有喘息广场的生存，反正，只要来到这个世界上，只要来到黄桥这个苏中古镇上，每个人都要吃喝拉撒睡，每个人都会生老病死。

孙奶奶与她儿子扣官的故事。修照片的云儿的故事。开汽车吊的乐乐的故事。庆芝叔与他的自行车走贩卖之路的故事。

泪水是咬着牙的泪水。泪水是黑夜里捂嘴巴痛哭的泪水。镇民也是百家姓，镇民也是有千万种人生的。命的继续，运的纬线。每一个都逃不脱。这些沉默的大多数，这些属于土基部分的镇民，是作家的邻居、朋友、亲人，更是创作的矿藏。

忠庆与扒手的故事拍一个电影。大虎儿与黄桥布厂的故事就是一部传奇。还有曹文俊与少年武术的故事。网儿哥炒米哥缝麻袋的故事。闲人陈大怀卖瓦灰的故事。大善人般何冬生血子组的故事，菩萨一般姜宝生医生的故事。

咸的，苦的，辣的，酸的，甜的，还有说不出的五味俱全的众镇民的人生，全部被刘鹏旋写出来了。

孩子
在土里洗澡。

爸爸
在土里流汗。

爷爷
在土里埋葬。

这是臧克家先生的《三代》，也是我们每个人的《三代》，更是镇民们的《三代》。小镇上好像没有土，但每个日子都被镇民们嚼出了土的味道。

被众多的镇民的脚后跟磨得更加细微，更加苦楚的尘土。

但是镇民们从不妥协，他们还活着，活在这个令人绝望又充满希望的世界上，也活在了刘鹏旋的笔下。

刘鹏旋心田的中央，是他的母亲何玉英。

一个小个子，坚韧的，永远清醒又永不言败的镇民。

这是黄桥镇民的楷模，也是儿子的楷模。也正因为这样的楷模，刘鹏旋完成了一部黄桥百姓传的大著作。

他像那个抟土成人的女娲一样，把被众多的镇民的脚后跟磨得更加细微更加苦楚的尘土一一收集起来，抟土造出命运的群像。

——这，就是文学的意义所在。

2024 年 4 月

（作者现任泰州市文联主席、泰州市作协主席，鲁迅文学奖获得者。）

序二

打开那扇窗

——有感于三位胞弟的新书问世

刘鹏春

打开三位兄弟的新书：鹏凯的新版《心力管理》，鹏旋的《黄桥镇民》，鹏德的《归来》。我听到了风铃的“叮叮当当”，听到了迎面翠鸟的歌唱。我打开的是一扇窗。

一条临河的窗。那是二十多年前，花园桥下我家两间陋屋的窗。打开的机会不多，但我们总是能聆听河边的声音，船工和码头工人的号子，邻家女孩的捶衣声，卖糖人的担子敲响的声声小锣……我看见了母亲在窗口把她的“枕头档子”挂成了窗花，内心的愿景写成了门上的春联：满河春潮，一路阳光。

一扇临街的窗。那是我们童年住过的罗家巷。父母开的瓷器店，很不景气，有些悲凉。父亲的梦想精心漆成“发达瓷号”的店招。老刘家的“发达”，有些迷茫，有些渺茫。突然觉得，那扇尘封在记忆里的窗打开了。我的父亲，那个名叫刘炽新的宜兴人，缺少营养的脸上浮现出一种感动的光……

是的，半个多世纪，一个家庭打开了“发达”之窗。不是父母亲原先的狭隘定义，是精神财富的开发，心智的抵达。

大画家黄永玉有一个故事：风雨如晦的日子，他每天挨斗受批。夫妻二人被赶进阴暗的没有窗户的小屋，不久妻子张梅溪又生病了。黄永玉为了安慰夫人在屋里画了一扇窗，窗外是繁茂花草，是阳光灿烂……

阴暗的日子，需要给自己画一扇窗户：面朝大海，春暖花开。

十七岁那年，我给自己画过这样的窗户。那时，我在泰州中学上高中，因为偏科留了一级。不但不光彩，心里阴云郁积。然而，生命的激情依然澎湃。那时作文命题已经“火药味”很浓，周记却可以自由命题。我写了一篇抒情散文《窗》。假设我是上海黄浦江外滩高楼大厦里的主人，清晨打开窗户，看到黄浦江上的百舸争流，继而想到了当年的帝国主义炮舰的横冲直撞，想到了王孝和的铁窗烈火，韩英在牢房窗前的高歌寄情，“让普天下劳动人民都解放……”语文老师李传椿是高中语文教研组组长，学问了得。他没有一个字的批语，打了 80 分。第二天，隔壁高二（1）班的同学告诉我：“今天整整一堂课，李先生专门讲了你的《窗》，好生夸了一通。”

现在想来，那时我没有去过上海。所观世界，大抵在泰兴附近的五里墩、十里甸。但少年梦里想象的翅膀总是在不安分地扑腾着。想象阳光，想象未来，希望之窗敞开；那想象中的外滩，外滩的风，风中的帆影，已经魔幻在自己的心灵深处。

真正贴近这样的窗口，是在 20 世纪 70 年代初，我在崇明岛当兵。表兄何永翔在位于外滩的上海进出口贸易公司，设计外销地毯。那是个阴天，我去看望他。正是心情糟糕的阶段，凭窗远眺，窗外的一切都显得模糊，且了无生趣。

许多年以后，女儿的导演朋友邀我们一家去外滩某大楼的楼顶酒家，参加作品完工的庆功会。浦江金碧辉煌，两岸五光十色。还不会说话的外孙龙果躺在摇篮车里，用笑容和我们对视，用满是好奇的眼神追逐着江天的霓虹……紫云一般的光雾让我产生了幻觉：这就是当年笔下的“窗”么？

我似乎扯远了，其实没有离题。从少年时代，生命就应该有一扇窗，用丰富的想象，构筑人生的蓝图，在暗黑的长路上，会看到星光、明月，而你就是追寻明月的彩云，那明月会灿烂成一句诗："明月装点了你的窗子。"

当我打开这扇窗户时，三个弟弟看到了。努力吧。一个家庭应该打开窗户，窗户外有春风秋月，也有春华秋实。

打开窗户，三个弟弟都在思考，在那片人生的风景中，自己应该有怎样的翠色华光。最初跃跃欲试的是鹏凯。当年他刚刚进入黄桥机械厂，当上了车工。我建议他走前辈倪志福的道路，努力投入技术革新，创造经验，写成文章。他成功了。在全中国几乎没有文学刊物的年代，他在一本薄薄的32开本《机械工人》杂志上，开始了他的文字展示。他的生命窗前，金属加工的火花，绚烂成一簇簇迎春花。多年以后，他又以《心力管理》理论与实践，让他的"黑松林"郁郁葱葱为企业文化的绿洲。

其次打开窗户的是鹏德。那时他还在黄桥镇郊的果园场插队，便开始了演唱作品的写作。后来，回城进了供销社，县文化馆给了他学习进步的机会。只是在写作和经商两者之间，商人关注了"门泊东吴万里船"的热闹，忽视了文化积累需要"窗含西岭千秋雪"的冷静。这本书，不妨看作是他的对昔日选择的忏悔和文化心灵的回归!

鹏旋开窗最迟。但是不开则已，初启便是满园春色，让人惊艳。也许，在外人看来，鹏旋从政，便是一个家庭的"风光"。有人戏称我和鹏凯、鹏旋为"三大代表"时，我总是淡淡一笑。从政，只是一种职业，真正的人生风景是文化的底色。有意思的是，为官从政的经历，让鹏旋更多更深地了解到人性的复杂，人生的艰难，人格节操坚守之不易。退休之后，他看清了自己的文化目标。为官阅历给他提供了丰富的素材，鲜活的人物。他的作品，既散发着泥土的清香，又焕发着心灵的光芒，不仅为文坛肯定，也深受百姓喜欢。

一本书就是一扇窗。打开的当然不仅仅是一个家庭的临街的窗，打开的是古镇黄桥在历史长河的春岸上的“临河的窗”。

鹏旋的窗外，历史的风景，重重叠叠。老店古街，小桥人家。百年小镇的风云变幻，千户万户的悲欢离合，秋去春来，波逝浪奔；几多拍案惊奇，更多命运使然。他的作品，让黄桥属于普通百姓的历史档案，在沉睡中翻身醒来，拍拍掸掸历史灰尘，在未曾完全冷却的灰烬中爆出些火星，照亮岁月的天空。

他以前的《家住黄桥》《众生的黄桥》等书，已经让我们领教了他的文字的特色和魅力。这本《黄桥镇民》则让人感受到他对“命运的群像”的一往情深。其中的大多数人物，我都有印象；有的更是熟悉的街坊邻居。相比以前的写作，这本书里的各色人等，更具有一种接近于原生态的质朴和归真。我曾目睹姜宝生医生，在落难岁月被挂牌子，站在工农兵医院门前的窘迫无奈；我也曾以朋友的身份，津津有味地看居委会主任何大炮粗嗓大门，解开居民心结；那位老兵张歌林曾经是我三十年前写作计划中的重点人物，他的事迹早已成为小镇传说。而文化站长曹瑞龙先生，是我当年走进文艺天地的最早领路人。因为欣赏我的少年才情，他给我可以借阅任何一本书的资格。有一年暑假期间，他请假出远门，便把图书阅览室的钥匙交给我。我在文化站“厮混”的日子里，听他和文友聊天，有幸了解到当时的各类文化信息，学到了不少创作常识。从而在20世纪60年代的动荡岁月里，便能开始快板、三句半、对口剧的写作尝试，还能在黄桥的街巷里写字画画，从而拥有了生命记忆中的“峥嵘岁月”……鹏旋的文章，让我对曹先生的人生历史有了全面了解。（借此机会，赘述几句，以表达对故人的感恩和致谢！）应该说，鹏旋《黄桥镇民》的写作，更坚定了我对他为街坊邻居用文字建立人生档案馆的认同和点赞。这是一种功德无量的“历史长河”里的“精神打捞”。打开这本书，一个名镇古镇的生命气象，就能让人闻到烟火气，触摸到温度，感染到强大的生命力!

鹏凯的窗外，今天的风景，亮亮堂堂。一个与时代同行的古镇，脚步铿锵，风姿矫健。他笔下不只是古镇的高楼大厦，新桥长街，通过自己的工厂，管理中的许多微妙的情节，许多耐人寻思的故事，展现出黄桥人的心灵面貌。他们依然有着当年支援新四军的那股劲儿，更多了内心的活力的新的汇聚和喷涌。企业不算很大，但当代经营管理经验的探索，时代各类信息的融汇，都已证实了古镇的生命潜力和蓬勃朝气，以及对未来的十足信心。他的心力管理的著述颇多。去年12月，机械工业出版社的新版《心力管理》，推广语是这样写的：心力管理，解锁管理的魂与灵。被清华大学中国工商管理案例库和哈佛商学院案例库收录。这是世界对黄桥智商情商的收录。黄桥，除了黄桥烧饼炉里热火犹炽，更有创造激情的心火正红!

除了痴迷企业文化专著，鹏凯对散文写作一往情深。他的散文从不肯离开他的“黑松林”视角，他的经营管理视角。他的文章总似湿漉漉的一块海绵，浸透了智慧的甘泉……这两种文体，有时让人觉得文不够文，武不够武；然而两者一拥抱，便变成了文武的相得益彰。正因此，他的这种思维和写作，便成了另一种风景：上得厅堂，入得厂房，进得大学课堂，获得社科奖项。

鹏德的写作，更多是他个人的风景。一半是他对成功者的赞赏，一半是他对自己的忏悔。他在经商和习文之间的选择，在成功和失败之间的挣扎。与几位哥哥的著作相比，他的《归来》显得粗糙和单薄了。他写成功者的文章，通讯的味道很重，文学品质欠缺了些。写酒友茶客，虽能绘声绘色，对人物的深度开掘还有待努力。不过，他的这种写作状态和人生状态，倒是真实地展现了我这位小弟的现实境遇。让人高兴的是，他没有放弃对写作的追求，他仍然向往着让生命更多拥有文化的气息和文明的温度。有光在周围润泽，相信他未来的文字会更生动，更真诚，更精彩。

三本新书三扇窗。展示的是老刘家的“发达”风景，是文化的青绿山水。文化滋养了我们兄弟，文化成了一个家族的生命底色。写作码字，亲近文学艺术，总被我的父母视为“不耐饥寒的行当”。我父亲在我初中毕业后，就希望我能够考上南京电力学校，并为此咨询过我的班主任华国昌先生。今天，我可以这样告诉我的乡亲们，打开窗户，让书香墨香穿堂入室，你的屋檐下便会有热气的升腾，有花香的飘溢，会有一个叫作“出息”的美丽幽灵守望你的未来岁月。

让我感到温暖的是，这三本书从某种意义上说，打开的是古镇黄桥的文明之窗。一座文明桥让我等黄桥市民骄傲了许多代。穿过文明桥，时间老人还能看到多少风景，那就打开家家户户的窗户吧，把千家万户值得言说的收获，挂成新华书店腊月里的年画，摆成图书架上的琳琅满目。“君自故乡来，应知故乡事，来日绮窗前，寒梅著花未。”告诉朋友吧，寒梅不但著花了，寒梅一枝春，百花正烂熳！

打开窗户吧，把你的风景展示给世界的同时，也好看看外面的风景。你会看到梅花，还能看到窗前月，“寻常一样窗前月，才有梅花便不同”；你会看到“窗户湿青红”，那是苏东坡的诗意青红；你会“复见窗户明”，那是白居易的夜雪莹光；而岁月看到你“半窗花影独吟中”，你会看到西窗下“风摇翠竹，疑是故人来”？谁来了，我们期盼的好运、美梦和幸福之神！

2024 年 4 月 25 日 墨尔本

2024 年 5 月 17 日改于泰州

（作者系国家一级编剧，两次曹禺戏剧文学奖获得者，退休前任江苏省文化厅剧目工作室主任。）

目　录

contents

孙奶奶

孙奶奶是英儿表姐的婆婆。表姐家与父亲工作的供销社日杂仓库邻近：日杂仓库位于鹰扬巷与永丰巷两端成直角交会的点上，大门朝东正对着鹰扬巷，表姐家位于永丰巷北端东侧与日杂仓库斜对门。小学毕业遭遇“文革”而闲暇，常去父亲的日杂仓库玩耍，必经表姐家门前，每次都能见到孙奶奶忙碌的身影，我会恭敬着叫一声“孙奶奶”，这是母亲从小对我的叮嘱——见到长辈要叫人。

我认识孙奶奶时她还没有五十岁，日子再不好过，她总将自己收拾得干干净净清清爽爽：高高的个儿，明亮的眼睛，长长的头发挽鬏于脑后梳理得一丝不苟，青衣蓝裤、黑鞋白袜，裤缝对着一双小脚鞋尖不差分毫，无论她在忙什么都是一副端庄干练的模样。

孙奶奶名叫陈巧英，张家桥人，二十四岁嫁给三里乡封庄的孙吉林，生有一双儿女，儿子孙扣官是我的表姐夫，女儿孙扣英在十五岁那年得鼓胀病去世。孙奶奶一生只认识几个字：中、正、大、小、山，她最崇拜读书人，常说看到人读书写字就舒服。丈夫当年任浩堡乡八村村长，1944 年参加革命同年入党，1947 年因秘密运送公粮不幸牺牲。孙奶奶说，丈夫牺牲前几天，曾在坟地里开秘密会议，回来问他开啥会，他严峻地说开会内容上不传父母、下不传妻儿，不要问。随后将家里的文件全部烧掉。过了几天，丈夫与同伴两人一起去提公粮，刚走一会儿同伴说肚子痛走不动。丈夫为不耽搁送粮时间，就让同伴先回去，自己一个人去，半路上被同村的伪保长丁达带人抓住，被他们折磨询问了三天三夜：粮食藏在哪里？到最后也没问到一个字，最后被残忍枪杀。那年儿子六岁，女儿四岁。

丈夫牺牲后，孙奶奶一个人拉扯一双儿女艰难度日。可恶可恨的枪杀丈夫的丁达竟打起孙奶奶的主意，想抢孙奶奶做他的小妾，孙奶奶不从。孙奶奶的父亲得知情况后，立即将孙奶奶和两个孩子接回娘家，躲过了丁达的纠缠。二十多年后，丁达这恶人遭因果恶报：解放前夕丁达人间蒸发。20 世纪 70 年代初的某一天，丁达突然出现在黄桥汽车站，恰巧被孙奶奶的儿子孙扣官遇见认出，遂向人借了两块钱尾随乘车跟踪，一直跟踪到常州丁达的住处。随后向公安机关报案，丁达被捉拿归案；被判无期，押送至新疆服刑，最终客死新疆。孙奶奶的儿子报了杀父之仇，孙奶奶也终于为天堂里的丈夫咽下了这口恶气。这是后话。

别看孙奶奶只识那几个字，而她知事达理、遇事有方。儿子长大后没有工作在家种田，她想起丈夫生前十个战友结拜为兄弟对天发过誓，如果有谁牺牲了，将来活着的人一定要帮助他的家属儿女。于是，她迈着一双小脚徒步五十余里走到泰兴城里，找到丈夫昔日的兄弟、时任民政局长的戴岳。戴局长见到孙奶奶，唏嘘不已，说："我找你们多时没有找到，扣官怎样？你怎么不早点来啊。"孙奶奶盈着泪水向戴局长诉说了丈夫牺牲后的情况，提出帮儿子找个工作的请求。戴局长说应该的应该的，大哥为革命牺牲，他的儿子我们应该照顾。于是，孙奶奶的儿子孙扣官进了黄桥三工程队有了正式工作，三年后与三舅舅家英儿表姐结婚成了我的表姐夫，然后孙奶奶有了三个孙女。自从儿子结了婚，孙奶奶就随了儿子生活，一手把三个孙女带大。我没有想到，三个孙女从小到大直至如今都五十上下的人了还这样念叨：这个世界上只有奶奶最好！由此成了我想记下孙奶奶人生的动因。

孙奶奶操持这个一家六口的家务，每天乐呵着从眼睛一睁忙到熄灯。四季轮回她无一例外，每天天不亮起床，烧好早饭，再把半夜洗的衣裳扤到油厂后面的龙河边去汏洗。她在黎明前挥动浣杖那捶衣的脆响声，我睡在父亲仓库的宿舍里相隔老远还能听得一清二楚，那样的悦耳。回到家儿子儿媳已吃好早饭去上班，她囫囵喝上一碗粥，担着一副水桶到井上挑水，三个来回将水缸装满，家里一天的生活用水刚刚够。水井离家有大几十米远，她那一双小脚挑着满满一担井水迈的步子那样担重若轻、自在自如得颇有节奏，当蹬两级台阶跨过门槛到家，一路上看不到有溢出的水滴，让人看出羡慕来。挑完水，她将三个孙女的身面收拾利落，送她们到巷子南头的王家巷，看她们走进幼儿园的门。转身回到家，刷锅洗碗抹桌、洒水扫地，将不到二十平米窝着一家六口的家收拾得干净利落、有条不紊。然后洗菜淘米、烧菜煮饭，中午一家人准点开饭……直到晚饭过后，收拾完锅上锅下，给三个孙女一个个从头到脚洗得清清爽爽，冬天让她们钻进暖暖的被窝，夏天则让她们钻进赶光蚊子的蚊帐……日复一日，天天如此，默默地打理家的一切。时而逢上儿媳妇加班，她将饭菜装好焐在胸前迈一双小脚走三四里的路送去肉联厂。三个孙女如今还常常感恩：那些年奶奶辛辛苦苦忙忙碌碌，才有了她们一生难以忘怀的温暖的那个家。

孙奶奶知道儿媳妇穷家难当，她帮衬着把苦日子过出生活的滋味来。粮油布棉计划供应的年代儿媳妇当这个家最难的是“粮”的困扰。孙奶奶和儿子是农村户口没有计划粮，老家的穷亲戚多，他们以为街上条件会好很多，隔三岔五上街上来，她和儿子儿媳总要招呼他们吃顿饱饭回去。老家来的人多时，一顿饭要吃两茬，最后轮到孙女们吃的时候，菜碗里连汤带水都光了。家里的粮永远是不够吃，儿媳妇总是去买黑市粮，还常有她蓉儿妹妹接济。为让粗茶淡饭有点滋味，孙奶奶想出个办法：夏天，有渔民在龙河里捞蚬子，就在河岸上煮蚬子，煮好的蚬子盛在竹篓里放到河水里用竹篾丝扎的把儿不住地搅动，让蚬子肉与壳分离，蚬子肉拿到街上去卖。她每天端只铝锅向人家讨一锅蚬子汤，回来放青菜豆腐烧一锅菜汤不一样的鲜美可口。虽然吃得日子久了孙女们也有味蕾生厌的时候，可几十年后，青菜豆腐蚬子汤依然是她们记忆里的一道美味。因为，想起这道美味会勾起她们对奶奶的怀念。

孙奶奶与邻里的和善相处，揽到了为这个穷家分忧解困的一份辛苦。她跟对门在供销社工作的何桂兰姨娘向来无话不谈。有一次她说了些家里的难处，何姨娘忙说有时间就糊点鞋骨子（做布鞋用的衬帮）补贴家用，零头碎布我们废品收购站有，我帮你买。何姨娘说了，事情就成了。她从废品收购站买来碎布，挑出有用的拿到河里洗涮干净、晒干分拣，用面粉擂的浆糊，在定制的那块独扇门大小的木板上涂一层浆糊，然后将碎布在上面摊开拼接，一层完毕再涂上浆糊如法拼接叠加，如此拼接完三层就糊成了一张布骨，最后整体起下来贴到墙上晒干。一张布骨能赚到一分四厘钱，积累到几百张就送去鞋帽厂。鞋帽厂定期收购孙奶奶的鞋骨子，说她糊的鞋骨子挺刮平服。糊鞋骨子的那些年，她的十指丫都是烂的，从不喊一声苦。儿子看到妈妈的手心疼不让她糊，她怎么可能放弃这份有价值的辛苦呢？儿子没办法就发脾气，将糊布骨的木板砸坏。她一声不吭，过两天将木板修理好继续糊她的鞋骨子。孙女们如今记忆犹新，奶奶糊布骨子的那些年，每到过年奶奶总会给她们姐妹仨每人做一身的新衣裳，二孙女说，那种幸福感一直甜蜜在她的记忆里。

孙奶奶的邻里人缘好，不是因为世俗意义上的左右逢源，恰恰是因为她的心地善良。自从随了儿子一家过日子，她一如既往那样地身面格正、举止端庄、见人待物彬彬有礼，无疑是对邻里的一种尊重，同样是她给儿孙辈们一种无声的素质濡养。尤其，让一家人铭记的是她的善良。巷子拐弯口李奶奶家五个孙子一家八口日子过得有点艰难。夏天的一个早晨，她烧好米粥放一边凉着，转身去糊布骨。李奶奶搀着小孙子上门来说："孙奶奶，今天又没得吃了。"她立马接话："等下，手上的活就好了。"很快，她放下手上的活洗把手，拿来热水瓶往粥锅里倒了些水搅拌均匀，原来蛮稠的粥成了稀粥，她拿来一只锅倒了一半让李奶奶拿回家，剩下的留给家人吃。她说：合伙儿养性命。孙女们记得，这样的事常有发生。孙女们还记得，李奶奶家那个外号叫红鼻子的小孙子，长大后因打架肇事犯了条规，劳教回来没进家门，头桩事买了十只酥饼赶去拜望已回了乡下老家的奶奶。

孙奶奶随儿子一家过日子的那些年，贫寒的日子那样地其乐融融，重要的一点是得益于她的隐忍。她常对孙女说：孩子家什么时候大人说话不要插话，拿耳朵听，用眼睛看，多长记性，多做事，少说话。儿子不让她糊布骨，发脾气砸坏她的木板，她一声不吭是体谅儿子的一片好心。尤其是她的儿媳、我的那个表姐，也许是长期过难日子积郁太多的缘故，有时为一点不算事的事冲她几句，她从不回一句嘴，心里不爽宁可一旁悄悄抹泪。有时邻居会问她："儿媳冲你啦？"她总是说："没有，我家英儿耳朵不好，说话声音大，像淘气似的，她对我好着呢。"对门的何姨娘夸她："孙奶奶心胸宽大装得下事情！"孙女们佩服她：奶奶的隐忍有智慧，她让自己很体面。还有，那年她过六十岁生日，她娘家的兄弟来贺寿，她与儿媳在家忙了一天，中午一桌酒席忙完，接着晚上又是一桌，她在锅门口烧了一天的火，最后自己都没吃成饭，但看到一大家子的老小吃得开心，她的内心充满了欢喜。

1982 年，老家分田到户，孙奶奶恋恋不舍地回老家去了，而她每时每刻心里装的全是儿子儿媳和三个孙女。

孙奶奶回到老家住在村上的两间粮食仓库里面。他和儿子两人分得八分田和一小块自留地，她一个人在乡下种田养鸡，大田按季节种上大麦、小麦、黄豆、花生、水稻，自留地种上各式蔬菜。儿子每天起早或者晚上都要骑自行车回家看望她，做些田里的重活，回来时她总是用麻袋装上蔬菜鸡蛋让儿子带回家。那些年，儿子家里的粮食、蔬菜、鸡蛋从未缺过，以往紧巴巴的日子渐渐好起来。二孙女记得，以往家里米坛空了，妈妈去向邻居借钱买粮时那种皱着眉头纠结着装笑容的样子再也看不到了。

每到星期日是孙奶奶最开心的日子，三个孙女总有一两个去看她，跟她过一天。孙女们星期六下午放了学去乡下，家里看不到奶奶就跑到田头准能看到奶奶在田间劳作，不是拔草挑野菜就是施肥浇水，懂事的孙女会凑到她身边揽点活计上手。当晚，奶奶早早烧好的一锅粯子粥黏稠稠红润润的像落满晚霞似的，再摊上几锅子摊烧饼油光光黄灿灿的，当洒过香葱的一刻，那诱人的香扑面而来。中午，奶奶便是做孙女们喜欢吃的擀面条、炒鸡蛋，再到后门口割点韭菜做炸油浇头，奶奶就喜欢一旁看着孙女们吃得呼啦啦时的快活样子。一天的欢乐总在傍晚收尾，孙女们要回去了，奶奶站在山墙边相送，嘴里不住地会念叨着："明天要上学呢，明天要上学呢，下星期还来啊……"

孙爷爷牺牲的事直到 1981 年才被追认为烈士，到 1983 年孙奶奶才收到政府颁发的革命烈士证明书。此后她每月领到 20 元抚恤金，每当她领到钱时就会想象起如果爷爷还健在，会与儿子一家其乐融融的样子。于是她将这钱积攒了二年，给儿子家里买了台 17 吋多菱黑白电视机。那天她对儿子说："这电视机是你爹托梦给我让我买的。"

1984 年夏天的一天，孙奶奶领到了爷爷被追认烈士补发的四百多元抚恤金。钱一到手，她冒着夏日的酷暑，迈着那一双小脚跑到街上，从裤腰间取出青布裹包得严严实实的钱包交到儿媳妇的手中。儿媳妇看着她热得浑身湿透的样子，急得涨红了脸说："奶奶呀，大热天的，万一你路上中暑了怎么得了！”语气是那样冲冲的，而心里的那份感激全在满脸的红光里。

孙奶奶万万没有想到儿子会走在她的前面。1992 年奶奶七十九岁这年，儿子患肺癌离世。儿子患病期间，家里人没敢告诉她儿子的情况，直到离世，才让她看了儿子最后一眼，当她看到躺在堂屋门板上的儿子时，她直接哀哭着撞向了门板，被孙女们拖住，祖孙几人抱头痛哭。孙奶奶哭着说：“我的扣官怎就走了，你们怎么不让我知道的啊……”此后，她经常自言自语：怎么不让我知道的，再也看不到我的扣官了……直到生命的尽头。

孙奶奶于 2000 年 5 月 29 日离世。她勤劳、善良、端庄、温婉、孤独、隐忍，我以我的这篇文字作为对孙奶奶这位识字很少、明事理很多，普普通通却不平凡的老人的一份深深怀念。

陈毅、粟裕雕像

网儿哥

早年，那个在大石桥蒋家胖子家门前炒炒米的艾网儿，母亲总是亲切地喊他“网先生”，我则喜欢叫他“网儿哥”。

相去几十年了，我一直惦记着这位网儿哥。他是个好人，他对人好，好到可以两肋插刀，尤其对我母亲特别尊重，我能从他与母亲说话的声音中听出他的那份敬意；他为人耿直，遇见十字街头的碰碰撞撞、争争吵吵的事，他爱帮着说两句直话，说话的那种干脆就像他炒炒米时的坐姿——挺直挺直的；他识字不多，但他识人且爱憎分明。他的永久牌自行车从不肯借人，唯有我母亲可以借到，可他一旦讨厌哪个人全在他的脸上，连装出点笑容都不可能，他不会。

早就想写一写这位网儿哥了。自从母亲的烟摊从大石桥街头搬到了花园桥的家门口之后，过去了四十多年我都没见过网儿哥一面，屈指算算他也八十开外的人了。听说他至今还在老新华书店对面、他家门前的巷子口炒炒米呢。那巷子口夏天还好，穿巷而过的风给他风凉，冬天就难熬了，巷子口迎面朝北、西北风吼吼的钻心刺骨的冷，况且风霜雨雪连个顶棚都没有，网儿哥那古铜色的肤色变成黝黑黝黑的了。况且网儿哥这么大年岁的人了还在劳累，情何以堪呀！我在想，网儿哥是特意保持着一种不变的生活样式？还是以“轰”的一声炸响引来孩童们的围观而揽点快乐？还是迫于某种生活的无奈？我猜想的这三种可能，我不忍心去猜测这第三种可能的存在，都什么年代了，全国都脱贫了……

前不久，我把想写写网儿哥的想法告诉了鹏德弟，让他替我去与网儿哥聊聊他的人生过往：一个一辈子以炒炒米为生的平凡实诚之人是一种什么样的生存状态和人生况味？鹏德弟挑了个阴雨天，丢下他那卖烟酒的小店去了网儿哥炒炒米的巷子口，与网儿哥聊了小半天的家常，然后写给我一张纸正反两面的文字，文字虽不多，倒是把网儿哥的人生大致理了个清楚。

网儿哥从小家境贫寒，父亲以炒炒米养家生活之艰难可想而知，迫于无奈他上了小学二年级就辍学的。网儿哥从小性子硬，十三岁就离开家了，究竟是何种原因让他离开家的，是被赶出家门的，还是自己愤然离家的？他从来不肯提起，无人知晓。依我看来，当年网儿哥还是一个十三岁的孩子，无非是一种个性使然——负气。一种负气，七十年未能释怀，网儿哥该是经受了多少心灵的拷问和岁月的煎熬？也让我惊然发现：人的尊严是如此坚韧与强悍。

网儿哥离家后，就跟着那姜堰人学炒炒米混口饭吃，不到一年便四处借钱买了炒米机。炒米机去江阴买的花了一百块钱。炒米机他这辈子已用了十五六个，都是一个模样：前有机头，后是摇手，中间一个大肚子“黑葫芦”。风箱是回来买的花了七十五块，是白果树木料。风箱长二尺、宽八寸、四角方方，拉杆顶端与内置方正木板相连，木板四边凹槽依次有孔穿扎鸡毛与箱体内壁相贴，推拉生风，鼓动炉火（时过境迁，炒炒米早已改用鼓风机了）。炭炉子是油漆桶做的，炉高一尺，胸径尺余，周壁搪粘泥，下置炉底，是他亲手而作。爆米时用的麻袋，袋口内外用三四层白布密密缝制。他不记得用坏了多少根麻袋了，只晓得不成用了再缝一根。鹏德弟那纸上写的“网儿哥缝的手艺日渐高超，所以缝得一袋胜过一袋”，这是吉语。

网儿哥是个苦人。凭着自己吃苦耐劳、人品端正他讨到了老婆，老婆为他生了两个儿子一个女儿，便让他有了吃苦耐劳的紧迫感。正月里、农忙时炒炒米是淡季，他下乡到家家户户门上去炒炒米。二十四岁那年始，他推独轮山车去黄桥周边走村串户；三年后，积攒的钱他花一百六十七元买了辆永久牌载重自行车，自己动手做的木架子，一边挂炒米机一边挂风箱，后座之上放麻袋杂物。不管自行车骑出多远，不管炒炒米炒到何时，活计不歇手不肯吃饭，每次都是自带的实心馒头凑合着吃。

那个年代，网儿哥光靠炒炒米是不能养活全家的。他去肉联厂的冷库扛过冻肉，在零下二十度的环境里一扛两片猪肉一百三四十斤，一扛就是八到十二小时，扛得浑身热气昂昂且腰酸背痛，显然很苦心里乐着，因为苦得来钱可以养家。他骑自行车去县城的自由市场贩大米回来卖。那时他身强力壮，驮一两百斤大米蹬几十里的车这个苦他吃得下。可那一年他大腿阴沟处害了一种叫劳筋物子的疮，医学上叫淋巴结，先后开了七刀排脓血，那条腿几个月疼痛使不了劲的。他竟不顾疮痛，学着残疾人单腿蹬车去驮大米，而将病腿搁于大杠上不管不顾，疼痛难忍也好，大汗淋漓也罢，他顽强着挺过来。我想，网儿哥的这种精神与意志，如果赋予它某种政治意义那就是一种伟大，而网儿哥恰恰是迫于生活的压力，我看到的是一种人性的光芒。而那个年代贩卖大米被定性为“投机倒把”，“一打三反”运动时账算到了网儿哥头上，没有法上追责，退赔是铁定的。他卖掉了心爱的永久自行车和家里唯一像点样的柏木八仙大桌。如今开着小汽车的年轻人不知道那年代的人有多珍爱一辆自行车：大杠用红布带缠得严严实实像昔日军人的绑腿，骑过后宁可不吃饭先把车擦得铮亮。男人们流传一句俗语“借老婆可以，脚踏车不借”，那张柏木八仙大桌网儿哥有多珍爱？卖掉后有多后悔不迭？事过不久，他先后两次去求买主：随你加价，我想赎回。因为，他的心爱之物已经成为了别人的心爱之物，所以，他最终没有如愿。网儿哥的心里宛如心爱的人已成为了别人的新娘。

“投机倒把”的事不能再干了，网儿哥一次次去找镇政府的陈国文、刘广春两位科长，老婆好不容易进了棉麻纺织厂，家里的经济状况才有了转机。鹏德弟说，过去了这大几十年他还牢牢记住了这件事，用感恩的口吻说出了这两位科长的名字，倒也说明了网儿哥的实诚。

网儿哥这些年把日子过过来，有多不易，有多艰难？他告诉鹏德弟一大家就有三人死里逃生躲过了一劫：他 1990 年就患上了职业病肺梗阻自己硬撑着，十年前大儿子又心梗手术治疗放了支架，八年前老婆得食道癌而今八十有一已近乎于耳聋眼瞎靠他呵护着。鹏德弟告诉我，与网儿哥交谈时，他面有难色，语气沉重，多次哽咽，进而，泪如泉涌，泣不成声。反复说，“不要写，不值得写，要写只能写一生的炒炒米”。

我没有想到，鹏德弟去与网儿哥这类似采访的一次交谈，竟把他心里的五味搅得昏天黑地、夜不能寐。第二天一早，他让儿子女儿专门跑去鹏德弟的烟酒小店，说：“父亲让我们来打叔叔的招呼，他不肯写他，说到过去他就心痛。”

我为网儿哥写篇文字的想法已久、决心已定。有两桩事我是感恩着牢牢记在心里的。一桩事，是我在厂里时谈了个恋爱对象，她向我提出想借辆自行车去一趟横垛乡下。这事让我在心里很纠结：热恋中的恋爱对象提出的这点事我怎么可以不满足呢，当时我自己又没有能力去借到一辆自行车，是母亲体恤儿子的心思，母亲几乎是放下了自己的尊严去向网儿哥开口借车，网儿哥竟然就爽爽地将他的宝贝车给借了。借到手的那一刻我那激动的心情简直无以名状。另一桩事，是那年腊月里，母亲烟摊上的绣花枕顶竟然不够卖了。那天傍晚收摊时母亲思量再三，请网儿哥辛苦一趟骑车驮母亲去靖江的西来镇采购绣花枕顶。网儿哥知道母亲心情迫切，当即一口应允。太阳落山时，他骑那辆永久自行车驮母亲去了西来镇。那是寒冬腊月，母亲在十字街头已饱经了一整天的寒风刺骨之后，坐于自行车后座上经受隆冬寒夜冰冷的考验，返程的乡间小路上，自行车在水渠的拐弯处跌了个“人仰马翻”，母亲说“是婆婆保佑没伤到筋骨”。母亲买到了绣花枕顶如愿以偿回到家时已是午夜过后。母亲在晚年时光里的絮絮叨叨中常常说起这件事，说这个炒炒米的网先生是个好人。

准备写这篇文字的那天早晨吃早饭时，我突然冒出个想法——回黄桥去那个巷子口拜访一下网儿哥。一来好久好久没见到他了，几十年后的他变化大吗？二来他不情愿我写他，我可以向他表达一下我写他是出于感恩之心。或许，还能触景生情收获点灵感。见到网儿哥时是上午九点许，他端坐在炒米机前正准备启炉，我走到他面前叫他：“网儿哥，我是刘家奶奶家老三旋儿，来看望你来谢谢你的，多少年不见你了，你还挺精神的，那年腊月的那天夜里你骑脚踏车驮我母亲去靖江西来镇买枕顶，到家已后半夜了，你还记得吗？”他立马接话：“那天你妈妈收摊时才说的，我们出脚时已落太阳了，是从季家市往东走的，回来在渠道上跌了个跟头没碍事。我赶到家后半夜为我爷爷守灵，那天一早爷爷出殡的，我怎么可能不记得呢！”网儿哥这一说我心里一惊：第二天一早网儿哥爷爷出殡的事我是头一回听说。那一刻我在想，我眼前这位网儿哥，帮我母亲帮到这个份上，真是难能可贵。瞬间，感动的泪水一下子就涌到了我眼眶里。

我正感动着，网儿哥从蛇皮袋里抓两把三合板碎片放于炉堂点燃，然后拿铁勺舀那板栗大小的白煤块往火焰上倒，鼓风机一鼓瞬间炉火就旺了。我问：“这白煤块还有卖？”他说：“买的如皋的，三千五一吨。”我问：“现在炒这一锅炒米多少钱？”他说：“五块钱，冷锅子炒这一锅炒米要二斤多一点白煤，亏本呢。”我知道网儿哥做事刚正，一锅子亏本也炒，这是他的诚信，还是五块钱，不多收一分。我话锋一转，问："三个儿女的伢儿都长大成人了？"他皱着眉头堆起一脸愁容说："我八十三岁了还炒炒米，日子要过呢，大儿子五十八岁刚从物业公司下岗，孙子三十二了还没找对象，等于没后。"他说着两眼闪着泪光轻轻地摇着头，一脸的愁容却转换成了一脸的坚定，他在若有所思。于是，我没有再问下去。

回来的时候，我一路上心里是五味杂陈。到家时，我似乎想明白了：网儿哥不情愿我写他，是他觉得人生过得不那么顺畅，早该享清福的年岁还在劳累，传宗接代的观念压迫着他不能释怀。陡然间我又反过来一想，我坚持着要记下网儿哥的人生故事是坚持对了，因为，网儿哥在我眼里他是条真汉子，他从不向命运低头，也不做人生的懦夫。八年前，患过食道癌的老婆不管她的身体到了什么样的状况，他永远是她精神的支柱和生活的依靠。生活的千难万难压不垮他，他坚强地生活着，有尊严地生活着，让我真切地看到了他的生命在发光，像那鼓风机鼓动时的炉火那样地耀动，我从心底里敬佩这位普普通通而从不平庸的网儿哥：他没有多少钱财，甚至依然贫困，他用浑身的骨气鼓动生命的风帆，直面着人生的风雨而不会折腰。

陈大怀

陈大怀早年当过兵。是因为家贫，正当蠢蠢欲动的年岁他想闯一闯人生；是在 20 世纪 30 年代正是军阀割据内乱不断的岁月，是什么军队，又与谁交战，不得而知。

有一点可以肯定：这支队伍是在黄桥镇东的分界乡被打散的，陈大怀与那一同当兵的吴姓战友流散到了河头庄，便留在了河头庄的浴室打工谋生。几年后，陈大怀凭自己的实诚与能干租赁下这家浴室当了老板，那吴姓的战友黄桥决战那年参加了新四军。

建国初期，陈大怀在河头庄承租的浴室歇业，来黄桥在北迎祥巷租下三间五架梁公房安下身来。人生颠颠簸簸几一晃荡已踏进中年的他，与那曾在地主家做过佣人的居民小组长韩素华相识不久，你情我愿结为夫妻。从此，陈大怀有过一段舒心恬淡的日子。

在黄桥镇上很多人的眼里，陈大怀是闲人一个。

他卖瓦灰。这在那个年代就是个很冷门的行当，鲜为人知。他收集陈年的破碎瓦片，用榔头敲成细碎颗粒，自家用大磨磨成粉末。瓦灰与血料、石灰综和发酵后，是做置猪油的油篓子的传统工艺——给竹篾编织密实的篓子裱糊里外三层丝棉纸的粘接剂，干燥后再刷三遍桐油，使其油篓子经久耐用。他与妻子磨瓦灰总是那样地快乐且浪漫着，两人在磨盘的一左一右推着，在一个正圆的轨迹上一前一后地向前。为减轻妻子推磨时脚下的负重感，他会哼上一段锡剧《双推磨》："推呀拉呀转又转，磨儿转得圆又圆，一人推磨像牛车水，两人牵磨像扯篷船……"腔调虽不纯正，倒是有几分情意绵绵。

他养蟋蟀。说起蟋蟀这玩物来他头头是道，在黄桥街上是出了名的。慕名登门的多为好斗蟋蟀的年轻人，向他讨教识蟋、养蟋的经验。初识的蟋友他会告诉你，"在中国斗蟋蟀始于唐代、盛于宋代，二千五百年前《诗经》中就有《蟋蟀》篇，头大、胫宽、腿壮、触须直是善斗蟋蟀的特质，名贵的有白麻头、黄麻头、蟹胲青、梅花翅、竹节须……"老蟋友上门，有的是带两只蟋蟀来给他看相评点，有的会带着问题请教、问个明白。偶尔，老友带自己心仪的蟋蟀来挑战一下，他会欣然应战。不过，他从不拿"将军"上阵，最多取二三流"战将"对付一下，给人面子，胜负他从不在意。常有老蟋友见他正在推磨，上前夺过推棍帮上一把，待干完活儿，他会送只蟋蟀盆，抑或送只形貌不错的蟋蟀，以表谢意。也常有，友人领着陌生人拎点小礼品登门，那是来求秘方的。他会送上一对蟋蟀，照会回去与水洋葱煨茶喝，连服三日，治肾炎疗效显著。

陈大怀舒心恬淡的日子怎么就好景不长呢？日子总是日新月异着朝前走。那置猪油的油篓子渐渐地被那铁油桶替代了，于是，那做油篓子的传统工艺顺乎自然着被淘汰，淹没得无声无息，陈大怀卖瓦灰的这冷门行当随之偃旗息鼓。应该说，这是历史的必然。而陈大怀中年才有了妻室，也就五六年的时光，妻子便患病离他而去，两个苦命人老天爷竟忍心让他们一个天上一个人间。如果说这是命运的捉弄，那活着的人是最悲苦的一个。

命运的无情陈大怀还未走出悲苦，接踵而至的无情又让他久久地困惑着匪夷所思。那个参加了新四军的吴姓战友，建国后分配到武汉的海军工程学院，一直当到督察处长，"文革"中被诬陷为叛徒特务受到审查。这个吴处长在一次次的申辩中反复声称：能证明我当兵历史的人，唯有那个现居黄桥的陈大怀。于是，院方向“黄桥镇居委会”发来公函，请求地方协助审查陈大怀，以澄清事实。于是，居委会的造反派对陈大怀进行了反复审问。陈大怀是个实诚之人，面对一次次的拷问、训斥、恐吓乃至批斗，他总是一次次地将当年的事实经过复述一遍，甚至是把他拉去挂牌游街之后，他诅咒发誓说：“我如果有一句胡说八道，没得好死！”

那吴处长也是个实诚之人。粉碎“四人帮”后得以平反昭雪的他，请求院方又向“黄桥镇居委会”发来公函，要求地方给陈大怀予以平反。其实，陈大怀小小老百姓一个，当年的事过去就过去了，哪有什么平反一说。收到后来这封公函的翻身居委会何冬生主任，将函件交给了陈大怀所在的米巷居委会刘忠庆主任。刘主任征得陈大怀本人同意，以陈大怀的名义给那个吴处长去了一信：说了过往，表了思念之情。那官复原职的督察处吴处长喜出望外之际，不假思索便作出了自己的一个决定：请托米巷居委会为陈大怀买了黄桥至南京的汽车票，请托南京军区后勤部门派车接站，送陈大怀登上南京开往武汉的客轮，然后他自己在武汉码头迎接这位昔日的战友。陈大怀在武汉停留的那一个多月的时光里，两个战友游览了风景名胜，掏尽了彼此的肺腑之言。直到如今，那刘主任说起这段往事还在羡慕：两个实诚之人，一个重情重义，一个好人好报，各自收获了人生的一段美好记忆。

陈大怀从武汉回来，像是经历了一场春风化雨的洗礼，心情一下子豁然开朗起来。当他走在昔日的街巷里，顿觉人们的目光、脸色、语气竟然是那样的一片和蔼。居委会把他列为了“五保户”，安排进了副业工厂。那个年代副业工厂刚起步，搞的副业全是贴近群众生活又简单易行的项目，吸纳的全是居民中的闲散人员，妇女居多、文化偏低、年岁偏大。这陈大怀心灵手巧、手脚勤快且左右逢源、讨人欢喜。

妇女们一旦上到夜班，就一定要拉上他跟班做伴。那片粉皮的活儿，全是在后半夜片，赶上早晨上菜市场卖。片粉皮是那种比小孩子搭积木还要简单的活儿：大锅沸水搅和的粉芡舀一勺倒进铝盆里，使其自然淌平，然后放到水面上漂浮冷却片刻即可取出。那中年妇女白天忙家，夜里重复做这简单的活儿，怎么能不打瞌睡？有陈大怀在场她们就来精神了，那风趣幽默、荤素搭配的故事张口就来，常常让人笑得前仰后合、捧腹抹泪。倒不是陈大怀有满腹学问，恰恰是他阅历不浅：早年在旧军队待过是个“兵痞子”，又开过浴室那是“百客堂”，三教九流的人什么人没见识过，喜怒哀乐的事什么事没听说过。他压根儿没有想到，人生颠簸的一番经历，让他平添了几多唇齿间的笑谈。

妇女们尽管做事心细，一旦有了做不爽手的事就会甩给乐意做事的陈大怀。那年头居委会做的散子备受青睐，纯豆油炸的，人们送月子礼一般都是三四斤散子加几十只鸡蛋，约定俗成似的。居委会的散子要预订的，每天要卖月子礼大几十份。那脆得起酥的散子三四斤一扎，要扎得有模有样、有棱有角，那几个妇女一个个都试过手，就没有陈大怀扎得漂亮：散子两排齐齐整整摞好，用印刷厂错版的夹层印花纸一张垫底一张盖顶，用细麻绳两道四绕松紧恰好，然后绕一提扣，最后一方红纸按于提扣之下。整个过程干净利落三分钟搞定。那几个伶牙俐齿的妇女始终盯着陈大怀那双手，望得出神。

妇女们在街巷里都是老脸色，偏偏遇上羞羞答答的事又推给了陈大怀。那时候，居委会每天做二十斤大米的夹沙糕卖早市。用上好的大米轧粉，装糕箱时每块糕中间舀一汤匙的桂花豆沙糖，一箱糕二十只，蒸出来每两块背靠背一合为一驼。刚开始都是妇女们腰间端只圆竹匾沿街巷去卖，五分钱一驼。街巷里都是抬头不见低头见的老熟人，偏偏有那种喜欢讨女人便宜的人故意问上一句：“哎呀，几分钱一驼呀？”立马，偏又有人当街挑逗说：“是怎么个一驼？是糕驼糕不是人驼人，话要说清爽一点。”这一唱一和弄得那卖糕的妇女一时无言以对了，笑也不是，骂又不是的。于是，妇女们不愿意去卖糕了。陈大怀听得乐不可支着，不让人说便主动着走街串巷去了。说来也怪，妇女们要卖半天的夹沙糕，陈大怀亮开大嗓门，一声“夹沙糕——”能穿透一条巷子半条街的，几条街巷一转个把时辰就卖完了。陈大怀心里坦然着高兴呢，但他看得出那几个妇女的笑容里隐含着几分对他的歉意与感激。

陈大怀人生后来的时光是舒心的。居委会的副业工厂后来发展成了服装厂，年轻的女工多了，工厂管理规范有序了。陈大怀在厂里除了看大门，力所能及接接拿拿的事、跑腿应急的事、整理打包的事他主动揽着做，总是那样的讨人欢喜。每天，常有人喊他“怀儿老爹——”不是谁的孩子一时没人照应了，就是有谁忘了家里米坛空了；不是谁买的豆角搁在那里没人剥了，就是谁忘记带钱向他借点钱应急了……当听见有人喊“怀子——”他便知是厂长或是主任喊他有事了。不管是谁喊他，他总是那样朗朗地爽爽地回应。他感觉到那是一种信任、亲和的喊声。而厂里所有的人都能从他的应声里听出他那纯厚、善意、素朴的实诚。人们众口一词说“他是真好人”，他便总是那样心满意足地笑。其实，那段岁月，他身边没有子女，没有老伴，没有亲人，唯有以善良换取快乐，仅此而已。而人们给予他越来越多的是发自内心的一份敬意。

人们敬重陈大怀善良的人格。直到有朝一日，陈大怀被老家乡下的侄儿们接回去养老了，与他共过事的人们常常会念想起他的好来。我这样地想：人们常说的“人去留名，雁过留声”，这世上的人，无论身份贵贱高低，不就是同样的这回事吗？我估量，这人去留名一定是陈大怀所看重的。

何大炮

“何大炮”本名何冬生，是翻身居委会的居民们给他取的这个绰号。

何冬生与居委会工作结缘是一种机缘巧合。当年他从泰州初中毕业回来，正赶上老龙河疏浚，县水利工程指挥部在黄桥设办公室，是利民居委会的姚贵宝和翻身居委会的周继英两位主任推荐他，跟在孙佩藩总指挥身边做了一年的通讯员。疏浚工程结束，孙总指挥希望他到县水利局工作，恰因他是独子家里有老人牵挂，遂被二位主任留在居委会跑腿打杂，不断给他压点担子，看好他说话有条理，做事有章法，风风火火与踏踏实实兼备，性格爽朗且讨人喜欢，不久就推荐他做了东场居委会的调解主任，二年后水到渠成他当上居委会主任。

何冬生调任翻身居委会主任是被领导看好。翻身居委会解放初叫翻身村，解放前叫花子村。黄桥是商贸古镇，外地的逃荒者来到黄桥都在这里落脚营生。顾名思义，花子村里穷人多。何冬生心里明白着呢，来翻身居委会当这个家，帮穷人翻身是和尚头上的虱子——明摆着的。

上任伊始头一个月，何冬生挨家挨户去串门，与家家户户的当家人扯家长里短，听他们说人生的酸甜苦辣、生活的磕磕碰碰……然后跑去镇上党委书记那里“哭穷”，掰着指头、皱着眉头告诉书记，居民中贫困户多少、寡妇之家几个、因穷辍学的几人、因病致穷的几户、大龄光棍几条、无业青年哪些……最后掏心掏肺说出心里主张。他想办个血子组又苦于没钱，便想出个笨办法：派几个劳务工给肉联厂，换厂里的猪血回来，劳务工由血子组发工资。这样既解决了白手起家没本钱的难题，又让领导有了帮助说情的理由。书记是个军人出身的外地“侉子”，一听便拍案叫好，于是两人趁热打铁即刻去肉联厂找那曹久良书记。两位书记在各自领域都是一言九鼎，这大公无私的事三言两语便一拍即合。

翻身居委会办血子组的事就是这样轻而易举落定的。何冬生火借风势似的忙乎开了：去无锡王源吉冶坊买回两只顶大的铁锅，请老瓦匠砌的大灶；赴宜兴装回一船挑运猪血的头号陶钵，到供销社配的扁担、挑绳；向南坝桥外那航运公司修船厂借的木船，雇了名船工；去与肉联厂的生产科、屠宰车间衔接了接运猪血的工作程序；还有向物资站申请煮血子的煤炭计划、和下码头的台阶砌筑……所有大大小小的准备事项他都事必躬亲，唯有一桩事他开了居民小组长会议。他让大家提名推荐派往肉联厂的劳务工和血子组员工名单。开场白他亮着大嗓门说：“我们做事要经得起众人评说，不能被人指着鼻子骂娘。”

翻身居委会办血子组在镇上开了居委会搞副业办企业的先河，也让猪血冠冕堂皇地成为了一种商品，批发给小商小贩，渐渐成了那个年代泰兴东半县地区寻常人家婚丧嫁娶宴席上不可或缺的一道菜肴。我清晰记得，花园桥下那个卖猪血的小贩，每天七点钟出摊，天不亮就有乡下的买客排队等候了，那满满的一洗澡盆方方正正殷红殷红的猪血不出个把时辰就卖完了。

血子组办起来就红火了。这对那些贫困的居民们是一种精神抚慰。血子组加上劳务工近四十人有了稳定的工作，也让这近四十个家庭的经济窘困有了转机，好几个辍学的孩子回到了课堂；同时何冬生当居委会这个家有了底气和威信。谁家有个困难来个报告他大笔一挥，钱虽不多，总能让求助者心里暖暖地离开；谁家有个磕磕碰碰的事扯到他面前，他大着嗓门几一劝慰竟能息事宁人；大搞爱国卫生运动，只要他领着小组长街街巷巷走一圈、亮开嗓门喊一圈，先进单位的红旗就十拿九稳了。

群众的眼睛雪亮。居民们在街谈巷议时对何冬生主任颇感亲切，颇有好感，多有褒奖，给他取了个“何大炮”的绰号，还议论一番。有人说，这绰号形象，符合这人的特征：胖胖粗粗的身材；鼻梁上架的那副上千度的近视眼镜像厚厚的玻璃瓶底，大大咧咧的嗓门说起话来那粗犷直率的气息扑面而来。有人说，这绰号直白，道出了这人的特质：说话像炮筒子直来直去，做事像大炮轰轰烈烈。还有人说，大炮直性子，说到做到不放空炮。说这话的人是挑血子的挑夫，他听何主任说，江南有塑料的缽头卖呢。不出多日，何主任跑遍了苏锡常，终于在杭州找到了。从挑陶制大缽改为挑塑料大缽，大大减轻了劳动强度，员工们那释了重负的感动是从心里迸出来的。

血子组小本大利红火了三年。会计账上积攒的那点钱何大炮不想只留着批救济条子。因为这相对于解决居民的贫困、失业、辍学，只是救急不救穷之举。

他寻思着干一件大事。一次巧合，何大炮遇上那个在靖江工作的老同学，两人喝酒时他掏出了心思——想办个工厂。此人从事电镀行业，主张他办个电化厂，并且，从设备购置、工艺流程、员工操作到业务接洽说了个通透。何大炮是个雷厉风行的人，他胸有成竹着把血子组让给了兄弟居委会，说干就干上了，依然是那样事必躬亲。他给厂子取名“利民电化厂”，于是把贫困居民中小学没毕业的、初中辍学的、大龄无业的、特困文盲的，一下子招录了大几十人。他先是请来江南师傅进行岗位操作培训，后是亲自抓好上岗后生产管理，使其一个一个都成为生产的骨干。他当厂长还兼供销，从设备购置、主要原辅材料采购，到亲赴上海，具体到与日化三厂的化妆品盖、粉镜盒和家具厂桌椅脚套的加工业务接洽与成品送货。整个厂子的筹建直至转入正常生产，何大炮所作所为的工作状态，有一点当年的口号“革命加拼命”的那种意味。每天早晨，何大炮便会站在厂门口，向穿着蓝色工作服来上班的员工行注目礼，他心里的所思所想，全在那嘴角间流出的微笑里。

何大炮的这种喜形于色，厂里的员工见得多了。生产旺了，他组建男女篮球队去参加县职工篮球赛。那是全县唯一的街道队，还自己出阵打前锋。他组织参加镇上的文娱活动，演京剧《沙家浜》片断，他把胡传魁演得惟妙惟肖。最令何大炮乐的，是进厂的那些少男少女有四对结了连理，平日不苟言笑的他，被小青年灌醉了喜酒后乐得像个顽童。

自从办了电化厂，居民们越发觉察到何冬生主任的言行和行事风格与“何大炮”这个绰号越来越贴切了。

那封天林的父亲三十多岁去世，丢下一双儿女，妻子无能为力为丈夫办丧事，号啕大哭去央求何大炮，他胸脯一拍说，丧事总有居委会来。一连三天，从买棺材到落葬全过程，全是他一手操办。其妻子大字不识一个，被安排厂里给她一份烧开水的活计，一个难以为继的家庭得救了。

那铜匠薛大林手里只要有了钱便按捺不住要去赌钱，几乎是嗜好成瘾。妻子多次找到居委会告状且要与丈夫离婚。何大炮权衡再三，让薛大林丢掉铜匠担子，用其之长到厂里去做维修电工，好在他眼皮底下守守规矩，一对濒临破镜的夫妻重归于好了。

那摆水果摊的女人的丈夫坐了几年牢，女人便与一男子同居了几年，丈夫回来要去找那男人算账。何大炮点那丈夫的“穴”说，“你在里面人家帮你养活了三个儿女不是？你妻子一个女人家能养活他们？

看在儿女分上好好过日子。”这一说，一桩关乎人命的矛盾就平息了。

那陈姓剃头匠膝下无子女抱了个男婴回来，没料到是个哑巴。何大炮亲自把哑巴送去扬州聋哑学校上学。剃头匠夫妇去世早，他充当父亲的角色，开学放假接送，逢年过节接到家中。哑巴常以纸笔向他说出困难所求。哑巴初中毕业被安排在就业网点炸油条，然后分配了正式工作。一个哑巴孤儿一直没有离开何大炮的关怀。

还有那个贫嘴老太，请人写了个报告去物资站申请买只洗脚的木盆。物资站主任说，怎么居委会不提个意见？老太拿着报告去找何大炮，何大炮接过报告没等她开口就提笔一挥“同意补助五块钱”。老太拿去物资站才恍然大悟。她窃喜，买到的脚盆两块多钱，多余的两块多钱她过了大半个月的好日子。

我反复在想这样一个问题：何大炮当年办电化厂，对于翻身居委会的居民而言，无疑是件功德无量的事。那是在一穷二白加动乱的年代，政府还无暇顾及环保问题，更谈不上摆上议事日程。当然，后来关闭了电化厂同样无疑是正确的。

何大炮可能不是个完人，但一定是个好人。工作上他仗义直言，私下里他特重乡情。他对老家横垛乡下上门找他求助的，无论是谁，从来都是有求必应。最多的是找他买点肉联厂的猪下脚、油渣之类，他不厌其烦，还照会家人一定要倒茶留饭。

何大炮是冠心病加肺癌病故的，享年六十六岁。我刚回黄桥当镇长时何大炮病重在家，综治办主任兼居委会支部书记的刘忠庆多次找我为他解决医药费，我几次想登门看望他都未能如愿，留下了我对何大炮这位好人的一份愧歉。我想，我记下他的人生能算是一种补偿吗？

现在社区工作的何大炮的三女儿何群英告诉我，父亲临终前特别照会，要她代表父亲照顾好哑巴陈金保，何群英牢牢地记住了。她帮哑巴先是办了低保，六十一岁时为他办了“三无”老人待遇。哑巴现在南沙老年关爱之家，种了一块小田，有辣椒、茄子、南瓜等应季蔬菜，田里插了块木牌，写着：感谢习主席、邓小平，感谢老年关爱之家院长，感谢何群英书记。何群英每月去探望他一次，送点衣物水果，逢年过节接去黄桥家中。

何大炮三女儿何群英说的一句话让我在意。他说，我爸那时候工作记忆力特好，那么多居民户，谁家主人的名字、工作单位、家庭经济状况、主要成员乃至社会关系，他说得一清二楚。让我在想，何大炮的这三女儿也许有所不知，这完全是一种记忆力吗？用当下的话说，是为官者把老百姓放在心上！

薛家驹

黄桥镇上，人们对玩噱头、耍小聪明的人，抑或是耍滑头、使小坏的人以及所谓的郎当之人的某种行为，有一句约定俗成的口头禅：就不要薛家驹“郎的当”吧。

薛家驹的“郎的当”中有典故。明明白白看似神经兮兮的一个人，人们偏偏总是说他是装出来的，装得那样的貌似神似，那样的旷日持久，堪比渣子洞里的那华子良。

我对薛家驹其人是从小就有的记忆。我常去父亲工作的供销社日杂仓库，必经薛家驹工作的米巷浴室门前，每次都是在十桥路上与他相遇。他穿一身老旧得褪了色、干净且格正的藏青色中式衣裤，目光半垂着前行，不紧不慢的步子，一边走一边不住地自言自语，听不出他说些什么，倒是语气那样地平和；有时一边走一边会哼着小调，听不出他唱的什么，倒是音调委婉很有节奏。多少年后有人街谈巷议时说，怪不得他家儿子成了作曲家，是有遗传的。偶尔，会有调皮的孩童冲到他面前大声喊他的名字“薛家驹，薛家驹……”然后逃之夭夭。而薛家驹从不动怒，总是浅浅一笑，伸出左手去抓挋在右手臂弯的竹篮，拎起优雅地荡一个秋千，吐出一句“伙家儿，你来呀”，然后不紧不慢着依然走自己的路。

好多年前，我就与鹏春哥说过，我想写写薛家驹。鹏春哥告诉我，他儿子薛彪说："其实瓦老子一点也不神经，跟我们说起事来清爽得很呢。"那年他儿子薛彪回乡举办他的作品音乐会，那天我满满的兴致想与他聊聊他的父亲，当我把我的一本《家住黄桥》递到他手上时，我说："我想写你的父亲呢。"不料他立马收起笑容，果断地说："你不要写他！"那一刻，他脸上显露出的那种难言的无奈与苦涩让我理解了他。

不知怎的，我常常回故里黄桥，每每走在十桥路上就一定会想起薛家驹，那近乎是童年记忆里的一道风景；每每从米巷浴室门前走过，我那想记下薛家驹人生的念想便一次次会被重新点燃，让我心绪难平。那天按捺不住就打电话给我的老同学忠庆，拜托他说："你在米巷居委会当过多年的主任，帮我打听一下米巷浴室的老人员而今还有谁谁健在，我想写写薛家驹呢。"

那天，忠庆陪我去了铁匠巷那大香台北边、福慧寺后门对面的鞋吧。那鞋吧主人的父亲八十八岁的刘小林老人其父母早逝，九岁那年就进了浴室当徒工，恰好他是忠庆同学的堂哥，开鞋吧的他儿子在米巷浴室工作到浴室的关门大吉。于是我记录下他们父子的讲述。

薛家驹小时候当过儿童团长，据说还跟新四军北撤过，是名党员。解放初薛家驹是浴室的工会主席，当过几年浴室的经理。那时候，黄桥有米巷、珠巷、布巷三爿浴室，八九十个员工。最是米巷浴室的设施好，休息大堂里是藤条的躺椅，彩色水磨石的地面，门窗上嵌的进口彩色凹凸花玻，解放前黄桥人称之为"洋澡堂"。薛家驹当这个经理很有领导能力，脑子活络，人缘也好。夏天浴室生意清淡，他去外地请戏班子到城隍庙来唱戏，所赚的钱与戏班子三七分成。除此之外，浴室工人在剧场里给看客甩毛巾，既是一种服务，又烘托气氛，还挣到钱。在剧场一角置一只椭圆形木提桶盛满滚水，叠三条毛巾往滚水里一沾拧成一个把子，挤干，散开，给一个个看客甩去。那甩毛巾的场景很神奇，员工臂一抬手一甩，热气腾腾的一条毛巾像飞碟一般不偏不倚、准确无误地落在剧场某位看客的手中。可以想象，在那没有空调的年代，夏天摇着扇子坐在闷热的剧场看戏，来一条热乎乎的毛巾擦汗是何等的惬意！当然，这毛巾不是白给的，约定俗成的规矩看客们都懂，收毛巾时给一角二角、三角五角的随你的意，偶尔有钱的阔佬也有给上三块五块的不等。老人说，薛家驹当经理的那几年，逢上夏天淡季，因为能请到戏班子来，工人的收入并不淡。

刘小林老人说薛家驹人好，对他很照顾。他是1955年十九岁时在薛家驹手上当兵去的，那时还多发了两个月工资给他。当兵四年，每到发工资的日子总是工资发到他家人手里。那时浴室的工资是五天一发，营业收入除去成本，所赚的钱给工人发工资。那时的生活困难，他的工资是家里养命的钱，薛家驹从没耽误过。

薛家驹后来出了点问题，刘小林已去当了兵。老人告诉我，薛家驹平日很随和，常有员工闹笑到浴室对面的美味鲜饭店去"抬石头"。抬石头相当于如今的"AA制"，参加聚餐的人按人头摊份子钱，薛家驹总是如数照出，从无例外。后来有好几笔聚餐的钱薛家驹在单位报批入了账，大概有六七百块钱。20世纪50年代"打老虎"那阵子上了千元是要追究刑事责任的。薛家驹也许掂出了这事的分量，于是有了人们街谈巷议的装疯卖傻，批报份子钱的事也就不了了之。我曾听薛家驹家近邻的后辈这样评说：这个人真不简单，装得这么像超出了常人的想象，这种毅力是惊人的，不露真相，一装到底。

米巷浴室是2006年关门大吉的。刘小林老人的儿子刘祥，开鞋吧之前一直在米巷浴室工作，见我与他父亲在聊薛家驹的人生过往，便一旁津津乐道起来。他告诉我，那些年薛家驹每天傍晚时候来洗把澡，进来他从不会与人打招呼，别人也不与他打招呼。每次，他习惯了专挑边边角角的位置安身，赤身下池同样是往人稀的边角去，一边洗一边不住地那样轻声慢语。那脸上挂着惬意的模样可爱，好像是自己与自己说着甜言蜜语。洗完澡，穿好衣，一副悠哉悠哉的样态，先把座位上的浴巾摊得到边到角，脚边的拖鞋摆放齐整，然后把洗浴的毛巾叠好放回原处，最后到座位下面拎起那竹篮离开。那只拾垃圾专用的竹篮他总是随身带着。有好几回，刘祥把他的竹篮藏起来与他闹笑，他找不着，刘祥就说："你去买金枣、桃酥来慰劳我们，我就帮你找。"他不紧不慢地说："今天没带钱，下次买。"连续几回他都是同样的一句话，他说了，刘祥就拿竹篮给他。真有一回，他买来了一包金枣、一包桃酥交给刘祥说："说话算数，这下我的篮子不会长脚了吧！"他说了这话，他与刘祥彼此交换了一个鬼脸，然后他赤条条下池去了。刘祥至今还记得，他所看见的薛家驹，唯有这次他是一副一半傻子一半精明的样子。

米巷浴室的老人员至今还健在的那九十一岁的朱明庆，是鹏德弟弟打听到的，还替我去登门与老人聊过一番。老人说，他十七岁时薛家驹是米巷、珠巷、布巷三个浴室的经理，领导八九十个人，这人神气，有能耐，也活络。有三四年薛家驹请戏班子到城隍庙唱戏，有如皋、溱潼的，也有乡下的草台戏班子。听说他是拿公家的钱"抬石头"，他犯错时五十来岁，干部见他有了病就灭掉了，其实是装疯卖傻。朱明庆老人所说的与刘小林老人说的大致相同。这让我在想，薛家驹小时候当过儿童团长，一解放先是当浴室工会主席，后又当了经理，工作得法、精明能干的一个人，一时一事的犯了个在当时算个不大不小的错，聪明的人被自己的聪明所误，然后活在自己的世界里，封闭了后半辈子，人生何其不堪。

听翻身村薛家的老邻居说，薛家驹后来没了工作，除了妻子在孙家巷旅社当服务员拿点工资，自己靠拾拾荒忙点小钱，从不与偷鸡摸狗的事沾上边。他老婆发点脾气他忍得受得，谈不上与老婆有磕磕碰碰的情况；平日进进出出家门不喜欢与人打个招呼，嘴上不住地细声细语看上去与天时有关，晴天好点，阴雨天差点；在家最喜欢做的事就是常写写毛笔字，写在旧报纸上、旧书本上；他去世时七十多岁，得的食道癌，有病不说，瞒子女瞒得好好的。听他老邻居这么说来，我倒觉得薛家驹不仅是个循规蹈矩之人，更像个退出江湖的隐士，做自己喜欢的事，从不给邻里留坏印象，也不给家人添麻烦，甚至得了重病不向任何人声张，默默地与病魔搏斗。他有自己的主张：与病魔斗，斗得赢就斗，斗不赢大不了一走了之，天下不论谁的人生，最终结局不都是一样，早迟而已。薛家驹这人生的最后结局真不失一个大丈夫的气度，所有熟悉他的人都会为之感叹。

我常常回故里黄桥，当一旦走在十桥路上，路过米巷口时，自然而然就会想起米巷浴室，想起薛家驹来，怀念那个从我们镇上消失了的那个自言自语的精灵般的“傻人”。

大香台

刘祥的鞋吧

“千里之行，始于足下”，老子的这句名言给人以自强不息的启迪。我熟识的这个刘祥偏偏还受到不一样的启迪：下岗后创业钟情于足下的鞋，开了鞋吧，至今已开了二十年，成了黄桥古巷里的一道风景。

刘祥初中毕业后子承父业成为米巷浴室的职工，直到这家集体性质的浴室 2000 年关闭歇业，三十岁下岗的刘祥是靠姐姐的引荐，与修鞋这个不起眼的行当结了缘。

他姐姐有个浙江朋友在靖江城里开了家鞋吧生意红火着。有一天，姐弟俩议论起浙江人的脑子活络。姐姐说，改革开放富起来，人们追求生活品质的提高是从讲究头和脚开始的，温州人把剃头店摇身一变的美容美发店开到了全国去，又把修鞋的老行当由地摊演变成时尚的鞋吧到处去生根。姐姐的话如春风这一撩拨，让刘祥的心潮荡漾起来，姐弟俩一合计，刘祥去了靖江的那家鞋吧学习。

在刘祥的想象中，他没有把鞋吧高看得有多神秘与复杂。他清晰记得，黄桥大石桥街头那修鞋的地摊，面前摆三五双破旧的皮鞋球鞋，大大小小的几块橡胶皮、旧轮胎，三两只胶水瓶罐，一盒子芝麻鞋钉，一只钉鞋掌的铁支架，一台土制的手摇缝线机，修鞋匠坐在小凳上埋头修修补补、敲敲打打，不外乎给鞋打补丁、钉鞋掌、擦鞋油，照样能混到养家糊口的钱。当他去了鞋吧，恰如走进了一个鞋的花花世界，那些琳琅满目不同材质、不同款式、不同规格的鞋跟、鞋片、鞋底、鞋线，那些用于不同皮质的洗涤、保养、除皱、除臭的化学制剂，让他看得眼花缭乱。光那台多功能专用设备，砂轮打磨有粗细之分，抛光的轮子适用不同皮质的面料有羊毛轮、马毛轮和帆布轮。刘祥在与那浙江鞋吧主人边学边做边交流中，学到了很多也懂得了很多。他明白了，所谓鞋吧，是集修理、维护、保养为一体；他懂得了，所用的材质、工艺、技术与制鞋的工厂化标准是一致的，并且维保的工艺流程更为细致、多样、复杂；他知道了，这个行业从材料、工艺、技术、设备到品牌已形成了专业化、规模化、多样化，最是香港的"鞋博士"专业且引领时尚。

刘祥在靖江那鞋吧学习也就一个礼拜，他说他知道的、懂得的、明白的许多东西，远不如他从鞋吧主人身上感受到的，那种比做生意赚钱更值得看重、偏偏又是自己所缺少的东西，那就是人家远离家乡出来闯荡，不仅是为了谋取生计，更是一种人生追求。于是他深思熟虑、多方求教，作出了一个人生中最重要的决定：带上家中尽其所有的五万元积蓄，慕名去了香港"鞋博士"设在安徽蚌埠的总部，花两万五千元订购了一台多功能专用设备、花五千元培训费接受了整整一个月的专业知识与技能的系统培训。毕竟是国际品牌企业，来自全国各地的创业者汇聚这里，每日的培训课程都是老师讲授专业知识，课堂进行操作示范，然后逐项提供实践操作的必要条件，满足培训实践的一切所需。刘祥憋足了劲，珍惜着学习的每一寸时光。他自有自己的"笨拙法"，老师讲的每一课，课堂上他入心入脑地听，到晚上他一字一句写给自己看；老师示范的每一步，他反复琢磨、反复演练，反过来一步一步做给老师看。竟然，他学习的"笨拙法"一次次吸引着老师的眼球，老师一次次给予他频频地点头赞许，暖暖地微笑着给他鼓励。短短的一个月，除了紧张的学习培训，更多的收获来自老师授课时的严肃认真、一丝不苟，演示时的严谨严苛、毫不含糊；来自那些创业者们如饥似渴的求知欲望，毫不懈怠的精神状态。所有的耳濡目染让他有了胜读十年书的感慨。

刘祥的鞋吧是自家的居屋。位于铁匠巷的南端坐西面东、珠巷口拐角处的北侧、福慧寺后门的对面。说鞋吧是开在小巷深处一点也不为过。这在二十年前对于刘祥来说，是个没有选择的选择。之初去蚌埠培训，不少创业者选择加盟“鞋博士”回去开鞋吧，在当时那加盟费是个不菲的数字，他不假思索就却步了；之初，他也想过，鞋吧开到街面上去那是最好的，而那街面房的房租不菲又让他却步了。而这两次的却步倒是成全了他自己为自己设定了一个拭目以待的目标：靠自己一双手，印证一句“酒香不怕巷子深”的老话。

鞋吧开业那天起，刘祥从没有去想象过鞋吧的生意如何，他给自己定了个规矩：接受的每一双鞋，一定尽我所能，力求最好，用自己的满意赢得顾客满意。曾有一次出于好奇，我问刘祥有哪些修鞋的项目？他先是信心满满一句“只要是鞋子上要解决的问题，我来者不拒”，然后如数家珍似的说了个滔滔不绝：鞋面的擦洗、除垢、美容，划痕伤疤处理，整形除皱养护；鞋跟磨损，女式的更换跟片、男式的修复还原；鞋底的脱胶脱线、断底断帮修复。皮鞋的颜色修复、皮面翻新、皮面改色，皮鞋不跟脚嫌大的垫底收身，嫌紧的拉长伸宽；运动鞋的清洗维护、跟底磨损修复、杀菌干燥保养；磨砂鞋的除垢、喷色、补色、杀菌、干燥、养护。最是女式皮鞋，那是无奇不有，光高跟和跟片至少上百种；还有女式皮鞋高帮高筒多有拉链，那拉头拉线的更换与修复，那塑料齿与布面的脱线，这更换拉线真是个技术活儿，黄桥我是独自一家；还有女式皮鞋的整跟更换、装饰物的更新；还有高档面料如驼鸟皮、鳄鱼皮皮鞋，以及拼色拼花的高档运动鞋的保养维护，需格外地小心细致；还有上门服务的真皮沙发、汽车座垫、皮衣皮具的维护保养等等。

刘祥说得唾沫横飞的一刻，有女子送一双磨砂皮鞋交到他手上转身走了。一看便知那是熟客。我又好奇着问："这双鞋如何保养不妨说与我听。"他像老师上示范课似的，取来所需器具物件演示着讲给我听："这双鞋是来保养的。第一步，用软毛刷沾专用洗涤剂清洗皮面，得顺同一方向刷，否则毛的倒向就不一致，会影响后道工序。刷完，让它自然晾干；第二步，用磨砂皮专用刷往反方向打理皮面，使毛站立起来；第三步用磨砂皮专用美容修饰剂均匀喷涂，喷涂前先用美伦纸遮住装饰部位；第四步，进烘箱烘干杀菌；第五步，烘干后用泡沫鞋楦或定型架撑于鞋内定型，直到顾客前来取鞋时拿出。这一过程，晴天需两日、阴雨天需三日，实际操作时间一小时左右，收费三十元钱。"正说着，他老婆从外面回来了。我夸了刘祥一句："你老公的鞋吧忙得不错啊！"她乐着回我的话："耶，这一点我最相信他，做事特别的认真，从不马虎。"

我的母亲是摆烟摊做生意的，我对生意人手艺人有一种特别的感情。我实话实说，问了刘祥我好奇着又关心着的几个问题：

我问："鞋吧都开二十年了，靠什么站住脚的？"他说："干这一行掺不了假的，一个顾客就有一张嘴，他说你好就好，他说你不好就是不好。所以，我做的活儿经得起你挑剔，生意是做出来的，俗话说的，日久见人心。"我从刘祥说话时的那种信心满满中感觉到了：他用二十年修的那一双双无数的鞋构建起来的一种自信，让他有了这种说话的底气。

我问："一年四季，生意最好是什么时候？"他说："下雨下雪天、礼拜节假日反而生意会多起来，这种事是当家人的事，一般是女人居多，逢上闲暇时候会想起来做；最是换季的时候来生意，当家人忙一家子从头到脚的换季，一送就是好几双来。反正一年 365 天，正月初歇过三两天，其他不曾有歇的时候。”于是我对他说：“365天几乎是生意满满的，所以才让你二十年一点也没有懈怠过。”他点点头回我的话：“是的！”

我问：“送鞋来修的人不谈价钱、也不留手续？”他说：“我的上门客都是熟客，从不问价钱，从不要手续，做人不是一天做起来的，人家信任我。即使有问价钱的那是个别生客或外地人。”说着他领我去看店堂一侧的那排货架，里面的三顶架柜全是家庭主妇或当事人忘记来取的鞋，各式各样、新旧不等的竟有七八十双。他说：“时间长的有三五年了，多数是近两三年的，不管时间长短，它们在这儿，随时可取。”那一刻我心里想，没有字据、无须手续是一种相互之间的约定俗成，这种不一样的诚信恰恰被这些当家的主妇抑或鞋的主人的一种疏忽与健忘所见证。

我问：“黄桥镇有同行吗？”他回答说：“先后开过两三家的，时间不很长都关掉了，我暂时成了独自一家。这让我反而有了心理压力，既要保持质量一如既往，又不能随意改变价格，否则人要说你人品有问题。常有外地来旅游的，都是随到随修，我收钱后游客感到惊讶‘这么便宜？’说明人家有比较。常有周边乡镇开车来找上门的，也有认不得喊电动三轮送上门的，人家慕名而来，所以人要讲德行、讲口碑的。”这让我想，如今鞋吧已成独家独行了，而在信誉、口碑上珍视得这样如履薄冰，让人看到了刘祥平凡而不平庸的一种胸境。

刘祥的鞋吧是自家的居屋，四开门的铝合金门脸，每块玻璃上将修鞋、养护、美容的具体项目公布于众，二十年不变的一道风景。反倒是周边的景致变了：珠巷口建了个大香台，高大且颇有气势；铁匠巷则拆除了东侧的半边巷改为了绿地，让福慧寺的容貌赫然显现。如今大香台、福慧寺与鞋吧相互映衬着，所不同的是，大香台、福慧寺是人们祈求平安幸福的地方，鞋吧是刘祥忙忙碌碌的精神家园。

修脚工宝庆

黄桥人过日子还真是滋润，悠哉悠哉着尽享清福。你从修脚工宝庆那忙碌的身影便可见一斑。

那天回黄桥一趟，约好去德弟家吃午饭。弟媳起早买了一堆的菜：活蹦乱跳的河虾、黄头黄脚的草鸡、吾情有独钟的蚬子，炒春拌的浆皮、粉皮、药芹、螺丝，还有一条近二斤的野生鲫鱼。德弟别出心裁向我献殷勤，特意请来修脚工宝庆，让我先热水泡一泡脚，然后享受一回修脚刮脚的快活。德弟告诉我，他和弟媳一两个月请宝庆来家里修理一回脚，舒服！我想，这倒也是，千里之行始于足下，可不能亏待一双脚的，定期让辛辛苦苦的脚舒服一回，应该。我正闭目养神，享受着修脚时这无以名状的舒服，宝庆的手机铃声响起，手机那头说“我们五个人在等你呢”，宝庆回一句“你们先泡脚，我过会就到”。宝庆忙完手头的活计，收好家伙，立马起身告辞。德弟告诉我，他顶替父亲在供销社日杂仓库工作的那么多年，与宝庆家近在咫尺……德弟情不自禁地向我娓娓道来宝庆的人生过往。

宝庆1963年出生，属兔。传统的说法是，属兔的人往往特别温和、文静，谦谦有礼，精细耐心，善良，纯朴，富有责任感。德弟说，“这些个性特点宝庆身上都有”。命运的安排让宝庆做了修脚工，他把这些带有天性的优点都归结于他的师傅。他说：“我的师傅性格温和，我没看见他发过一次脾气，也没见一个顾客发过一点脾气，我学到了师傅的好手艺，也学到了师傅的好脾气。”

这话得从头说起。宝庆初中毕业，1986 年 4 月进黄桥饮食服务中心商店，分配到珠巷浴室，师从刘文华学修脚，月工资 20 元，学徒期三年。师傅当年已五十多岁，带徒是领导从后继有人方面考虑；学徒期是当时沿袭传统的政策规定。其实，宝庆学徒三四个月就独立操刀上岗服务顾客了。首要得益于师傅的言传身教。师傅先让他一旁静观修脚时的一招一式一姿一态：看握刀修脚时的刀法掌控，看修脚过程的循序渐进，更注重看懂修脚时的心无二用，心平气静，看懂修脚时全神贯注修脚的那种心到、手到、刀到的状态。师傅让宝庆一旁静观整整一月，考验锻炼他的耐心与耐力。然后，和风细雨着叮嘱他：让你看，不光是看刀法，最重要是静得下心来，要做到心如止水，旁若无人，像和尚坐禅心定神安、心无挂碍，你才能看得出什么是刀法，什么是刀法自然。切记：心静是修出来的，刀法是练出来的，二者缺一不可，你要慢慢体验、细细感悟。

接下来，师傅这才让他操练刀法。第一步，先是让他修削杨树枝条。教他握刀要自如，行刀要稳当，修削多少要心中有数；第二步，让他修削竹筷。教他下刀时要发力，控刀要有把握，分寸全在心里；第三步，让徒弟给师傅修脚。师傅挑了个生意清淡的日子，在他肩头轻轻一拍，笑盈盈着说：“来，给我修脚试试刀法，别怕，胆大心细，相信自己行。”师傅语气的风轻云淡，给了宝庆一份自信。他把师傅教的、自己练的所有体验凝结在刀刃上，用心拨动刀刃，小心翼翼着旁若无人，几乎花去师傅修脚的双倍时间完成了他的第一个“作品”。师傅始终用一脸的轻松微笑给他壮胆，当他放下修刀用疑虑的眼神偷看师傅一眼时，师傅满意着微微一笑：“嗯，比我当年修的第一双脚好得多得多。”于是取刀，给自己的一双脚补修数刀，且一一说出个为什么来，让宝庆至今难以忘怀。

自从宝庆独立操刀修脚，师傅耐心着做了他一段时日的看客，待浴客散去再给他评价指点一番。师傅每每看见徒弟学有所悟、技术精进的状态，总会喜上眉梢。他没有想到，徒弟学徒不出一年，不仅把修指甲、削老茧、挖甲沟、刮脚丫、挑刺窝等一套刀法学得游刃有余，还悄然学到了师傅在修脚之余，浴客有腰部扭伤、筋骨疼痛之类，即时露一手中医的推、拿、按、摩、揉、捏之术，令人刮目相看且好评多多。师傅高兴之余跑去找单位领导讲情，说宝庆学徒进步很快，建议给他缩短徒工期提前满师。师傅不懂徒工期三年是劳动工资的政策规定，事情未成反倒被同事笑话他是“三分钱买个拨浪鼓儿——不懂，不懂”。这笑话一出，反过来又歪打正着：给宝庆扬了个好名声。

宝庆家境贫寒，工作又不起眼，恰恰是因他为人善良、厚道、笃实，有把好手艺，有个好脾气，让他二十三岁就讨到了老婆。德弟说，宝庆与老婆三十八年从未吵过嘴，恩爱如初。说实在的，宝庆是个修脚工，内心有点自卑，他几十年如一日用对老婆加倍的好，加倍的爱，呵护老婆，珍爱这个家。老婆亦然，把宝庆对她点点滴滴的好甜在心里。她在村办厂上班，厂不景气便早早退下岗来，把普普通通一个家的平常家事料理得妥妥当当，不管宝庆多么忙碌，春夏秋冬的每天的每顿饭，她一定等宝庆回来一起吃一如平常的热饭热菜，一如既往的平常滋味。

偏偏不知何故，命运要捉弄一对寻常夫妻。九年前，宝庆他老婆患上了被称为不死癌症的尿毒症，宝庆凭着他的一把修脚刀要承担难以负重的医疗费。宝庆给德弟看过一张一季的医疗费票据，金额为9684.52元。德弟说，我一看伸了伸舌头，为宝庆捏了一把汗。2022年，宝庆咬咬牙为老婆一次趸缴76000元给她办了医保。宝庆说，给老婆医病哪怕去吃千辛万苦，我这辈子就剩下为老婆了。德弟说：是的，宝庆的儿子懂得自我奋发，大学毕业考了海安住建局的公务员，讨了当地的老婆，孙子已八岁了，宝庆全部心事都落在老婆身上了，是他生命的全部。

我难以想象，宝庆凭着修脚的一把手艺，是如何做到培养出一个大学生的儿子、支撑着一个艰难重重的家的？

宝庆修脚至今近四十年，他服务过不知其数的各式人等，一张笑脸对着千人千面，从来都是顾客至上，恭维备至。他说，有人可能看不起我，我不可以看不起任何人。“大锅饭”时，每天至少做二三十个顾客，每做一人从换垫巾、捏巾一人一巾做起，无论修脚、括脚、捏脚做到顾客满意为止。浴室实行承包经营后，珠巷浴室这种低档次的洗浴生意清淡，但宝庆却忙不过来，除了在浴室坐堂服务与老板对半分成，大量的时候都是被熟客请去上门服务。他手机上存有二三百个熟客的号码，几乎都是慕名打电话约请他上门，常常让他应接不暇，而他总是尽一切可能满足各式人等的约请，不厌其烦，不辞劳苦，为了他人，也为自己。

关于上门服务，宝庆有自己的一番不同寻常的认知。他说，人家请你上门服务，是人家看得起你的这把手艺，是一种信任，也是人家主动给你挣钱。再说，人家瞧得起我，我就要做到端端正正：热情上门，周到服务，不管多忙，约的时间要准时，千万不能耽搁，不能忘记，更不能爽约，诚信比钱值钱。至于钱给多少，一般行情十块，人家客气二十也有，手头不便五块也行，钱多给少给我不在意，满意就好。

关于上门服务，宝庆有自己的一番内心独享的快乐。最快乐是每月去两个敬老院为老人服务，老人们孤独寂寞，就喜欢与他喋喋不休拉拉呱。他乐着说，我天生嘴乖，每给一位老人修脚，就打开话匣子，与他们拉拉家长里短，说说社会新闻，抑或逗逗他们开心，哄哄他们高兴，甚至拍拍他们的马屁：“你们就把我当你们的儿子，想我的时候就打电话给我。”最是离开的时候，老人们向宝庆说着恭维的话：“你比我儿子好，懂事，会说话。”“你人好，我有你这样的儿子才是福气。”他说，这样的话让我听得心里酸溜溜的甜，每逢约定的时间就想早早地去。还有，黄桥初中那位老校长，丈夫疫情期间得了白肺病，她恳请宝庆去为丈夫修一修脚。宝庆二话没说就去了。离开时宝庆看见那老校长感激的笑眼里闪着泪光。还有，有位老校长患重症在苏州住院数月，其妻去探视时专请宝庆同往，去为丈夫修一回脚。宝庆说，心里的那种感觉，是自己做了一桩善事。

关于上门服务，宝庆有自己的一番却之不恭的收获。他一如平常，每天不分早晚奔波于大街小巷、居民小区，服务的每一位对象他都是一张笑脸进门，轻声细语着招呼主人，悄然间活计上手，那细致入微的刀法，专心致志的神情，给人一种润物无声的舒服与满足。他的这种让人心满意足的服务，又从不在乎钱给多少、一个一个的服务对象过意不去了，身份各异的主人便总要表达一下各不相同的谢意，那区区人之常情的心意表达恰恰是有意趣不同、风情种种：那当老板的做领导的一高兴，呼家人给一盒茶叶或拿一包香烟；那当家过日子的主人随手拿一只苹果或塞给一只梨；那日子过得谨小慎微的主人拿给他几块喜糖或婚礼上收获的一只小布娃；那敬老院的老人摘下一枝稍有点不太新鲜的香蕉给他，却是从嘴上省下的；那老太太拿一小盒保健品给他，虽不知真假心是真的；那主人明知他不抽烟，便要敬他一两支或名牌或普通的香烟；那主人知道他无暇吃零食，便要给他抓一把开心果拿一瓶酸牛奶；那主人知道他家里没有小孩，便要送他一只拨浪鼓儿……所有这些，不管贵贱有用没用他都收下，他说，这是人家的一片心意，是满满的友情，倒是收之有愧，却之不恭。有一回老婆说他，没用的东西、过了期的东西不要往家拿。他笑笑说，你不懂，收下东西是对人家的尊重，即使是过了期的人家一定不是故意的，要善解人意。

关于上门服务，宝庆有自己的一番引以自尊的满足。那邻居的丁奶奶每次都要多给他五块钱，口口声声说，我儿子在美国我有钱用，就看上你手艺好人品又好。那位老校长，当年是他儿子的语文老师兼班主任，对他儿子关爱有加，老校长退休后他坚持上门服务且不肯收费，老校长时不时就送他水果茶叶之类，老校长七十寿宴一张大红请帖请他去国际大酒店喝的寿酒。那位敬老院的戴祝庆老人，他定期为老人修了二十年的脚，老人九十大寿请他去喝寿酒，他贴在老人的耳边说：我愿意再为你修二十年的脚！老人笑不拢嘴，举起双手竖起两个大拇指来。

德弟告诉我，看着宝庆每天这样精神抖抖着忙忙碌碌，他问宝庆：你最大的心愿是什么？宝庆不假思索地说，最大的心愿是忙钱给老婆治病，与她白头到老。德弟这一说让我在想，宝庆不管怎样的忙碌，最令我羡慕的是他在茫茫人海中东奔西走，不分早晚地忙碌不休，但他一旦坐定进入修脚状态，一颗心便能安静下来，我想这是一种定力。记得白岩松说过一句很深刻的话："当下时代，最大的奢侈品，不是香车别墅，也不是金钱地位，而是心灵的宁静。"我想，我笔下的这位修脚工宝庆就是这样的人。由此我相信，心灵宁静的人，他的心愿一定能如愿以偿。

的哥小盛

我的家乡情结有点重，隔三岔五总是会有事回黄桥一趟，多半是约小盛的的士送我回城。小盛的的士是凯哥黑松林厂的定点用车，这事我何乐而不为呢？既无须我自己掏钱，又特别的方便简易，每次只要事先告知接我的时间地点，他都是爽爽地满口答应，从没耽误过我。即便有两三次他出差在外，准点到达的是别的的士，那是与小盛在生意上常常相互照应的同行，让我感受到他在信誉上的一种妥帖。

日子久了，我越来越喜欢约乘我这小老乡的的士，每次喜欢与他在途中拉拉家常、品品生活的滋味，渐渐地读懂了他素朴敦厚、勤劳耐苦，与许许多多同龄人不一样的人生。

小盛的人生是因家庭的变故而变化的。他的父亲年轻时一表人才，虽说拖着一条小时候因家里照顾不周而摔伤的残腿，靠自己的能干当上厂里的供销科长，有了饮酒的习惯那是情理之中，偶尔因工作不顺心喝得酩酊大醉亦情有可原。家庭发生变故是小盛十六岁那年，他亲眼目睹了母亲离弃父亲而去，留下了刻骨铭心的记忆。母亲走了，父亲拖着一条残腿走上了失魂落魄、自暴自弃的不归之路。父亲的痛苦憋在心里百思不得其解，常常借酒消恨解愁愈演愈烈，竟然两三年不出家门、不谋生路，浑浑噩噩度着时光。小盛最记得那年，正读职校高二的他暑假从县城回来，炎热夏天里的那个家让他的心感受到的却是冰凉冰凉，生活窘迫得连过日子的开销都无从着落，每天父子两人一块钱买二斤水面度日，清水寡面里各自舀一汤匙血红血红的水辣椒，吃得满嘴满腹的苦辣。这一个暑假让他切切实实地警觉到了：家的温暖荡然无存了，家的天不能塌下来，而应该且能够撑起这个天的，舍我其谁？

十八岁的小盛唯一想到求助的是城里的舅舅。舅舅心地慈善，为小盛在朋友厂里揽了份加工伸缩推拉门的活计，在自己承包的食堂给了小盛父亲一份买菜的差事。

小盛在职校学的机械加工，他满以为可以去搏取一份生活的希望。加工伸缩推拉门是城里街面房改造的配套项目，时间紧迫且按计件取酬。那一个冬天，小盛从早晨六点一直干到夜里十一点才肯罢休，十指罗心全被磨破，几乎在每根铁件上都留下了血的印迹。当他屈指算算计件工钱已累计至一万三千多的当儿，那车间主任不知何因跑掉了，如同人间蒸发一样。小盛急了，嘴说无凭又有口难辩；老板难了，没有依据怎么给钱？再说小盛的舅舅与老板是要好的朋友，哥儿们一义气就随了老板的主张，仅以一千三百元结了账，那是按学徒工基本月工资标准作的参照。小盛拼命苦干、几乎是用血汗换取的象征着人生希望的劳动果实，就这样无辜地无情地被化为乌有。这事，他牢牢地憋屈在了心里。

小盛满以为，父亲有了一份做事的忙碌，可以让他心里的悲苦稍稍缓解与淡忘一些，却又事与愿违。舅舅承包的食堂是对外营业的，几乎与饭店没有两样，这让父亲每天有了喝酒的可能与便当。而父亲一碰酒就无度了，回到宿舍一到午夜就发酒疯。小盛与父亲的宿舍门靠门，父亲总是疯着敲门，唤小盛过去，然后将他按到墙边打他的嘴巴，一边打一边声泪俱下、胡言乱语地发泄，竟然一打就是一两百下。父亲虽然不是下的狠手，但小盛从那痛苦表情中能够体味到，父亲心里的痛在翻江倒海无以名状，并且，父亲的胡言乱语中小盛听出了那反反复复诅咒的一句便是：你是从离我而去的那人肚子里生下来的，我不恨你恨谁，不打你打谁？小盛竟然没有一丝一毫的反抗，他可怜父亲，多么希望父亲能把苦水倾囊而出，一干二净。日久了，他才渐渐地明白，父亲的苦水是倒不尽的，因为，母亲选择了自己的人生，父亲是命中注定了的苦命，这一切儿子没有选择，所以，唯有认命，没有解药。

工钱的事小盛如同哑巴吃了黄连，父亲的酒后发泄又让他心如玻碎，双重压抑之下他选择逃遁回了黄桥。面临生活如何着落的窘境，小盛遇上那个叫丁湖海的好人，带他去揽农网改造工程的活计，大到拉电缆、树电杆卖死力气，小到进村入户装表接线做些杂活，一天能挣到五六十元，尽管那大半年的时光时而会三天打鱼两天晒网，但与好心人一起干活共事，一颗犹如冻僵了的心有了回暖的知觉。

正当其时，好心的姨老爹帮小盛找了一份农机修造厂机修车间的工作。刚进厂的半年徒工期只拿七十二元工资，父亲尽管不信，他依然是那种拼命吃苦的秉性。有一次在车间加班很晚，一阵眩晕跌倒，后脑壳砸了个小洞，因出血不多，一时觉得没什么大碍，他居然没去医院，留下阴天落雨隐隐作痛的后患。小盛离开工厂是因为厂里不景气了，还因为他拼命苦干，只能拿到徒工工资加上加班费也就二三百元，而当时人均工资已达千元以上。然而，那两年的时光他还是收获了很多：他磨炼了自己吃苦耐劳的坚韧与顽强，得到了与他一道工作的所有人的认同与好评；他与工厂附近那个小卖部的姑娘相识相恋相爱，收获了一份心甘情愿与一无所有的他同甘共苦的爱情。

小盛婚后喜得一子，妻子在电厂有了一份稳定的工作，让他感到生活有了奔头的同时肩上多了一份沉甸甸的责任。他将婚前开卡车的差事辞掉，转为替建桥公司项目经理当了两年多的专职驾驶员，在建桥工地长了见识又多了薪水，也多了一番寄人篱下察言观色的经历。建桥项目竣工之后，他回来赶了一回与时俱进的时髦——在网上做起了销售充值卡的生意，一年多竟赚了好几万元。这对小盛而言，是一份喜悦更是一份自信。遂又主动应聘被永安镇一家老板请去开专车。于是，他把一点一点挣到的钱捏在手里，捏得紧紧的，幸福地想：原来，生活真的是有奔头的。

命运偏偏不让小盛过风平浪静的日子，黄桥民间打会盛行那股浪潮，他被殃及得不轻。

首先是妻子的近乎入魔。那时敬老院有一百平米十七万元的集资房卖，他本想尽自己的钱再举借部分买下，让三口之家有个蹲身之处。没想到竟遭妻子反对。她坚决要拿钱去打会，其理由是来钱快，其目的为这个家，其决计没有商量。他拗不过他疼爱的妻子便说："钱总给你，但出了问题一旦出险，哪怕是永世没得翻身，你冤枉不到我头上！"妻子不仅拿自己的钱，还向亲眷借钱，投下二十几万的赌注，结果血本无归。

接踵而至的是父亲如鬼使神差。他被那大会头找去当了会计，每天三朋四友喝酒作乐，喝醉了还睡在雪地里打电话让儿子去接。荒唐至极的事是，有个朋友存十万元给会头，托他每月为其支取利息。会倒了，会头被捉了，这个朋友骗他在这存单上签字，谎称回家可以应付，结果朋友将此事告上法庭，判他赔本息、利息加诉讼费十三万多元。

雪上加霜又冒出个次生灾害。妻子、父亲是他生命中最重要的两个人，让他背上不堪重负的债暂且不说，妻子打会损失的多半是举借的家里亲眷的钱，会倒了，亲眷们误以为是父亲把钱捞在身上吞了。因为他是会计。父亲受不得冤枉竟然割腕自残，抢救缝了好几针。然而受伤害的父亲可曾知道，儿子一颗伤痕累累、不堪重负的心，有谁来为他缝合疗伤与安抚减压呢？

父亲遭遇不幸懦弱着颓废地选择了自残，而小盛面对不幸勇敢着顽强地选择了自救。他痛定思痛、深思熟虑之后选择加入泰通出租公司成为的哥。他唯一说服自己的理由是：这个行当，没有相互欺诈，唯有循规蹈矩，付出辛苦与收获薪水能成正比。每天早上他早早出行，夜里跑到十一点如常，事先有约早上三四点出行不论，深更半夜归来也行。时间最长一回，跑南京一个来回又上海一个来回，还跟随客人办事，足有二十个小时出头。有回发高烧送客从上海返程，到阳澄湖服务区喝冷水降温，昏睡两三个小时重新上路，途经梅村服务区时坚持不住又睡上个把小时，到家时凌晨六点。他靠顽强毅力去吃苦，只要握住了方向盘，那一定是集中思想、聚精会神，高度警惕着驾车。他说："决不允许自己有丝毫松懈、疏忽和大意，因为有一家子的责任扛在肩上，每时每刻都是如履薄冰。"他靠百分百的诚信维系生意：他揽下苏三零公司管理层人员的上下班接送，兼揽了中心幼儿园的公务出行、琐事帮办，承揽了黄桥与泰兴菜场之间的货源流动，代为饭店老板到外地去拿高档菜品，还有诸如黑松林等企业的定点预约。他说："无论什么时候、无论有什么特殊事办，我首先要保证人家的这份信任不在我这里误事，否则，误事一回，信誉全无。"

小盛自从开了的士，他对自己的吃苦耐劳是一种强迫，近乎于刻薄。因为，他要让自己看到希望，给家人带来希望。

父亲是他永远的牵挂，他要有能力担当。他说："我无法改变父亲的人生，只有尽一切可能对父亲好。"理解包容父亲对自己的伤害，他做到了。他这样地认为：理解、包容父亲的发泄，对自己来说是一种孝顺。父债子还，他做到了。他没有抱怨父亲犯下的错，他说："父亲犯错一定是自责了，谁的人生不会犯错呢？"不惜代价为父亲治病疗伤，他做到了。2020 那年，父亲两次中风住院、一次股骨骨折手术共花去十万余元，他咬咬牙扛过去的，那是毫不犹豫。尽孝道让父亲安度晚年，他做到了。他将父亲安排在大庆护理院，及时足额地支付护理费、医药费、生活费；他安排妥妥的事还有，他与妻子、儿子轮流着去探望。他解释说，让三个人分别去探望的短暂时光连接起来，是一家人对父亲的陪伴。他告诉我，上高中的儿子去探望时总是会带爷爷喜欢吃的香蕉，然后给他来个电话“爸，我去看爷爷了”。

他要给妻子永远的爱，就必须全身心去担当。他说：“妻子没有嫌我一无所有就嫁过来了，我有什么理由不宽容妻子犯的错，最多她是好心办了件错事。”所以，他用爱与妻子拧成一股劲共渡难关。这些年他们还掉了债务，拥有了一套不很宽大、却很温馨的属于自己的住房。夫妻俩以端正的人品、勤劳的本色濡养和影响儿子，陪着儿子学习与成长。

我毫不犹豫地说，因为我经常约乘小盛的的士，我从他身上学到了很多，也被感动了很多。每次，在与他的交谈中，我能感觉到他骨子里渗透出的那种男子汉的血性与质感。

瘸手瘸脚的丁德如

这个瘸手瘸脚的丁德如来到我的笔下真是机缘巧合。

春哥专程从沪上回来，应媒体部门之请写篇全国人大代表何健忠事迹演讲稿，其主要内容是何健忠为丁德如这位残疾人排忧解难、化解人生困惑的故事。看了演讲稿，反倒让我有了记下丁德如这位残疾人人生故事的冲动。

得知丁德如是黄桥华庄村人，便立即想起他与摄影师黄国建是同一个村。于是给黄国建打电话，说我想与丁德如面对面采访一次。黄国建并不认识丁德如，而他是个热心人，很快就回了我电话，说丁德如十多天前刚刚去世。那瞬间我心头一颤想：我刚想记下他瘸手瘸脚的人生，他偏偏瘸手瘸脚着走了，为什么要与我失之交臂？接下来又让我的心舒缓下来，说帮我约了专程从宁夏赶回来为丁德如操办后事、与丁德如几十年忘年之交的何俊彪，此人说他对丁德如全知全晓。那瞬间我又想：丁德如人间消失了，约请他的友人替他向我讲述，这种间接的访问，也许可以算是我与这位残疾人的知遇之缘吧！

黄桥镇与溪桥乡合并之前，溪桥乡的王家坝与黄桥的西寺桥村相邻，位于如泰运河与老龙河之间，得天独厚的生态水环境，丁德如与何俊彪的父亲是王家坝妇孺皆知的朋友。当年瘸手瘸脚的丁德如已在村集体的窑上看窑谋生时，何俊彪还是个孩子，年岁相差二十大几。

一个残疾人被一个孩子所崇拜，进而成了忘年之交，是一种什么样的渊源？

丁德如父母都是农民，兄弟姐妹六个。早年因家贫只供他上到初中毕业便辍学在家，一个正当热血沸腾的年岁，冬天又没有多少农活可做，无所事事的他便突发奇想，下到家前屋后的沟河里去捞蚌螺、摸鱼虾，为家里粗茶淡饭的清苦生活添一点荤腥，多次下到沟河里被冻得手脚僵硬却不以为然的他，总是被围观者褒奖的言语鼓足了勇气，恰如一句俗语：癞宝垫床脚——硬撑。然后乐极生悲：渐渐地他的手脚出现红肿、胀痛，剧烈时，手脚的十指和腕关节、踝关节像针刺一般疼痛难忍，然后手脚从僵硬慢慢地出现畸形。莫大的遗憾是，一方面，当年以种田营生的八口之家无力给他去大医院诊断医治，另一方面，一家人对这类风湿关节炎会致残的严重后果却全然不知。

经历了人生的一场灾难，废掉了丁德如的一副手脚，也荡尽了他身上的乳臭与稚气，那颗稚嫩勃发的心从此不再躁动，悄然生发的是大男人的那种骨气与坚韧。

丁德如瘸手瘸脚地去找大队支书倾吐心声，揽下老龙河边看砖窑、鱼塘的一份差事。他自搭的遮风挡雨的更棚，日夜守望在集体的砖窑侧旁，除了为生活挣点工分，他利用窑旁路边的隙地种上瓜菜，在更棚一旁搭起鸡窝养了一群土鸡，用生活的自给自足卸去父母心头的一份忧心忡忡。每每入夜，他守着油灯读书看报，以满足心底的一点奢望——不虚度人生时光。

也许，丁德如已到了心智开始成熟的年岁，当看见朋友的儿子路过，心里瞬间便涌动起一股长辈对晚辈的那种欢喜。那天，还是个孩子的何俊彪游玩路过砖窑，被丁德如亲切地一声“彪儿”喊住。小俊彪从来没有被这样亲切的声音喊过，也没有被大人的手抚摸过他的头，还对他嘘寒问暖。让他更没想到的是，这个叔叔立马煮了十二只鸡蛋，一只一只地剥给他吃，吃一只让他喝一口水，他一连吃了六只，剩下的让他带回了家。那年头，吃一只煮鸡蛋对一个孩子那是奢望，更何况吃下六只，剩下的六只他拎在了手上，那种感动无以言状，让他铭记在心头。小俊彪一路上想：这世上还有这么对人好的叔叔，说的每一句话都说到你心里去，那双变了形的手还能写出那样漂亮的字来……油然而生的，除了感动，还有崇拜。一个瘸手瘸脚的长辈，对一个还是孩子的晚辈，一次发自内心的热情款待，成了他们忘年之交的开端，他们彼此都没想到，弥足珍贵。

丁德如自己已瘸手瘸脚，飞不起跳不高了，他决意把放飞人生梦想的宏愿托付给弟弟。弟弟丁德荣小他十二岁还是个孩子，自从他去看守砖窑住进了更棚，就把弟弟带在身边同住同睡。每晚他陪伴弟弟读书学习，潜移默化地向弟弟灌输学习、做人、奋斗的道理。他说天上没有上帝，人间没有鬼神，学习唯有刻苦，人生唯有奋斗，才是正道。弟弟年少时顽皮，白天像断了线的风筝，一到夜里便会服服帖帖聆听哥哥教育，乃至接受训导苛责。直到弟弟高中毕业又完成建校学业，事业有了大进之后，感慨着说：“我这个残疾的哥哥，对于我的学习、成长直至事业有成，胜过父亲对我的影响。”直到如今还说：“哥哥下象棋方圆十里无敌手所表现出的那种智慧、淡定与自信，成为我人生奋斗的一种标杆和榜样。”

说起丁德荣，我与他三十八年前就共过事了。当年是他哥哥拿的主张，让他在高中毕业后报考的设在泰兴城南的建筑职业学校，那是为我县成为建筑之乡培养的第一批技术骨干。1984 年，我在县重点工程食品罐头厂任副厂长、副书记主抓基建时，是县建筑一公司承建的 500 吨冷库，获得优质工程，丁德荣是项目经理。工程竣工不久他就下海了，去了海南的海口创业，业绩斐然。由此我想，从丁德荣事业成功的源头上说，他是他这瘸手瘸脚的哥哥人生智慧的一个作品，同时也是丁德荣自己人生智慧的作品；往深处说，哥哥的人生智慧作用在先，在弟弟的人生智慧之上。我这样说，弟弟告诉我，他心悦诚服。

我不知道，当年瘸手瘸脚的丁德如守着更棚、守着黑暗的时光里，心里交织着多少人生的不甘与梦想？是他忘年之交的朋友告诉我，他一步一步与命运抗争，去实现梦想，是与改革开放的步伐紧随其后的。

当年国家实行粮油棉等商品敞开供应、价格放开不久，丁德如便嗅到了一种商机。受邓小平“摸着石头过河”这句话的点拨，他约野岸庄那儿叫陆余堂的二轮车夫，早晨接他去黄桥粮管所，晚上再送他回家，每天早出晚归连续十多天，去调查考察这刚刚开放的粮食市场：他与卖方聊讨价还价的生意经，与买方聊价格质量的门槛经，与既是卖方又是买方的人聊粮食行情涨落变化，生意买卖的来龙去脉，几乎聊遍了黄桥粮食市场的买主卖主、坐商行商。于是，他一旦开始做起了粮食买卖，便打破常规思维出手不凡，出人意料的一招是“低下身子做生意”，即薄利多销，快进快出。高别人五厘、一分买进，低别人五厘、一分卖出，从一袋几袋的买卖，直至一船一船的进出，生意越做越大亦越做越顺。忘年之交的朋友、自家的亲人惊奇着问其秘诀何在？他便和盘托出：说事情从无戏言，谈价格滴水成珠，做生意人格垫底。黄桥街上的餐饮店、烧饼店、绞面店大大小小的客户他都是以最低价格，即买即送，赢得一片好评。那二轮车夫陆余堂与他日久生情，成了他生意上的帮手。除了为他早晚接送，那生意上送货上门、结账跑腿的事，他在粮管所对门租下的那仓库里进出搬弄的事，陆余堂在他的指点下忙得妥妥帖帖、不亦乐乎。当然，陆余堂忙得起劲且做事忠诚，这完全在于丁德如善于明明白白地宽厚待人：接送一份车钱，做事一份工钱，逢年过节一份欢喜钱，如其家里有什大事他会出一份人情钱。那何俊彪引以自豪似的告诉我：“那些年，丁德如在黄桥的粮食市场生意做得最好，那些全手全脚、久经沙场的生意人自愧不如的。”我想，其实不难看出，丁德如生意上的薄利多销，给二轮车夫的宽厚待遇，前者是策略后者是做人。细细去想，一个能说不能行的残疾人，做生意与做人如此相得益彰，不就是他成就事业的一种人生智慧。

这瘸手瘸脚的丁德如生意上正如日中天时，已人到中年、青春不再了，没有太多奢望却大器晚成的他，这才与姗姗来迟的爱相遇。那二轮车夫因家里有事要离开一段时间，出于重情重义便让女儿临时接替这份差事。丁德如同样出于重情重义，也出于生意所需，对一个几乎不谙世事的农村姑娘给以指点关照，教她如何与人有板有眼地说话，教她如何有板有眼地把事做好。这一点拨，让她很快地变得聪明伶俐起来，也让丁德如对她的关照自然而然地多了起来。水涨船高的是，两人说话的亲和，做事的默契便一点一点微妙地起着变化，偶尔，两人眼神相遇时，彼此都有闪动的光被对方看见……

他们相爱了，姑娘是那样地羞涩、纯朴，那样地不假思索；丁德如是那样地热切、期盼，那样地顾虑重重。他的顾虑重重是可想而知、所能预见的。他知命，自身残疾又大女方二十五岁，但他不愿意把美好姻缘搞得一团糟，又不可能远走高飞、一走了之。慎重起见，他让弟弟丁德荣回来替他操持这桩困难重重的婚事，按他的旨意，让弟弟像下棋那样走了三步妙着：其一，弟弟出面与未来的嫂子进行了一次慎重的谈话。问，你与丁德如是否是自由恋爱、两厢情愿？恋爱中丁德如是否有欺骗、隐瞒、强迫等行为？又问，你们婚后可能面临贫穷、疾病，将会面临年龄落差和丈夫残疾所带来的种种困难，是否有了充分思想准备？这未来的嫂子对所有的问题全都给了肯定的回答。谈话征得女方同意作了全程录音。其二，根据谈话内容，弟弟让未来的嫂子写了“自愿书”。其三，在弟弟丁德荣的陪护下，他们双双去民政部门领取了结婚证。至此，消息传出，遭女方家庭强烈反对这是必然。

于是，女方父母、叔叔、大队支书等一帮人闹上门来。当丁德荣亮出了三张底牌，那领头上门、气势很盛的大队支书一下子冷静了下来，抬手一扬说："还有什么好说的呢？打道回府。"

丁德如与妻子陆文红婚后幸福，恩爱如初。妻子为他生了一男一女，夫唱妇随着把儿女培养成了大学生，女儿考上了镇机关公务员，儿子在一家公司当技术员；妻子无微不至地孝敬服侍公婆，夫妻俩陪伴二位老人度过了幸福的晚年，公公享年九十七岁，婆婆享年九十五岁，几乎都是无疾而终。我从审美的角度去看丁德如的婚姻，倒是应了冰心先生的一句名言："有了爱就有了一切。"这让我细细地想：丁德如这样一个残疾人所拥有的爱，有点像隆冬的蜡梅，开得彻骨寒香，无疑是他人生智慧的一种结晶。

丁德如当年为翻建住房求助全国人大代表何健忠的事，我本来已约了何健忠本人，了解清楚这桩翻建住房矛盾的原委。看了春哥写的演讲稿中何健忠处理这桩矛盾的过程与结果，我打消了采访何健忠的念头。因为我想，当年丁德如申请翻建住房是合乎政策条件的，村里没有及时给他办理手续是有其原因和道理的，是各有各理、各说各理，现在再去理清这桩矛盾的是非曲直还有意义吗？被我所看重的，倒是丁德如没有去与村干部论理争辩，乃至对抗闹事，也没有去逐级上访，而是独辟蹊径——写信向人民代表求助，何健忠接到这位残疾人的求助信后，次日就赶到丁德如家中了解情况，与村干部协商调解，圆满化解了这桩矛盾。我当镇长、监察局长期间见识过太多的信访事件，无理取闹的、旷日持久的、进京上访的屡见不鲜。在我看来，丁德如一个瘸手瘸脚的残疾人，用与众不同的思维和方法，化解了一桩困难重重的矛盾，打开了一个看似难解的心结，这恰恰是一种独到的人生智慧。

成语"解铃还须系铃人"中有典故，说法眼和尚问大家："老虎脖子上的金铃谁能解下来？”大家回答不上。正好泰钦禅师来了，法眼又问这个问题。泰钦禅师说：“系上去的人能解下来。”颇有戏剧性的是，何健忠这位全国人大代表，是当年丁德如得以翻建房屋的“系铃人”，偏偏又让他当了这房屋拆迁的“解铃人”。与丁德如翻建住房相隔十年许，黄桥镇按规划建设新区，华庄村被整体拆迁，当年翻建住房困难重重的丁德如，也让拆迁人困难重重了一回。且不说拆迁人上门多少回谈了多少次，其中焦点问题是什么，只说旷日持久的时间近一年半。最后有人想到了何健忠，应了“解铃还须系铃人”这个典故。让我在想，丁德如在拆迁中的所谓“刁难”问题，既有他当年心里的怨气未消的原因，也有拆迁中事实上存在的个别人情差别的原因，还有拆迁人做工作没有做到这位残疾人心里去的原因。而最终让丁德如服从拆迁的原因，既是何健忠这位全国人大代表的人格魅力，也有丁德如这位残疾人懂得知恩图报的君子之风，还有丁德如把握住了适可而止、让各自体面走下台阶的分寸。这种有尊严地与现实讲和的分寸感恰恰是一种人生智慧。

我记下了丁德如的人生。一个瘸手瘸脚的残疾人风风雨雨、坎坎坷坷一路走过，还能凭借自己的智慧让人生活得精彩纷呈，令我感佩。

姜宝生医生

2022 年 2 月 17 日上午，半小时内我先后接到老同学谢玉贵和鹏德弟弟的电话，他们告诉我：姜宝生医生早晨走了。他们知道，我与姜医生的大儿子二儿子及儿媳先是同学同事，进而是好友加亲戚的多重关系，一定要去吊唁的。

我顿时心里一惊想：一位很有人生智慧的老人，今年九十九岁高寿，他说最大的心愿是无疾而终，他是不是走得很安详？果真是无疾而终走的吗？

由于感冒原因，妻子劝我再服一天的药，待症状缓解一点再回黄桥吊唁不迟。我虽采纳了妻子的建议，不可思议的是这一整天，姜医生的身影便鲜活在我的脑海里，让我感悟着他人生的智慧与不易。

童年的记忆里，大街小巷里谁家的孩童生病了，大人带着去医院看小儿科就认个姜医生，说他医术高明、心地善良且无微不至的认真，视触叩听、对症下药且不厌其烦的周到。我记得，那居委会余学斌主任的二儿子和汽车站张明生的儿子，当年都是患的急性脑炎，来势凶猛且生命攸关，是姜医生及时精心地治疗与不分日夜地持续跟踪，不仅给治好了病，而且没留下后遗症。这两家的儿子早已成家立业有了出息，主人至今还感念着姜医生当年近乎于救命之恩的这份情谊。我想，一名医生在一座古镇及周边地区得到众口一词的口碑，不就是这样一件一件治病救人的病例日积月累而自然生成的。

我认识姜医生是1972年。那年我与他大儿子姜亚在大电机厂同时被挑选做了仓库保管员。那天我头一回去他家，令我惊羡的是他家住的房子，那是朱履先中将府的后院老宅，地板、四壁到顶的护墙板，连窗口四周都护的板，比起当年我家住在花园桥下两间破旧老屋窝着一家六口，简直是一种奢华至极。一进他家客厅，姜医生刚好去取房间壁上挂着的那白大褂和听筒，又让我惊羡的是，当那件普通的白大褂一旦穿到姜医生身上，便自然而然地衬托出他人生的自信与职业的光彩，吸引着我投去敬羡的目光。于是心里就想：怪不得他家能分配到这样顶顶好的公房住，是因名医的社会地位而论的？而事实上，当年的王家巷八号就是中将府的深宅大院，解放后住着的全是黄桥街上有头有面的人士：工业科长、派出所长、镇办厂长，姜医生家亦在其列。

姜医生长期养成的习惯从未改变。每日早早起床，白大褂随即穿上便进入一种职业状态：要么，有亲朋好友、慕名者登门，都是因病情有点急而来，他会迅即进入工作状态；要么，早餐前他会伏案于窗前，取一本医学典籍阅读，珍惜着点点滴滴的时光。家与医院之间穿过两条巷子就到了。一进诊室，成群结队、络绎不绝的求医者让他立即进入繁忙的工作状态，他从不敢有丝毫懈怠、不敢有丝毫马虎，这是他一以贯之的职业习惯，也是他赢得公众口碑最重要的原因。

当然，姜医生的敬业精神有口皆碑不排除另一个原因的存在。姜医生是日本鬼子投降那年考取的国民政府的医疗卫生学校，毕业后被分配到五十一军所属团部的卫生室成为一名医生。一方面，学生时代的他是一个求学入职的过程，并非是一种政治的选择；另一方面，他入职后没有政治取向，更没有加入三青团和国民党组织，而只是一名纯粹的入职医生；再一方面，五十一军溃散以后他选择投身于人民的医疗事业，原本是西医内科，因需要转向了小儿科，工作上兢兢业业，医术上不断精进，赢得了有口皆碑。20 世纪 50 年代，他去周边乡村参加灭螺工作，披星戴月、业绩卓著，得到了所到之处人们的称赞；从建国后到“文革”前，他一直担任黄桥地区征兵体检工作的主检，无一例因体检退兵的，用事实证明他没有辜负组织的信任。“文革”期间批判他是反动学术权威、是反动军医，时间之所以很短暂，正是因为他在人们心中的口碑，以及现实中无可挑剔的工作精神、工作业绩和善良人格。然毋庸置疑，姜医生的心灵深处埋下的阴影与隐痛是可想而知的。

姜医生的三儿子姜鼎当年的同班同学朱洪林先生向我说过这样一件往事。1977 年恢复高考这年，姜鼎考取了大连海运学院。朱洪林那次在姜医生办公室问道：“姜医生，听说鼎儿的录取通知书到啦？”那个瞬间，姜医生立即心慌着向他连连摇手示意，遂东张西望一番，看四下无人说“现在还不能说呀，老爹！”朱洪林所描述的姜医生那惊弓之鸟似的一副神色我能理解，这事关儿子人生前途的大事，姜医生持小心谨慎则是无可非议，是否有可能被小人算计很难预料。当年我家鹏春哥在部队就是遭小人写一封封人民来信诬陷他是“五一六”怀疑对象，当兵四年未能入党提干。姜医生有旧时当兵从医的一段历史，当时“四人帮”刚刚垮台，“文革”遗风犹在，姜医生如此小心翼翼既是一种面临大事的深谋远虑，又是一种内心隐痛的自然反射。

我记得姜医生是六十五岁那年退休的，那时医院没有留用政策。然退休后的医生几乎没有闲在家里的，开私人诊所的、外出应聘的、药店坐堂问诊的等等，应有尽有。凭姜医生黄桥地区的一代名医的口碑，即便在家里坐诊也一定是门庭若市，一定会有丰厚收入。偏偏姜医生出乎所有人的意料与想象，无论何人登门，哪怕是至亲厚友，他都一概谢绝，公开说：“看病找医院，不要找我个人，我退休了。”对家人说："医生是风险行业，人要保晚节，我决不再重操旧业。"他老同事中的挚友说："姜老向来为人谨慎胆小，一生没有出过医疗事故对得起单位，退休后不惹麻烦对得起子女，他是君子之风！"刚退休的那几年，他不看病人怕得罪的人多，先后两次去大连三儿子那里长住了几年。我这样地想，姜医生凭他的医术医德与身体状况，退休后从医到九十岁绝没问题，这二十五年对他个人舍的是利益，得的是安康亦无可厚非，而对黄桥地区的千家万户恰是一种缺憾与浪费。我倒是从内心深处有一点怜悯姜医生：当年旧军队从医的一段经历，或多或少地让他人生的步伐迈得不那么的豁达与从容。

"塞翁失马，焉知非福"这个成语让我想起姜医生退休后为自己关闭了重操旧业的一扇门，遂敞开了善待自己的一扇窗，将人生关注的重心转移到养生固体、延年益寿上来，是一种人生智慧。

正是退休当年他戒掉了香烟。抽了几十年的烟一下子戒掉谈何容易？毋庸讳言，姜医生抽烟无须买烟，烟瘾全是求医者敬出来的，他那诊室的桌上每天满是敬过来的好烟。姜医生在人生转折的当儿当机立断说戒就戒了。我是有深切体会的，戒烟一要下狠心、二靠坚韧毅力。不夸张地说，一次性戒掉烟瘾，是件了不起的事。

退休后姜医生有了大把的时间来养生锻炼。他是从迈开腿开始的。他深知迈腿走路是抵御衰老的极好方法，每天坚持走五公里那是常态。一种不服老的心理冲动，他在卧室的二梁上挂上两只吊环，雄心勃勃地开始了上肢与腹肌的锻炼，不屑一顾地对妻子说"这玩意儿年轻时我常玩"，于是便君子一言驷马难追着逞强，从拉三五个、十几个直至更多。结果有一天他犯了走肠，疼痛难忍又有点怕人笑话，悄悄地去城里的医院做了手术。他在妻子面前自嘲说"八十岁学吹手——自不量力，犯了个低级错误——童心未泯！"

他儿子多少年之前就告诉我，姜医生给自己设定了一个终极目标：

无疾而终。他不是嘴上说说，而是落地有声。其一，心态像一泓清泉那般恬静平和。持平常心过自己的日子，戒除所有的非分之想，他做到了。其二，生活像唱京腔一样有板有眼。饮食以蔬为主，吃七分饱；起居晚间早睡，晨到自然醒，节奏悠悠的，动作缓缓的；娱乐限于阅读看电视，与挚友玩纸牌偶尔为之，所有的日子快乐着过。其三，养生像对症下药那般掌控有度。他的三餐饮食随自己的意，喜欢为好；他说山珍海味唯有刺参养生甚佳，八十岁之后坚持“三伏”“九天”每日一支，使得很多亲近他的老人竟相效仿；他定期自己给自己安排体检，保持着一直远离三高；他逢人笑眯眯的一副面庞，是他长期保持的标志性微笑，笑着走人生乃养生的一大秘诀。

2月19日上午，我一早赶去黄桥吊唁姜医生。进了他家院门，我迫不及待地问老同事姜亚：“老爷子走得安详吗？”他说：“只是前一天傍晚时身体有点不适没吃晚饭，我早晨七点多看望他时，呼吸脉搏还正常，近八点时见那尿袋没有尿滴，呼吸似有非有我不能确定，随即请来他的老同事王克文主任，王主任确认‘老爷子安详地走了’。”我走向姜医生灵柩的那会儿，忽然想起去年的6月26日姜医生的九十八岁寿诞，他自己的主张，在黄桥宾馆摆了二十几桌寿宴，宾客是海安老家的至亲、多年的老同事、几处的老邻居、所有的亲朋好友。几乎所有人都有点费解：传统习俗是贺九不贺十，姜老先生偏要贺九十八。来到姜医生灵柩前时，他的家人说“鞠躬吧”，我不假思索地双膝跪地、双手着地，前额落地恭恭敬敬磕了三个头。我这样五体投地向姜医生行恭敬大礼，完全是顺应自己的内心——钦佩这位老人能够预见自己生命的未来，把人生的大事安排得如此妥帖，无疾而终的智慧人生近乎圆满。

朱履先雕像

张国富经理

我认识张国富经理已整整二十四年。他黝黑的脸盘，憨厚的笑容，爽朗的言语，雷厉风行的做事风格：向来说话当钱数——答应下来的事就没你的事。

公司的前身是市政工程队，1994 年注册变更为市政工程公司时张国富就任经理。迄今为止公司是黄桥唯一一家未曾改制的镇属企业，张国富已退休了还任着经理。

当年张国富的公司白手起家，第一桶金是在县城挣的。多亏那县建设局宗汝林局长的施恩眷顾，也多亏张国富经理拼命三郎的血性精神。我到建设局任书记后，宗汝林老局长是局老干部支部书记。那天他来我办公室谈事，用好汉说当年的那种口吻说："黄桥市政公司那个张国富，我对他印象深刻，是个有血性的家伙。"于是说起那年修建北二环路的事来。

1993 年，黄桥市政工程队是在宗汝林局长手上批建的。出于一种情感眷顾，修建北二环路时，宗局长将城北大桥至江平路 2.2 公里给了黄桥市政做。而张国富既没机械又没资金，全靠人去死做。宗局长是"老转"部队作风，三五天开一次工程例会黄桥市政都是倒数第一，张国富被骂得狗血喷头。被骂急了张国富跑去找管财务的王瑞征副局长诉苦哭穷，王局长善解人意笔一挥批给他五十万预付款。张国富得救了，连夜赶去徐州工程机械厂买了台12吨的压路机，又赶去常州铲车厂买了辆1.5吨铲车回来。机械到了家后，他在全员动员会上说：“工程做不好，我们从泰兴爬回黄桥去！”那些日子，张国富领着大家吃住在工地，每人每天十二方土的硬任务，赶在四夏大忙前将二灰石、下水道等基础工程完成，进度从倒数第一赶超了头名状元；上部沥青工程冒着现场45℃高温天气，从沥青高温熔化、石子拌料到现场摊铺全是人工苦干，提前半个月工程竣工。宗局长兴奋之余又急中生智，让张国富拉上队伍去支援马甸工程段，揽下200米的一段，苦战十四天告捷。张国富暗自窃喜：既解了宗局长的燃眉之急，又平添了70万的工程。介于张国富的出色表现，宗局长又赏了他南二环路400万的工程，因提前完成任务又赏了12万的奖金。这工程上赚的50万，张国富一狠心去买了机械设备，又给公司全员办了保险，可谓相得益彰，也让他信心满满。

宗汝林老局长如数家珍似的说完这段往事后，我想，张国富给人留下这样的好评印象是苦干出来的，也是强悍出来的，说明了一个道理：强悍者胜利，从来如此。

张国富强悍着打的又一个硬仗是城黄路工程。当年能揽到全县重点工程的活干，是身为县委常委、黄桥镇党委书记的孔令福亲自打电话争来的。孔书记原则性强是出了名的，他肯为企业打这个电话事出有因。

孔书记是老工商局长，来黄桥上任伊始便感叹：千年商贸古镇竟没有一个像样的集贸市场！那正是初夏时节，孔书记名曰是请县委黄龙生书记来帮助选址，不言之中是逼黄书记表态给钱。黄书记善解其意，选址确定后当即表态：你们将这330米的团结中沟填土、压实，下水、路面配套到位后，我让工商局来建集贸市场。孔书记拍了拍张国富的肩膀给他压责任了：“伙家，国庆节前这三个月内完成，给我拿出黄桥决战的精神来！”张国富开工前开全员会说：“孔书记给我下的死任务，黄桥人全知道了，完不成我就是黄桥的罪人。”张国富真用了拼命精神：亲自上阵，呼风唤雨似的步步紧逼，每天从天亮干到天黑，三万多方土的运输到位、层层压实，几千米下水道的布置砌筑、铺设到位，近三万平方米的场地平整、浇筑养护，让孔书记国庆节前竣工的梦想成真。孔书记兴奋地去向县委黄书记禀告，黄书记就是不信，随即赶到现场才眼见为实。因为黄书记当年在三里乡带过河工，凭经验他能估量出不可能这么快完成工程量，可他哪晓得人心齐加机械设备加决战精神的力量之和有多强悍！于是黄书记心悦诚服着与孔书记去工商局下了行政命令：贷款一百万，元旦前建成黄桥集贸市场。黄书记知道的，工商局下半年已囊中羞涩。

张国富在孔书记心目中成了有功之臣，孔书记心甘情愿打这个电话也是重情重义，更何况当年帮张国富公司的这个忙乃是公事公办。城黄路工程张国富揽到了黄桥附近5公里近800万的工程大单，苦没少吃，钱没少挣，还赢了口碑。任工程指挥的政协李竟成副主席在大会上公开宣称：“论质量比速度，交通工程处比不过黄桥市政公司，正规军远不如游击队！”张国富听了这话有多痛快？从不饮酒的他一高兴与公司几个兄弟小酌几杯，二两酒下肚便烂醉如泥。

真正熟识张国富并且让我对他感念不忘，是我一任镇长的五年期间。那时的黄桥经历了企业改制的阵痛，开始了白手起家的城镇改造建设的艰辛历程。因为张国富的公司是镇上自己的企业，张国富其人有口碑在那儿，在党委唐勇兵书记的主张下，城镇改造建设的基础设施工程几乎全交与张国富的公司去做。这，无疑是一种信任，更是花少钱办好事的狠招子。因为党委唐书记总是让张国富服服帖帖把工程做好，又让他在利益上有苦难言。张国富做的第一项工程是东进路大石桥至纪念塔的水泥路浇筑，他按工程造价常规抄的工程预算被唐书记扔在了一边，另请专业人士拿了一份材料成本加人工工资再下浮12%的测算清单作了合同依据。工程监理聘请几位有声望的老干部和比较懂行的退休教师组成监理小组现场监理，办法是水泥按包数数，冲洗干净的石子用斗车称重后按车计数，浇筑时路面厚度两侧立好标准高度的模板，路面养护派专人现场看守。如此这般的工程实施过程，张国富的公司先后完成了东进路、十桥路、大剧院广场浇筑，团结中沟、红星中沟、公园河石驳，直来桥、致富桥、三柳桥、银杏桥、黄桥等七座桥梁建设，实际结算的工程造价五千多万。张国富对此说了大实话："如果按常规的工程造价计算应该是八九千万的概念，当然，黄桥的企业能为黄桥百姓的事做贡献是应该的，就是有点不符市场法则，唐书记总是让你有理难言、有口难辩。"

张国富隐讳着说的"难"，挑明了无非是说书记有点不讲理。东进路、石桥路改造门面房土地出让时，为了整体推进建设速度，遇有因方位落边和风水有忌无人愿买的门面地块，全是书记一句话："给张国富。"言下之意——抵算工程款。而张国富的办法是没有办法的办法：要么找关系硬推销，要么放低价格贴老本。有一回，张国富苦笑着说："那几间门面房土地我是贴本卖的。"书记微微一笑说："你我都是为工作，不徇私情就好。"

坦诚地说，我这个镇长也为难过张国富。那时的镇政府是穷政府，穷家难当，人头工资和运转费用一靠企业改制后的土地租赁费，二靠建筑公司、市政公司、自来水厂三家的有限上缴，三靠去向市政府哭穷上争。我刚任镇长的那年，建筑公司经理一时暂缺，党委明确由张国富兼任。年关前，我提前三个月给张国富打电话："张经理，我请你吃饭，来一下。"他笑眯眯地来了，我与他开玩笑说："我来当镇长，你没请我吃过饭，连烟也没吃过你一支，给你个'拍马屁'的机会：建筑公司应缴的三十万和你的十万，是政府过年关的钱，千万不可误我的事，拜托！”张国富回我的话：“建筑公司自身难保，我兼这个经理叫作哭笑不得。”说完，向我点了点头走的。看他那副表情，我知道他心里是掂到事情分量的，有点沉重。这事没等我再次找他催缴，元旦过后我正愁着过年关的事，那天财政所长来电话说：“建筑公司的上缴款到账了，是张国富公司垫付的。”那一刻，我的心情如沐春风似的，那种受人雪中送炭的感念之情至今没有淡忘！

也是这年的腊月，在综治办当主任的老同学忠庆告诉我：“今天周书记找张国富说，城管队年过不下去，你支持他们十万块钱，这事没理讲。”忠庆主任亲目所睹，张国富是含着眼泪答应下的。那是因为，张国富公司账上的现金流已经所剩无几，上门讨材料款的还络绎不绝。那时候，有个不成文又近乎不讲理的规定：党政负责人分工的单位年过不下去都要各自想办法，这是一份硬性责任。于是我这样地想，向张国富伸手讨钱的决不是一个两个，做人难，做好人也难。

老同学忠庆

我与忠庆是半个世纪前的老同学，我一任镇长时与他同事五年。壬寅年春节前的那天，忠庆来电话问我何时回黄桥，说有重要的事与我商量，口吻恳切又有点迫切。

我特地回了一趟黄桥。刚一见面，忠庆开门见山说："一个施工单位负责人日前酬谢我几万元的现金，你说咋办？"我说："如你们双方事先有约定，给你的是顾问薪金未尝不可。"尽管他已退休十年，尽管他事实上是在顾问，他领会着我表述的意思后，毅然决然地将钱退了回去。我想，忠庆与我商量这事是对我这个当过纪委书记的老同学的一种特别信任，他将钱退了回去是遵从了自己内心的选择。其实，忠庆与我商量如何妥善处理这类事不是第一次了，偏偏这次让我有了记下他人生故事的冲动。

我们这届初中同学 1970 年毕业后就飞鸟各投林了。忠庆的舅舅张朋山是饮食店职工，"文革""三忠于"那个时候，店里的那只破了纸盆的广播喇叭一大早总要说好多遍"万寿无疆"那句话，他听烦了说了句俏皮话"天天吃姜不行吧"，被人揭发打成了"现行反革命"。忠庆沾光了，招工时没能进国营、大集体，东海农场又不愿去，次年他进了镇办棉麻纺织厂，分到无须脑力的浆染车间，干了近一年的苦力活计。他父亲刘润宝在黄桥街上做烧饼名气很大，当年做烧饼送上前线，解放后常有新四军老将军战地重游，都要请他去一显身手。是父亲托人，才将忠庆从浆染车间调到维修车间去学车工。恰逢其时，派出所因社会治安人手紧向镇办工厂借调人员。忠庆刚跟师傅学徒，跟在后面踯躅相相看似个闲人，厂长灵机一动便将他派了出去。

谁也不会经意，忠庆没有选择的这种顺其自然竟成了他人生的一个拐点。那年头还没有工商管理所，市场秩序、社会治安派出所统揽。忠庆每天跟着老民警去管理市场、维护治安。黄桥一座古镇，商贸繁荣与无商不奸共生共存着，每每在识别与处置那些投机经营、欺行霸市、强买强卖等丑恶不法行为过程中，积累了经验亦懂得了正义；每每亲眼目睹那些被欺者的无助与可怜，被骗者的惊慌与无措，被扒窃者的惊恐与伤心，心中频频生出扶正压邪的责任与冲动。尤其那回，那个乡下老头突然惊呼，卖壮猪的钱眨眼的工夫被人扒了，正在地上打滚呼喊救命。老民警一环视，不远处有个家伙行色匆匆，立马带忠庆飞奔而去抓住了扒手。当那位乡下老头接过那青布裹包的钱时，感激得双膝跪地泪水如注的样子，深深地印记在忠庆的心里。

忠庆跟着几位老民警悉心学习，不到半年就独立去抓扒手了。那车挤人拥的十桥路街头，人头攒动的肉联厂门市部窗前，吆喝声此起彼落的农贸市场是他常去的地方，神清气定地凭一双眼睛闪忽着、寻觅着、注视着一个个可疑的人。他说，扒手流窜犯居多，业内人称吃“钳工”饭的，分吃上仓饭、中仓饭、下仓饭三类，指扒窃上中下口袋的手技有高低，敢扒上口袋钱物的技高一筹快如闪电。忠庆抓的第一个扒手是在肉联厂门市部，那人举着空竹篮遮住脸往人堆里挤，手上却没有拿钱，正当那罪恶之手伸向旁人口袋时，忠庆拎住那人的衣领大喝一声“干什么的，出来！”那人一出言便知是苏北盐城一带的口音，一盘问却身无分文，被带去派出所一经审问便供认不讳。待做了笔录，拍了照片，带去游街一圈，最后将其遣送回去。忠庆说，事毕一刻，那种酣畅淋漓的快感油然而生。

白天人群堆里去抓扒手，夜深人静时巡逻防盗是社会治安的经常性工作。老民警说，白天抓扒手凭眼力靠智慧，夜里巡逻是以防为主，对盗贼起震慑作用，真能捉到盗贼只是偶然。忠庆把巡逻列为自己的必修课，午夜前出发，每天设定不同的线路，从大街小巷到四口子的近郊巡查一遍。那天巡逻正走向近郊晒场的一个草堆，远远听见草动的声响，悄然近前静观，怀疑可是男女偷情正欲退却避讳，有个男子从草堆里冒了出来，手提着一只拎包。忠庆一亮电筒大喝一声："谁，干什么的？"那人支支吾吾一张口是外地口音，便被忠庆夺下拎包拉开拉链一看，装的竟是老虎钳、螺丝批、铁榔头之类工具，经盘问那人慌张着不能自圆其说，遂被带到派出所一经审问：此人东台县人，已藏于草堆半宿，正准备去寻机作案就被逮了个正着。

忠庆那几个借调去派出所的当年正是青春年华，对从事的工作充满了热情与热爱。时任的派出所长兼任镇党委委员，便从社会治安长治久安的角度向党委提出将借调的几个青年派往居委会去任治保主任的建议，得到了采纳。当年居委会增设治保主任被上级机关肯定为治安工作的一个创新举措，而对于忠庆而言恰是人生的一次命运转折，虽不耀眼却让他十分珍惜。

忠庆去米巷居委会上任伊始，记住老所长一句话：体察民情要像女人纳鞋底——针针（真真）扎实。他舍得花三个月的时间，把两千七百多户的户籍档案细致查阅，从住址，户主、家庭成员的姓名、所在单位到主要社会关系相关情况等熟记于心。同时他挨家挨户走访，熟悉民情，联络感情，为调解和处置各类民事矛盾纠纷，用哪把钥匙开哪把锁，提供了社情依据和感情基础。工作过程的不经意间，米巷居委会的群众认识了这个治保主任。

忠庆派出所工作的那两年深有体会，群众的法制教育对于邻里和谐、社会和谐特别重要。他自己动手编写法律常识宣传脚本，去拜请印刷厂的画师帮助绘制了一套法制宣传图片，在大街小巷里巡展。因为内容深入浅出、通俗易懂，形式群众喜闻乐见，所到之处忠庆又总是频频出现在围观和热议的群众中间，人们开始熟识了这个治保主任。

忠庆当治保主任的第二年，发生了一起本镇寄出的信与境外敌特机关挂钩联系的刑事案件，扬州市公安局遂派政保股长下来督办侦破。忠庆仔细排查出本居委会几个惯于偷听敌台，且惯常游手好闲的人员，以集中学习写心得体会的方法进行侦查时，其中一人写心得时表情反常且头上冒汗。事毕，忠庆凭直觉只将此人所写心得拿去笔迹勘验，结果案件告破。当年忠庆被上级表彰为社会治安先进个人，于是人们对这个治保主任开始刮目相看。

忠庆人生一路不敢懈怠地努力工作，十年的治保主任之后转任了居委会主任。因为工作中处事直言不讳的秉性，他一度被下派到镇办瓶胆厂当了副厂长；同样是因为这种处事中直言不讳的秉性，他被调到司法科当了干事。那位司法局的陈留甫局长就欣赏忠庆处事的直言不讳与执着精神，一年之中三次来黄桥考察，聘任他当了司法服务所副所长；还是因为忠庆的这种工作中敢于直言不讳的秉性，又一任党委任命他当了综治办主任，还让他兼任镇区八个居委会的党支部书记。

有一位市委常委兼任的黄桥镇党委书记说过这样一句意味深长、流传已久的话："东西南北中，黄桥最难弄。"我亦直率地认为，在黄桥这座古镇当综治办主任着实不易。我回黄桥当一任镇长期间，在那企业改制、城镇改造、区划调整的大背景下，目睹了忠庆完成党委交办的工作是那样的被委以重任又沉甸甸的压力。

横巷乡划归黄桥后，横巷村因前后任村干部的矛盾，引发群众封堵卫生院、粮管所等几个单位的大门。其理由说这几个单位征用土地丈量面积时"有鬼"，要求重新丈量算账，分工干部劝阻调解无果。忠庆受党委委托接手后，在向群众宣传法律前提下，言明以往征地丈量宽松有余属于公对公的关系，不属于个人谋私，建议党委帮助横巷村解决东西一条街的路灯照明，以弥补因征地群众利益受损问题。此方案既得到了党委同意，又平抑了群众情绪，矛盾便迎刃而解。

三里周庄村妯娌间为界址纠纷一方被打，派出所交由村里处理，打人一方协议赔偿二千元，但因丈夫服刑、儿子上学而无力赔付被派出所传呼教育。打人一方因赔款事想不通便服毒自杀身亡，引发死者方亲友封堵派出所闹事。忠庆接手处理此事便当机立断明示了是非：其一，因打人事件由村里直接处理，后续事件仍然回村里处理；其二，事件双方是妯娌关系，一方服毒是另一方逼要赔款所致，应承担相应责任；其三，因死者丈夫服刑，政府给予其儿子上学期间的救助。此事因情理法兼顾，仅一夜之间便处理完毕。

党委有个不成文的规定，那就是社会治安的疑难杂症综治办必须包处理。有一年，副食品厂因车祸死亡三人，建筑公司墙倒事故死亡二人，供电所触电事故死亡一人……一年之中忠庆经手处理了十七人的死亡事件。

我任镇长的那几年，忠庆始终参与了城镇建设改造领导小组的工作。大到房屋拆迁矛盾纠纷的调处、规划建设及工程招投标，小到物资采购的询价把关及每一张报支发票的审核签字，都是全过程参与，为东进路、十桥路的拆迁建设，福慧寺的恢复重建，以及整个城镇建设改造的顺利推进立下了汗马功劳。

忠庆最终没有辜负自己的努力。1999 年的公务员过渡考试转正时他的年龄已超过，但符合了文件规定的“受过两次市级以上表彰的，年龄从五十一放宽至五十三周岁”的条件，得以转为了公务员身份。2001 年机关新一轮竞岗时，忠庆被聘任为市建主任。记得十四年前的 2008 年，忠庆专程跑到泰兴与我商量，开发商送给他二万五现金，他问我：是退给单位财务，还是退还开发商本人？考虑多方面因素，我建议他将此款上缴了廉政账户。我问忠庆，守住这个底线是何时就有的主张？他告诉我，入党前的那次谈话让他刻骨铭心。1985 年秋的一天，支部委员和入党介绍人找他谈话，说人民来信反映的两件事让他说清楚。问：为人家办了事，受收人家二斤毛线的礼物？他当即回答："确有其事，是老婆约请的治保主任同去退给了对方，有据可查。"问：来信反映居委会的副业收入账目不清？他当场拉开办公桌抽屉，取出一叠收支账据递交审查核准。他说："谢谢这次谈话，让我终生受益。"

春节前，忠庆约我回黄桥的这次，他取来一个软面抄本子递给我，我翻了翻看。我看到的是他退钱给对方的收条、收据和银行汇款单据，我还看到的是一种拒绝的傲气！我问有多少？他说："二十几万，老婆不知道我有这个本子。"最后他说了句："鹏旋，我们都是穷苦人家出身，小心谨慎走人生是本分。"我相信忠庆这话是从心肺里掏出来的，我信他说的这话。

老同学文俊

曹文俊是我从小学到初中的同班同学。我就喜欢称呼他“文俊”，是因为他从小作文写得好，也因为叫起来有亲切感。我与文俊关系一直亲密，上小学时常在一起做作业、一起玩耍，我是他家的常客。他父亲是手艺极好的上鞋匠，彪形汉子的样子，说话朗朗的硬气，一身的正气；相比之下他母亲显得有些柔弱，是贤妻良母的那种。

老同学中，唯有文俊让我对他充满好奇与费解。一来，自从初中毕业分手他去了东海农场，一去就是半个世纪与我失联，听说他回过黄桥故里若干次都是来无影去无踪从不联系他人；二来，当年上山下乡运动泰兴地区去东海农场的大约五百知青，唯独是他留下来当上一名人民警察，直到退了休才带着籍贯淮安的妻子回到黄桥老家安度晚年。

几位老同学的七十华诞聚会我又见到了文俊。阔别之后的那种惊喜、相互打量着的那种眼神自不必说，他给我的感觉最确切地说是一见如故：依然是那样眉飞色舞着侃侃而谈，语速很快，唾沫横飞，欲将憋了五十载的心里话一吐为快。我以费解的口吻追问他的人生过往，他将人生的酸甜苦辣向我娓娓道来。

文俊知青十年。1971 年 4 月他去了东海农场，分在五团三营十二连，守护着 1200 亩果园，苹果、梨等吃得生厌；从战士、班长、文书、排长、连长一路走来，在农场入团、入党、提干、娶妻生子，学会各种劳动本领吃苦无数，领略不同风土人情随乡入俗，耐心而执着地逆境而进。

1980年，轰轰烈烈的上山下乡运动逆转为大回城的潮流并席卷全国。其时文俊转眼已至而立之年。泰兴籍大约五百知青除个别已升学、参军的外，全部选择了回城待业，而文俊却选择了留场。这在当时有悖常理，为绝大多数人所不能理解，甚至遭到非议。他为何横下一条心毅然决然留下，连他父亲专程从黄桥赶去农场接他回来，他却不为所动而义无反顾。我想，这其中一定是有深层次的原因，抑或是有难言之隐情。于是问他：这为何故？他开启记忆之门，打开心扉，向我道出缘由：

其一，选择留场，这与一位对他有知遇提携之恩的人密切相关，他们一拍即合双双留下。这人叫许树青，来自徐州的老三届知青，老家东北辽宁省复县人，是文俊入团入党的介绍人，也是工作上力排众议、顶住压力提拔文俊进步的第一人。许是黄桥人的女婿，其妻是文俊初中同年级的同学。在单位许是营总支委员连队党支部书记、指导员，文俊从连队文书、排长、副连长一路相随。后来许去淮安师范上学，毕业后没有留城又返回农场与女友成婚。在大回城的潮流下，许与文俊对当时的形势作了热议和深谈，并达成共识进而作出决定：双双夫妇留在农场干一辈子，看看人生怎么样？就这样一诺千金，两对知青夫妇选择扎根农场。到如今，三十年岁月过后，文俊感慨地告诉我："这其间历经工作与生活的曲折艰难，虽然过程复杂，但在与命运的抗争与拼搏中，从人生的结果看，我们至少不是失败者。"我逗了文俊一句："至少是从人民警察岗位光荣退休。"他，莞尔一笑。

其二，人生的一段刻骨铭心的记忆，对他选择去留产生了重要影响。做了一辈子上鞋匠的祖父，因为爱打抱不平，1942年又干了10个月的伪镇丁（所谓“镇丁”不过是小镇上跑跑腿送送信打打杂的一差役而已），为地方所不容戴了“帽子”，可纵使“罪大恶极”也不应殃及子孙，但其实不然，多种歧视与压力显而易见。文俊初中毕业时大部分同学都分配了工作，分到了国营厂、铁矿、镇办厂，而他连居委会的手套厂都进不去，走投无路才去了农场。幸好东海农场的领导没有另眼相看，靠自身努力与组织培养，他有了政治上的进步。而在他入党提干诸问题上，组织上派人到黄桥专题外调，当时地方有人层层设障，提供的材料无异于落井下石，所以搞外调的同志跟他摇头兴叹无可言表。令文俊感动的是，多次外调卡壳之后组织上对他作了先提干后入党的变通处理，直至1978年他祖父摘帽，1979年才解决了他的入党问题。所以当面临去留问题，文俊隐隐作痛的往事记忆让他心存疑虑，面对回城大潮的人生契机他却步了。他向党委书记如实作了思想汇报，老领导指点迷津，欢迎他留下来安心工作，闯一闯人生。至此，文俊这才毅然决然落下了决定人生命运的一槌。

其三，毋庸讳言，选择留下也有迫于现实生活与居住条件的客观考量。说大实话，当时文俊与我两人的家庭条件极为相似：都是穷得叮当响的家庭，说一贫如洗绝不过分。文俊说：“小学时代挺羡慕男同学有田径裤白球鞋穿，那时候父亲上鞋子母亲无工作，想吃顿饱饭都是奢望。当年选择去留时，黄桥家里仅有两间小五架梁平房住着弟妹，如若回到故里不仅既无蹲身之处，而且恰逢爱人即将临产，还要面临待业，工作生活一时都无着落。因此，生活是绕不开的一道坎，也算是留下来的客观原因吧。”

其四，选择留下，妻子的深明大义坚定了他一槌落定的信心。妻子是淮安知青，穷苦人家出身，吃苦耐劳的本色且泼辣能干，曾经是江苏省首届表彰的知青先进人物，与文俊在农场相识相知相爱，同艰苦共患难携手奋进。在去留问题上，妻子深切理解丈夫的良苦用心与深谋远虑，热切支持丈夫的观点主张与坚定志向。文俊说："如果不是妻子深明大义，我是很难下得了这个决心的。"当文俊毅然决然一槌落定之际，妻子已是十月怀胎即将临盆，在父亲来农场返回黄桥的第三天妻子就生产了——他们的儿子出生了。我想，这是上天在他决定人生命运的关键时刻，同时又赐予他做父亲的一份神圣责任。也许，文俊的人生决定合了天意。

文俊留在农场是他自己的选择，而他成为了一名人民警察那是命运的眷顾。他一槌落定留在农场工作那是 1980 年，三年后的 1983 年，全国"严打"农场体制便发生了重大改变：整建制移交给司法劳改系统，番号为"江苏省第二十管教支队"，农场的正连级以上干部经省司法厅再度组织审查批准转为人民警察，当时定为民警十级工资标准。从此，文俊从一个农场的一般干部成为了一名国家干部，开启了他历时三十年的人民警察生涯。文俊说："所有的人，连我自己都没有想到会天赐良机。"而我偏要看成这是命运的眷顾，不就是老百姓常说的一句老话：命也好，运也好，天意不可违也。

从 1983 年起到 2013 年退休，文俊从事监狱劳教人民警察这个职业，跟形形色色的各种刑事犯罪被法律裁决的服刑人员、劳教人员、戒毒学员打了半辈子交道，用他们的职业行话叫"献青春献终生献子孙"，在两劳系统这是司空见惯的约定俗成。军队监狱，警察作为国家政权暴力机器的重要组成部分，是人民民主专政的刀把子，对打击惩办犯罪，改造教育违法犯罪人员，维护社会稳定，巩固国家政权无疑有柱石作用，而他们司法人民警察担负着刑罚执行矫治犯罪教育改造各类被刑罚执行人员，所以文俊作为其中一员无疑是职责所在。

文俊长期在改造服刑人员的第一线工作，是因为他具备应有的基本素质能力，又有家学的武术拳脚基础。改造服刑人员说到底是做人的工作。之前他在农场十年从班长当到连长，不仅能说会道，也长期锤炼积累了做人的工作的基本素质能力。从警后他依然正年轻，优于别人的重要一点是他从小就有童子功。他的武术传承是父亲所教，自六岁始父亲就教他站桩下腰拿顶，武术入门是少林拳底子，有“二路查拳”“林冲夜奔”“武松脱铐”，刀术上是“八卦刀”，剑是“提袍剑”“龙泉剑”，棍是“赵家棍”“鲁智深禅杖”等。当年与一群少年跟父亲一起晨练，有时单教。到农场后他一直坚持习武强身，从警后又学了些散打格斗擒拿项目。他说，有了这一身功夫，在一线对付一些改造“油子”“多进宫”“滚刀肉”有些震慑力。所以我想，领导把他放在工作最前线那是知人善任、自然而然的事情。

他经常被派去追捕逃犯，是因为他敢于担当工作责任、善与罪犯斗智斗勇。追捕逃犯是一项特别重要的经常性工作，钻草堆、爬屋顶、睡火车站台、蹲坑守候是家常便饭，那些年东北三省、大西北、华北华东沿线都留下了他与同事风餐露宿的身影，20 世纪八九十年代连辆工作吉普车都没有，全靠长途跋涉。他如数家珍向我说了一堆的往事，被我记住了两件：

那年，他带队去黑龙江佳木斯农村追捕一山东籍强奸逃犯，经侦查该犯藏匿落脚于其姐姐家，随即与地方公安接洽，他们由屯民兵连长带路便装上山，出其不意摸到住处，该犯手持利斧正劈木柴，靠近时他突呼其名，乘其一愣时他上去一窝心脚将其踹倒，其他人一拥而上一举将其拿下。一路上几天几夜将其用酒醉倒、手拷脚镣顺利押解回场。该犯因强奸杀人、脱逃数罪并罚被判死刑，在农场公审公判当场执行枪决，起到了震慑罪犯的作用。

那年，有一五年刑期灌云籍黄姓犯人早晚用小便洗脸，早点名开饭他跑去厕所吃大便，屎挂在嘴上打着背包嚷叫回家。管教人员因缺乏反改造经验，说其神经错乱便办理了保外就医手续让其回去治疗。他接手案卷感到疑虑重重，经请示决定杀一回马枪。是日，他带队驱车去该犯家乡，由于突如其来出现，其正在住所门前开手扶拖拉机压场，当即目瞪口呆被拿下，收押回监。这事被同事们笑称，神经病碰到曹队长算是找对了医生。而今说起他却淡淡一笑说："从警后履职经历的这些事，自己只是觉得回味无愧而已。"

他被评为"江苏省级教育改造能手"，是因为他善于研究教育改造人的有效方法。他比较系统地学习了"犯罪教育学""犯罪心理学""狱政管理""监狱管理概论"等，在工作实践中他的理解是，除了法律层面的硬性杠杠外，主要实质性的犯人管理、狱政管理，你要把犯人当人看，要设身处地，将心比心，还要逆向思维、换位思考。教育改造工作不能千人一面，要对症下药、看人下菜；要切实解决犯人、劳教人员的合理诉求和实际困难；要功过分明、赏罚分明，有时要以毒攻毒，有时拆团伙要分化瓦解，要用好"线人"、特勤，要红黑变脸对付"滚刀肉"。在与邪教人员的改造教育工作中，因为其顽固分子不乏有大学讲师、银行高管、转业干部等，要通之以情、晓之以理、戒之有规，常以通宵达旦攻心转化，其过程复杂而艰辛，最终达到让其自觉悔过之目的。说了这么多工作方法，他话锋一转说，监狱里对人的改造教育除了要有对症下药的不同工作方法，还要符合其内部规定的工作流程、手段和措施。我问，你被评为"省级教育改造能手"最深切的感受是？他说"得到这样的荣誉与付出的心血成正比"。

他于 2013 年从这高危职业岗位上光荣退休，是因为他守住了一个贫寒家庭出身的孩子耐得住贫穷的底线。说狱警这职业高危有很多行业顺口溜，如"两眼一睁，忙到熄灯，睡觉也要睁半只眼睛""犯人过年，我们过大关""怀抱炸药包坐在火山口"等。而高危的另一个方面，恰如他从警之初公安老前辈的一再告诫：除了对党忠诚、忘我工作外，千万不能做自己打牢自己坐，千万不能自己砸自己饭碗、做殃及子孙的事，这份职业的一大禁忌是千万不能触碰底线，即罪犯及其亲属的钱物不能贪占，谁碰了就触上了高压线。他时刻告诫自己，从小经历过生活的痛苦与磨难，也看到过身边的同事领导因把控不住倒在了金钱美女诱惑之下教训惨痛。所以，他以如履薄冰、如临深渊的心态珍惜着职业的荣光和形象。他说，在那种特殊的环境里，犯人亲属会千方百计打听到你的信息，会想方设法登门、托人，笼络感情，他和妻子多少次拒绝过成信封的人民币、沉甸甸的金项链等。有的到门上一扔就跑，他妻子追赶几百米才追上。他给自己定的规矩：能退的坚决退，不能退的给犯人打到个人账上，或上缴纪委监察室。有些还要替服刑的犯人“保密”，人要讲点人性，人家还要改造挣分呢。当他说到这些事时，作为曾经的纪委书记我能感同身受：他，能做到经得起诱惑、守得住底线，在高危岗位上光荣退休，足以证明他的人生定力与人格力量的一种强悍，实在不易。

文俊向我说了那么多的人生过往，从他津津乐道的讲述中，我记录下了当他亢奋着两眼放光时，从他心底里发出的让他引以自豪、令他欣然感慨的几处人生感叹。

他说：“凡投入改造人员都要来我任职的单位过第一关（相当于部队的新兵连），在我手上过手了成千上万的各色人等，没有发生过一起犯人逃跑、自杀自残、非正常死亡等重大事故，没有犯过过失性错误，同事们称我为福将。”

他说：“那枚印着‘中华人民共和国司法部制’金色字样、熠熠生辉的三等功五星奖章，是对我从警三十年付出心血的见证与认可。”

他说：“退休时单位为我举行的荣退仪式上，组织上对我的评价甚高，我并没有在意那些褒奖的话语，我最欣慰的是从警三十年我无愧于组织、无愧于工作、无愧于家人、无愧于警察身份，风风雨雨过后我终于深深地舒了一口气：从那一刻起开始了我的安度晚年。”

他说：“三十年的从警生涯过后，包括我的亲人在内的所有人都不敢相信，我依然是一个穷汉子，至今为止我没有自己的住房，一生仅有的那点积蓄和退休时的二十万公积金给了儿子结婚，婚房还是男女双方共买的。而我就是我，现在有这个养老金收入就我们这些穷苦出身的人知足了，人心安，理就顺。”

我想，是文俊的这些有滋有味又满满深意的人生感叹拨动了我心弦，让我怦然心动记下了这位老同学的人生故事。这篇文字算作一个写作者对这位曾经的人民警察的深深敬意。

玉泉夫妇

玉泉和丽儿夫妇是我幼儿园、小学到初中的同窗。玉泉与我小时候同住一个大院里，又是黄桥大电机时的同事，如那树上炸裂开的石榴——熟透了。他与丽儿结为夫妇竟然不是自己谈的恋爱，而是居民小组长牵的红线。那小组长笑不拢嘴说：“两个人都是小拇指头扒耳朵——扒（巴）不到的情愿。”

玉泉父亲是有名的牙医，母亲是针织厂的工人，养育他们兄妹六个，贫寒的家境是他生命中最难忘的记忆。他懂得感恩。母亲每周从县城回来晕车厉害，他就骑自行车来回接送，往返百里，寒夏不论，直至母亲退休。

刚进厂玉泉是白铁工，敲敲打打将铁皮做成电机风罩。罩头与罩身的连接是焊工的事。玉泉主动为电焊师傅当帮手，焊光刺得眼睛红肿、脸盘脱皮他满不在乎，坚持不懈着当分内的事做。好人有好报。焊工严师傅心生喜欢执意收他做了徒弟。严师傅是从福建调回来的，技术了得，说收徒就算数了，真让人眼馋。玉泉珍惜着学得很有长进，每每遇上苦的难的活计他从师傅手里揽过来做，无论仰焊立焊干出来的活计让师傅脸上有光。

丽儿的家境更加的困厄，兄妹十一个她是老幺，从小父母熬过的艰难岁月她历历在目。

玉泉与丽儿自从恋爱，便开始了他们辛勤的努力，拿玉泉自己的话说："用自身能力的极致，来报答父母艰难的养育。"

他们像鸟儿衔草做窝那样操办了自己的婚事。

母亲要将祖传的六竖床给他们作婚床。玉泉不忍心拿走父母睡了大半辈子的床，到厂里买了些废旧钢管，借用北街秤店的焊机、台钳，自绘的图纸，自己动手焊了张钢结构的婚床。玉泉歉意着对丽儿说："这床没有圆门花床富丽堂皇。"丽儿贴着他的耳边说："自己焊的床比木匠打的床牢固，这好比我们的爱！"

为有一顶三门橱，玉泉是有心之人碰上了好运气。参加镇上机干民兵集训，玉泉竟能说服人武部长卖给他那装步枪的包装箱，回来拼拼凑凑请木匠打成那顶三门大橱，然后向厂里漆匠师傅儿经讨教，回来将大橱油漆得光彩照人。

办酒席是起早摸黑两年养了八批白洛克鸡卖到肉联厂挣的钱。搭鸡棚、捉小鸡、拌鸡食、扫鸡屎、防鸡瘟，品赏着春夏秋冬不一样忙碌的滋味。鸡出栏卖掉，从那窗口接过一沓现钞时，眼眶里溢出点喜悦的泪最让两个人记忆犹新。

丽儿最难忘的是，他们的良辰吉日忙婚宴的大厨是她的新郎。玉泉大哥结婚那年，父亲面子大请到了那位高巧林大厨掌勺，玉泉形影不离跟着打下手，从备料、择洗、白案、红锅全过程，到作料、火候、色香味形诸细节，他铭记于心，时隔一个春夏玉泉竟成了厨子，常被同事亲友请来请去辛苦得不亦乐乎。结婚那天玉泉为自己办了八大桌"六八四"的酒席，赢得满堂喝彩，也让丽儿心疼，更念念不忘。

玉泉、丽儿婚后刚有了儿子，还没来得及品味当爸妈的快乐，便遇上了企业的衰败与倒闭。先是丽儿所在居委会手套厂不行了，她花五十元买回来一台报废的手套织机，夫妇俩修理一番又让它复活了，然后，歇人不歇车日以继夜地织手套，以低于市场的价格托人卖出去。辛辛苦苦两年多挣了点钱，他们没有沾沾自喜，也没舍得改善生活，而是防患于未然动起了市场的脑子。玉泉与那公园的主任一拍即合：公园那广场空闲着苦于没钱投入搞三产，玉泉自费搭大棚开茶社以投入抵算场地租金。热闹了三年，玉泉又瞄准那区位优势，租下公园大门一侧的耳房开起了夫妇小店。专挑热销的东西卖：大众的烟酒茶，夏天的冷饮，冬天的热饮，夜间卖下酒的冷菜，过大年卖糕点糖果。为卖冷饮、冷菜家里置了小冰库，夫妇俩不分昼夜忙得热火朝天，冷饮从零售拓展成兼营批发，可口可乐成为黄桥地区总经销，通宵经营开了黄桥红房子夜宵的先河……

玉泉夫妇开了个不很起眼、也不张扬的小店，风风火火辛辛苦苦了那么多年。毋庸置疑，腰包鼓起来了，日子殷实了，相伴而生的是玉泉苦出了风湿性关节炎，丽儿患上了椎间盘突出。玉泉七十华诞寿宴上，与我谈起人生，他说："这些年身体苦出点毛病是岁月的留痕，最大收获那不是钱钞，倒是我和丽儿吃苦耐劳的执着，不经意间儿子受到耳濡目染，有了出息：他高考读的商学院，毕业后去义乌大市场开了饰品工厂，加盟了'啊呀呀'全国连锁店，然后一步一个脚印在太仓、句容、江都、常州、秦潼、泰州、靖江、泰兴开了八家饰品连锁店，把一个大家庭的亲人带进了大市场。"那一刻我在想，玉泉夫妇用他们的勤劳智慧创造了属于自己那个年代的精彩，而他儿子所创造的精彩是他们的生命和精彩的延续。那一刻，玉泉夫妇那眼神里的光芒告诉我，他们为自己的人生感到了自豪。

东寺庙

开汽车吊的乐乐

“乐乐”——孙继乐，是表姐家的三女儿，面相、个头，还有那骨子里倔强、耐劳的禀性，像极了我那英儿表姐。

乐乐初中毕业还未成年，就到一家私营塑料制品厂做了两年的临时工。成年后，她进了镇办电器厂，之初是绕线工，绕那直流接触器的漆包线线圈，心灵手巧加上年少气盛，活计的数量、质量绝不肯落人之后。

女大当嫁，乐乐婚后有了儿子。工厂改制后，她在外贸产品车间组装机械液压系统，除白天上班，晚上加班赶任务，很晚才能回家。她丈夫徐勇，我喜欢叫他小名——勇儿，当年是黄桥布厂的工人。2000年初工厂倒闭后，几乎所有人不是去政府上访就是在家待业，勇儿借钱去上海买了辆东风牌二手八吨汽车吊回来创业，哪里有需要就往哪里去，常常忙不过来便是日以继夜且从无怨言。恰逢这年，婆婆得了尿毒症，一年十万左右的医疗费难以负担。乐乐看在眼里急在心里，心里盘算着：厂里上班几乎天天加班工资又低，婆婆患上重病经济上雪上加霜且落下家事一堆，丈夫开汽车吊生意忙不过来却无人能替。于是，急中生智——辞职回家，报名考驾照，与丈夫夫唱妇随忙家。这让我想起，那几年我在黄桥任镇长时，上千名下岗工人上访把镇机关大院围堵得水泄不通，他们理直气壮地振臂呼喊：我们要吃饭，政府不饿死人！而乐乐和勇儿连向我这镇长舅舅去诉苦、求助的念想想都没想，直面人生困厄乐乐夫妇所呈现出的这种做人的骨气、闯荡的勇气和奋发的底气，真有点让我刮目相看。

乐乐学驾驶、申领两证有多与自己较真？每天，天不亮起来忙完家务早早就去驾校。每每教练未到，她已在驾驶室把玩操练良久了。她身块不大，过去那解放牌大卡是老式机械方向盘，大拐弯时要把方向精准打到位，她必须握紧方向盘，抬起身子，使上全身的力气，才能得心应手。反反复复的操作练习两手磨出了老茧又痒又痛她满不在乎。那教练每每观之便啧啧称道："嗯——像个男性！"回到家，她就开自家停在港区空地上的汽车吊，反反复复练习吊车操作技术，然后跟随丈夫去工厂、工地，丈夫是她的指导加看客，看她成百上千次的精心操作。整整两个月的快节奏、高频次的历练，乐乐一次性顺利通过卡车驾驶和特种作业的两证考核。

乐乐拿到了两证，她全然不知她是全泰兴最早、当时唯一的女汽车吊司机，只知道她从此可以与丈夫并驾齐驱、同甘共苦了。与丈夫有所不同的，是她多了一份操持家务、服侍婆婆的责任。她每天早起，忙完所有的琐碎家事，就开着吊车奔波于工厂、工地，全是露天作业，没遮没掩。夏天烈日当头，晒得一身汗一身油，皮肤变成焦糖色，一张脸盘被晒得焦黑脱皮；冬天呼啸的寒风带着哨声刮在脸上，犹如抽大嘴巴子一般的痛，愣把一个白白净净、清清秀秀的乐乐整成黝黑黝黑、风风火火的汽车吊女司机。

乐乐开汽车吊哪仅仅是酷暑隆冬日晒风刮的苦？汽车吊开到施工现场，停至准确位置，先将吊车支架位置找平，再从车上搬下枕木垫实。一块枕木四十斤左右，一个支架垫两块枕木，四个支架八块枕木。枕木搬下车相对轻松，而收回支架将枕木往车上搬就很费力，车身一米三四高，她一米六的个头，得抱起枕木举过胸前，手脚并用往上拱，才能送上车去。一旦遇上多个起吊点会很辛苦。供电部门有时抢修，立电杆从一个杆点到另一个杆点枕木必须反复搬上搬下，多的时候搬上搬下二三十个杆点。粗略一算让我有点惊讶：百斤左右的身躯，将四十来斤的枕木举过胸前，搬上一米三四高度的车台，一趟工程挺举二百多次的重物，有多耗力？怪不得乐乐说“吊装完成开车到家，浑身累得散架。”

乐乐开汽车吊哪又仅仅是做活计辛苦劳累？她每次接到吊装任务，进场前必先询问作业对象的标高尺寸，需多大吨位的吊车；进场后对现场环境、路面状况进行仔细勘察、周密考虑，形成成竹在胸、万无一失的操作方案。一次接到客户电话，黄桥肉联厂下属的汽修厂有一个冷凝塔需要拆除，之前已请过三拨汽吊公司过去起吊，大到五十吨小到二十五吨的吊车进场都望而却步，说没办法吊。乐乐急客户所急，接过电话立马赶过去看现场，塔前塔后反复勘察起吊条件、估量吊体重量，反复推敲空间距离、琢磨操作半径，在脑子里形成了具体详细的操作方法步骤，决定开十二吨吊车进场施工：车身与路面几乎等宽，她将路肩铲平让支架落地垫实；估算好吊车操纵室旋转半径，与一侧围墙留下几乎擦肩而过的间隙；将吊杆升至极限高度，让冷凝塔体几乎贴着周边障碍物调离落地，所有留的空间尺寸和操作距离几乎是精准而恰到好处。乐乐经过几个小时胆大心细的操作，终于将冷凝塔起吊拆除，整个起吊过程现场的所有人先是众目睽睽、鸦雀无声，最后一片哗然个个竖起了大拇指。

三十五岁那年，乐乐生下女儿，更辛苦了。她走路生风，早上送女儿上学，顺道菜场买菜，看到合适的不问价钱买好就走，到家接到活计立马上车直奔目的地；工地离家远、吊装时间长，就在工地上盒饭对付一餐；干完活赶回家搞卫生洗衣做饭。那儿子十岁时就知道疼父母，乐乐回家晚，儿子像大人样忙着做饭烧菜洗衣。我想，乐乐的吃苦耐劳和懂事明理是从小跟在她妈妈身边受到耳濡目染养成的，而她儿子在她身边的耳濡目染成为了一种家风传承。这，父母的身教言教对子女的影响力是如此巨大！

常言道：幸福是奋斗来的。说华丽一点，幸福之花是汗水浇灌来的。乐乐告诉我，丈夫那年借人家五万元去沪上买的二手吊车，六年后的2007年，夫妇俩九十万买下八吨和十六吨两辆新吊车。乐乐逗丈夫说“勒紧裤带过紧日子吧”。夫妇俩用四年的汗水还清了五十万贷款；七年后的2014年，夫妇俩九十万买下一辆二十五吨的新吊车，用两年的汗水还清了四十万贷款；又一个七年后的2021年，夫妇俩又买下一辆二十五吨的新吊车。不过，这次不一样的，是夫妇俩看中的新吊车是先进的先导操纵系统。买车那天，夫妇俩又去向银行贷四十万的款，乐乐逗丈夫说：“又要勒紧裤带过紧日子啦。”丈夫实在且又诙谐，说：“勒紧裤带过日子就没有必要了，只要我们不吝惜汗水就可以了。”

一不经意，乐乐开汽车吊二十年过去了。从当年春华英姿的三十而立，到如今已是秋实端庄的半百之人。我问乐乐，这些年春夏秋冬风雨霜雪的不容易，说几桩记忆深刻的事给舅舅听听。乐乐收起笑容，不假思索，便向我道来——

苦得暖心的记忆，是2016年冬天的那次救援施工。临近年底连续下了几天大雪，积雪厚，路面滑，老姜八线公路横巷至珊瑚段连续发生七八起大客、卡车追尾、相撞和侧翻事故。那天乐乐接到交警部门的救援施工电话，夫妇俩各开一辆吊车赶到事故现场，那侧翻的客车上受伤的旅客已经送往医院救治，但可见车门口和雪地上的多处血迹；那卡车是追尾相撞后连人带货的侧翻，现场一片狼藉。夫妇俩立刻投入救援施工，天寒地冻北风呼啸整整一通宵，夫妇俩被冻得嘴唇发紫，双脚麻木，浑身颤抖，次日凌晨到家脱鞋时，连袜子都冻得硬邦邦的。乐乐说，虽然人冻僵了，心却是热的。那天夜里，只觉得满天的星星就像千百只眼睛在看着我们做一桩善事。

苦不堪言的记忆，是 2021 年夏天的一次抢修。那年第六号台风“烟花”将虹桥工业园区的十千伏高压线路刮倒了几十根电线杆。当接到供电部门的紧急抢修电话，乐乐开大吊车赶到虹桥江边现场，一眼望去，那些被刮倒的高压电杆横七竖八躺倒一地。二百多人现场大抢修，四五辆大吊车连续作战两天一夜：先将倒地摔坏的电线杆吊离地面装上汽车运走，再将新电线杆立起来，待抢修人员拉好线，吊车再将线吊至杆顶，等抢修人员架线、接头、拧紧，马不停蹄再去下一个杆点，如此重复操作，中间没有停歇。那个抢时间争速度的场面就像打一场决战决胜的硬仗。乐乐光从一个杆点赶去另一个杆点上上下下搬那垫脚的枕木就累得精疲力竭了，偏偏那天夜里因等材料暂停施工两个小时，乐乐累得在驾驶室睡着了。那江边的蚊子既大又狠且毒，蜂拥而上，将乐乐的脸、腿、手臂，所有露在外面的皮肤咬出密密麻麻的红疹子，一张肿得发亮、通红通红的脸盘半个月过去都没有消退下去。

惨不忍睹的记忆，是 2015 年的那次救援。一对夫妇开一辆拖挂大卡车，13.8M 长的车箱顺向装满长条钢筋，行驶至如泰公路勤丰桥附近时，一乡下老太突如其来横穿公路，情况万分紧急的一刹那，驾车的丈夫惊慌失措踩了急刹，那满车箱的钢筋便猛烈前冲，穿过驾驶室的后箱板，也穿过了夫妇二人的身躯，夫妇二人当场惨死。乐乐接到电话赶到现场见状便心惊肉跳，起吊过程，惊恐的目光丝毫不敢触碰那血肉模糊的方位，却又不能有丝毫闪失，必须确保起吊万无一失，经受了一次故作镇静与惊恐惧怕激烈碰撞的心理考验。以致好久，乐乐都走不出那惨不忍睹的阴影。是丈夫的一句心理点拨：“当你把此次救援当作一次善举，也许就会驱走阴影的。”乐乐说，果然是这样。

乐乐说给我听这三桩事，立马又还原了讲述前的那张笑脸。让我在想，“乐乐”这名字是她爸妈给取的？名如其人，让我看到的是：她的价值观是以苦为乐，她的感知是苦中有乐。乐乐这种快乐的人生态度，多好！

如今，乐乐更有了快乐的理由：一家子三个人开三辆大吊车了。那个十岁就懂事帮乐乐做饭烧菜洗衣的儿子叫徐栋，“栋梁”的“栋”，从小在爸妈身边受感染，如今已开了五年的大吊车。我想，乐乐一家子这样其乐融融以苦为乐，倒是揭示了一个浅显而又意味深长的道理：快乐是苦出来的。恰如众多平民百姓挂在嘴上的一句俗话：不吃苦中苦，哪有乐中乐？！

开奔驰的卿卿

“奔驰”一词，词典的解释是“很快地跑”。

卿卿当年应征入伍，在大西北的飞行学院开了三年的解放牌大卡。退伍回来进了凯哥的黑松林胶粘剂厂，至今第二十九个年头，从双排座、黎明吉普、依维柯、桑塔纳、克莱斯勒到当下开奔驰车。我想，凯哥买这奔驰车好，一语双关：奔驰，是企业的宿命，亦是卿卿的人生。

卿卿刚进厂时，还是个血气方刚的小伙子。头一回试用开双排座去送货，出发时前轮碰到了一旁的桶，到目的地为贴近店主门前卸货又碰到了那门前的凳。有人多嘴说：“要被辞了？”凯哥“二犟头”慧眼，说：“我老板坐在车上他有点紧张心慌，在大西北旷野之地开车惯了有点野气，技术没问题，行的。”凯哥给卿卿的心里留下了“这个老板有胆识、有人情味”的第一印象。

卿卿刚从部队回来依然像一名战士，开了两年的五吨卡车专门送货，凭一股犟劲把所有遇到的难事都化难为夷。

每周跑两次安徽安庆都是日夜兼程。合肥过去没有高速，来回一趟跑四十个小时，出发前与工人一起装货，货装上车从绑车固定、一路安全到达目的地卸货，他一人全揽。那时没有超载检查，五吨的车装十一二吨正常。那次夏天，送货去安徽贵池，行至马鞍山收费站时正值午时，从反光镜看码得高高的胶桶将要倒塌，刚停至路边就散架了。他跑去附近的农田，请来五六个干活的农民帮忙，先卸车后重新装车，待给了农民工钱一切妥当已近下午六点，一鼓作气开到贵池已夜里十一点了，一天没吃饭，找个路边店吃夜宵时心里却爽爽的。他说：“困难克服了，饿了肚子吃了点苦，值得。”

那次去安庆行至仪征，左后轮半轴导管弯掉了，车停服务区，厂里连夜派汽修厂工人到场修理。车上十几吨货要卸下后轮维修，是卸掉货还是用千斤顶顶着卸下后轮，要卿卿决断。他凭着经验和胆量扛起风险，先检查车上的货固定是否稳实，然后选好顶点，顶准顶稳顶实，卸下了后轮。偏偏这关键时刻有个不三不四的人来敲诈收修理停车费，他急中生智佯装拨通了110才将那人吓跑。整整一夜车修好了，他顾不上洗漱早餐，登上车便迎着曙光一鼓作气赶到了安庆。

黑松林创业发展阶段，凯哥迫不及待马不停蹄地跑市场拓展业务，全是卿卿日夜兼程，跑遍华东六省一市，为黑松林建立起一百多个销售网点立下汗马功劳。

那辆黎明吉普买的是港区汽修厂的二手车，约六成新。卿卿开了十几万公里后报废的。就是这车报废前夕的一趟出车是凯哥春节前去走访客户，去合肥到了龙潭附近，因车没有油量表，没油了误以为油泵不工作，卿卿在车上摸黑修了一夜。他和凯哥都没带御寒的衣服又没有吃的，凯哥从衣袋里摸出两块生姜糖给他抵寒。直到早晨卿卿去拦下几位上田干活的农民帮忙，将车推下高速去加了油。

那辆依维柯买的是建筑公司的二手车，半成新。也是报废前的那趟出车，深秋季节去北京开展销会回来，返程到了山东泰安离服务区还有几公里的地方，发动机的缸体破裂，瞬时就瘫痪了。那是夜里七点许，车上的四个人下来艰难地把车推到了服务区，然后搭上一辆大客车先回家走了，卿卿找了家客栈住下，等厂里派车来拖，等了一天归途拖了一天，第四天到厂里的当儿引来众人围观：卿卿像个刚升井的煤矿工人，那张脸只有牙齿是白的。

依维柯跑废了后，凯哥又买了辆普通桑塔纳，跑了三十一万公里后报废的。我劝凯哥与时俱进买了辆国内产的克莱斯勒，报废时我好奇着去看里程表，不到八年卿卿跑了532810公里。凯哥总是珍惜着算计时间，大多数出远车就喜欢下午下班后的傍晚出发，上了车他看他的书，困了就睡大觉。卿卿总是通宵达旦开车，大白天凯哥去奔波，卿卿才能睡觉去。那次下午四点，凯哥照会卿卿“现在出发去石家庄，明天上午见客户谈事”。卿卿开一夜的车，连续十五个小时开了1100公里，早晨七点准时到达。结果客户误事，下午两点才从京城到家，谈好事已下午五点。卿卿立即往回赶，次日凌晨到黄桥吃的早饭。凯哥去石家庄谈了事，回到家早饭后上班去了，他没误事，而卿卿这趟车恰是开了两个通宵。偏偏卿卿总是这样说：“老板苦，这车也苦，不分日夜地苦。”我说了句大实话：“车是人开的，卿卿才是最辛苦的。”

卿卿不仅车开得好，从没出过责任事故，而且特别能吃苦，遇到难事从不退缩，千方百计解决掉，这是他骨子里的一种秉性，就像漂亮的女人天生丽质一样。想记下卿卿人生故事的这份感动是早些时候的事，我的日记本上记着四年前的2018年8月23日，我与卿卿有一次长谈，我问了他几个问题，他虽回答了我，却是那样的不善言辞。

我说：我知道，2006年你去考了个开铲车的证，一旦不出车就开铲车；又去考了危险品从业资质证，常有机会顶替危险品车驾驶员的工作；你还去门卫顶过班，到车间帮贴过标签，去跑过短途采购，去车间帮助装车那是常事，你在厂里跟着老板开车就足够了，已经很辛苦了，还要这样自找苦吃，我要替凯哥谢谢你！卿卿回我的话说：“黑松林人像我这样丢下锄头操钉耙的不是我一个。”

我说：我特别知道，你礼拜天骑电瓶车去横垛接丈母娘来黄桥看病，出车祸被人撞了，左手臂被撞破了皮肉，你疼得一夜没睡。老板次日一早去东台办事你照去了，那白衬衫被渗出的血染红了一大块，隔日又代开危险品车去了一趟六合，是因那驾驶员家有丧事。你手臂受了伤咬着牙开车，一天假都没请过，我要替凯哥谢谢你！卿卿没有直接回应我，而是说给我听了一件事：家里砌房子邻居不让砌，说房子超高日照距离不够。双方都出具了批文，我家是经政府批的文，而对方提供的是假的。于是对方便直言不讳"我就是要无赖不让你家砌"。凯哥与卿卿到对方家里说事，笑着夺下对方的酒杯拉到厂里来喝酒，又请了镇上相关部门的人来一起说理，这样子的讲情讲理又讲法，终于和解了这个矛盾。讲完这件事卿卿说了句："老板对我好，他的心换了我的心。"

我说，我家凯哥是出了名的二犟头，脾气很坏，我也听说你也是个犟头儿，你们两个在气头上有时互不相让，你们遇事是怎样化解的？卿卿向我说了三桩事：头桩事，那次去接人接迟了，客人打电话来质问凯哥，凯哥就把火发到卿卿头上，劈头盖脸一阵连骂带斥。卿卿一顶撞就回家了，几天没去上班。一了解，他困在家里不起床窝着气呢。是副厂长派人上门说服，卿卿到凯哥那里检讨了一下完事的。二桩事，是那次上海来了三个客人，晚饭后凯哥陪去洗澡，卿卿把车停在了附近，凯哥出来找不着车就发火了，硬要卿卿承认是去玩的。他真的哪儿没去且有人证实，凯哥就是不信，脱口便说："你明天不要上班了，写检查吧。"卿卿得理不让说："我没办法写检查。"卿卿在家蹲了两天润气，心里想：我肯定不写检查。然后是凯哥派人上门叫卿卿到厂，凯哥说了句"我误解你了"这事就算结束的。三桩事，是那天凯哥起大早去殡仪馆参加一个告别仪式，约定的时间卿卿去接他，可那辆车是临时调用的合资厂的，车有点老旧，前一天就发现顶壁的装饰布脱胶，那一刻就全脱落了，众目睽睽之下凯哥上了车用手托着那整块布回厂的。卿卿从反光镜里看到凯哥的那张脸难看得不敢再看……卿卿说这件事让他反思了好久：老板发火的事，常常是因恨铁不成钢的事而发火。我追问说：“老板遇事对你发火，你开受气车呀？”卿卿一笑说：“我有办法消气，当老板对我发火了，我就想老板的好。”

前不久凯哥来泰兴开会是打的来的。我正欲问，凯哥告诉我“卿卿胃出血住了几天的院”。刚过两天，我和凯哥去虹桥参加一个庆典活动，是卿卿的车送我回来的。我问卿卿“怎么胃出血了？”他说，总是我不好，养成不吃早饭的坏习惯。经常起大早出差，我贪睡所以不吃早饭，而出差午饭不可能按时，两三点钟吃饭常事。有时出差回来很晚，老板常犒劳我让我带点菜带点酒回来美餐一顿，晓得我好这一口。不过晚饭总要喝点小酒也是不好的习惯，因为常常是饿肚子喝酒，也会伤胃，都是自己不好。卿卿自责的同时让我在想：卿卿起早贪黑、通宵达旦地开车，哪可能兼顾到三餐如常，他这个胃病是与工作辛苦相关联着的。凯哥与他的助手是在第一时间去医院看望慰问卿卿的。

那天车快到我家门前时，我问卿卿：“你从开双排座、黎明吉普、依维柯、桑塔纳，到今天开奔驰，感觉有什不同？”我没想到，卿卿那样可爱地憨厚一笑，流淌出一首打油诗来：“企业忙得好，我有好车开，辛苦一样的，叫你不觉累。”下车关门时我说：“奔驰，是你的人生。”卿卿眼神里满满的乐意与我会心一笑。

大虎儿

黄桥大电机的同事中，与我玩得好的且感情没中断过的，陈桂生算一个。

我向来喜欢称呼他“大虎儿”。恰恰是他属虎，也是他的乳名，喊起来有一种虎虎生威的气爽，语音中满满的亲切。这样喊着，一晃眼已过去了五十三个春秋，加个形容词说：如同白驹过隙。

大虎儿比我大不几岁。我们1970年同期进厂的青工中，唯他显得有点老成持重，比我等多出几分沉稳，加上他的“文武双全”，深得陈大鸿书记的赏识与器重，着实令我刮目还带几分仰视。

接到招工通知书到大电机报到当日，大虎儿未进厂门就被拉进了篮球队。遥想当年，大电机的篮球队在黄桥街上乃至全县的篮球界那是叱咤风云赫赫其名。1970年12月20日的下午，大虎儿带上招工通知书兴致盎然地去厂里报到。当年厂大门外是个篮球场，他还没踏进厂门就被正在打球的几位叫住了。时任厂财务主管、曾经的黄桥油厂篮球队主力汪林山说：“来吆伙家，要报到，先来我们这儿报到。”打球的另两位是他黄桥中学校篮球队的张幸、韩中德同学，一起跟着附和“来吆伙家”。汪迅即把球抛给了大虎儿说“来几下看看”。他没有迟疑，球一上手来了个运球过人、晃人投篮和三步上篮。几个动作下来汪乐了，忙说“可以可以，这下队伍整齐了，买球衣去！”那一刻，大虎儿激动地在心里窃喜：爱好的这一桩，遇上了识货的。

刚报到还未进入工作岗位，大虎儿就为厂里立了一功。他是那年第二批接到招工通知书的二十多人中的一个，报到时工种分配公布榜上他是“模具工”，那毛笔字的“模”字写得有点草，他读成“摸具工”便心里生疑，他不知道这是厂里最好的、大家最向往的工种。拿我来说，是12月30日最后一批报到的，分了个大冲床工，几乎是只用力气不用脑子的工种，捏住鼻子不好吭声，你只好认了。大虎儿刚转身欲走，就被陈大鸿书记叫住了。大鸿书记特别喜欢篮球，特别看重篮球队建设，他把大虎儿叫到办公室交待说：“你先别上班，先同我去把那个‘肉包子’和薛家德弄得来。”“肉包子”、薛家德都是人高马大的篮球高手，知青身份还没被招工录用，正在肉联厂做临时工呢。“肉包子”丁辉南很快被大虎儿弄来了。肉联厂见状不妙，赶紧给薛家德办了合同制工人手续，留住了一个篮球人才。这件事让大虎儿在大鸿书记面前崭露头角：不仅是个篮球好手，招揽人才的事也干得利索漂亮。

大虎儿这模具工也就只学了五六个月就被上调了。我们刚进厂的那几年“文革”风气仍在延续，生产车间以班、排、连建制，既抓革命又促生产，表现为：一方面生产秩序井然，钻研技术尤其在青工中已蔚然成风；另一方面办大批判专栏、开批判会的政治气氛依然很浓。大虎儿毕竟是个扎扎实实的高中生且特长显见，他那行书性质的毛笔字写得有模有样，画那形式多样的报头画出手不凡，文字水平也颇见功夫。于是便身不由己被派上了用场，三天两日被政工科借调去，不是写写画画出专栏，就是咬文嚼字改文章，况且做起事来向来一副专注的模样，做成的事也板板扎扎，不经意间被大鸿书记在意了。大鸿书记是个特别爱才的长者，当年文章登上《人民日报》的顾寄南是他家的座上客，我鹏春大哥当兵出了不少作品，一回来就被他请去做了一年多的“写作临时工”，他总是不拘一格把人的才能用到极致，真可谓难能可贵。大虎儿被大鸿书记慧眼相中是在情理之中，调他到财务科搞全厂的统计和计划工作。统计工作不是简单意义上的数据叠加，而是一项以基层基础管理工作为前提的非常缜密严谨的系统工作，工作原则和要求是：周密细致，具体系统，真实可靠。大虎儿务实求真潜心做事，不经意间，他接手统计工作后当年在全县统计工作会议上被点名表扬：黄桥大电机的陈桂生同志统计工作做得规范而且完美，大家向他学习。全县层面的公开表扬，不仅仅是对大虎儿的工作和能力的一种肯定与鼓励，而且让他在工作领域声名远播，也让他的人生收获颇丰。

我说大虎儿的城府深，只是对人的一种概念化评价。渐渐地体味下来，是他做事能做到应有的份上，是一种精准和高度。也许，这便是被大鸿书记赏识的那个具有饱和亮度的点，简言之，是对上了那慧眼识珠的眼缘。大鸿书记对一个人的赏识，真实成发自内心的一种喜欢与呵护，这与世俗的上下级关系有质的不同。因为，我有这样的惊喜发现：大虎儿所在财务科与大鸿书记的办公室同在一个院子，斜对着门。书记那些天见大虎儿闷闷不乐便问，何故？大虎儿告诉书记：“老兄弟两家老房子紧挨着，叔叔家把房拆了另砌，家里的房子敞了天没手抓痒，老妈愁煞了。”大虎儿说出眼泪来。当晚书记独自去他家看了状况，次日对他说：“砌，你去找肖正禄肖老老，说好了礼拜天让你拉几车拆下的旧材料回去。”房子在砌了，邻居上门阻工。书记那天丢下中饭碗亲自去找房管所李广庭所长，李所长对那邻居说：“你们家以后不砌房子啦？”阻工者听话听音，于是一句话就把事情搞定了。大虎儿心里感激不已：书记犹如我的幸运之神，赛过父恩。

大虎儿还没来得及感激涕零，书记又给他一个喜出望外。书记把大虎儿叫来说：“房子砌好了，干脆把婚结了，只给你一天婚假。”因为大虎儿还没到晚婚年龄。这事了得，那年头晚婚晚育是国策。再说，未婚妻李银是鞋帽厂会计，当听到大虎儿在全县统计大会上受到表扬的那一刻，嫁给大虎儿的心事刚刚才一槌定音，而人家家里还没同意呢。大虎儿有办法，按书记说的悄悄地就把婚事办妥了。那个星期一的早晨，全厂班前做广播体操时我惊然发现：大虎儿穿了件簇新的毛线衣，领口嵌有有机纽扣闪闪地亮；做上肢运动时他手腕上亮出了块上海手表，耀眼的神气。做完广播体操我问他："怎么一下子像个新郎官了？"我是随意问，那个年代对于我们这一代人穿毛线衣、戴上海表是一种富贵标志与莫大奢望。他犹豫着若有所思地浅浅一笑，然后贴近我的耳边道出了真情。这让我由衷地仰慕和敬佩我们的这位大鸿书记：关爱一个人做到这个份上，多像位慈父。

苦其心志、潜心做事的人会有不一样的体验。大虎儿有了一次砌房子的经历，便能把建房的要领诀窍与匠人的一招一式说得头头是道。倒是说者无心听者有意，大鸿书记遂顿生主张：调大虎儿到行政科去抓基建是块好料。那时，大电机与县城的机床厂、仪器厂刚分家不久，随着电机生产形势蒸蒸日上，基本建设也呈现一片繁忙景象。那段时光里，1600KW 大电机试制成功之后新上了轧钢项目，那高耸入云的大烟囱落成，大虎儿亲手做的那面锦旗上"步云好汉"四个熠熠生辉的金字还印在我的脑海里。不多久，厂里又新上的采油树项目是为大型油田作配套。每只采油树一两吨重，那包装箱的制作要跟上供不应求的生产形势，大虎儿组织匠工日以继夜地忙得热火朝天。我特别羡慕大虎儿那种工作状态：不管多忙，无论多急，他悠哉着从不误事，一副举重若轻的样态。大鸿书记是位视野开阔的开拓型企业家。随着经济的不断发展，他把战略眼光落在了环保行业，提出了发展环保的大政方针和全厂一切服从环保需要的指导思想。出于战略考虑，他亲自点将抽调全厂五十名精干力量，举办专题的环保培训班。环保是多学科的综合，涉及的知识面广，培训班的师资集中了厂里的大学生、工程师，请了外地的教授、化学教师，分门别类系统授课。大鸿书记动员会上明确大虎儿抓总负责培训班各项工作，大虎儿明显感觉到这其中一定是有深层次考虑，深感此次担纲责任之重大，不仅要抓好培训班的要务，更要抓牢此次学习的良机。他不分日夜地学习钻研，除了消化讲课内容，还买了大学的教科书学习了土建构造、高分子化学，经常深夜爬起来翻阅资料抄抄写写，给学习中遇到的问题释疑解惑，弄个明白。妻子醒来便说“了得呀，像要考大学的样子”。事实证明，他那段时间的刻苦没有白费，让后来的工作实践多了一份底气和力量。培训班结束当日大鸿书记就宣布他为环保车间主任，工程师专配，车钳刨铣焊工全厂挑选，从此开启了环保设备的研制生产。

环保车间第一批产品四套臭氧发生器装置发往青海西宁。这四套装置大虎儿从每张图纸审阅、每个零部件加工、每个配套件采购到一步步安装调试，他是事必躬亲全过程参与其中的，可厂里派出三十多人的队伍三个月未能完成安装调试任务，几批次技术人员也未能解决问题，七十多万货款对方按合同不予支付。大鸿书记这才急令大虎儿亲临攻坚克难。他到达当晚行李还未放下，一女工就扑过来号啕大哭，说婚期将至家中催促她回去操办婚事；那个叫钱书长的钳工哭哭啼啼过来了，说家里有急事等他回去处理；顷刻间三十多人全围拢过来各诉各苦了。他当即宣布各就各位连夜试车，采取一台一台分别试机。试机时那臭氧的味道浓烈得呛人，致使人咳嗽甚至呕吐，无法进行下去，短短二十分钟现场的“望闻问切”他发现了问题所在：一是密封仓漏气；二是配套件达不到咬合要求是因为未经严格把关检查，而工程师对采购件却不知情；三是设计院设定的安装流程存在先后不当带来的问题。于是立即开会，明确各个重点环节，任务落到人头各负其责，动员奋战三天确保完成任务打道回府。经过大家三天三夜的苦战，当地省环保厅现场验收一次性通过，拿回了七十多万货款，业主毛纺厂送锦旗又设宴送行。凯旋那天，他做主宣布：归途愿意顺道旅游的车旅费报销。可大家归心似箭，全都谢了这份美意。

大虎儿担纲环保车间主任的那段时光，他没有辜负领导赋予的那份重任，也没有辜负自己的务实努力。完成工作任务之余，他把自己的工作实践体验总结成文字，在《中国环保》杂志上发表了《怎样选用臭氧发生器》《臭氧投加装置的设计和使用》两篇论文，不仅是对环保事业的一份贡献，也给自己留下了那段时光的一段美好回忆。

我没有想到大虎儿会离开大电机去了黄桥布厂。当然，人没有无缘无故的爱，也没有无缘无故的恨。那是 1989 年，他说他是对厂里的状况看不下去愤然离开的。这一年，采油树、臭氧发生器的生产形势急剧下降，一落千丈，而深层次原因不是因为市场需求发生了剧烈变化，而是有人用"人民来信"的手段要搞垮企业。情况是这样的：厂里在与业务单位的交往中给相关单位的相关人员送了点花生白果之类的土特产礼物，被"人民来信"无限放大，其罪名上升为不符合毛泽东思想，造成相关油田的部级干部被降级处分，相关医院的院长、科长受到处理。我对此类事情并不陌生，"文革"后期"反击右倾翻案风"那阵子，厂里个别人曾到上海机床厂去探政治风向，"文革"中的派性遗风在个别人身上早有显露。我想，不管"人民来信"出于个人的何种目的，我估量大概不是出于正义和良心吧，而直接的指向是砸全厂七百人的饭碗。那么，大虎儿的愤然离开便不无道理了。

大虎儿刚调进黄桥布厂时的崭露头角有点妙趣横生。厂长问，这人多大岁数？科长说，四十多岁。厂长说，工人性质又四十多了，下车间。厂长没等科长介绍大虎儿何德何能的简历就下了定论。接下来连续发生的几件事让厂长印象深刻：调去当年，科长请大虎儿帮助修改厂里的年终总结，厂长看了很满意。科长说，是刚调来的陈桂生帮改的；这年，厂长省人大代表的事迹材料登在了《新华日报》上，文章是经大虎儿修改后并誊清送去报社的，编辑惊讶说这种字很少见到。科长把这事如实告诉了厂长；那次欢迎扬州市委书记莅临指导的大幅标语，一整张红纸每个字是红纸先贴上墙然后直接书写的行楷体。厂长问，是谁写的这字？科长说，是刚来的那个陈桂生写的。被厂长刮目相看之后，大虎儿被安排去了销售部。那段时光，布厂的牛仔布生产形势火爆。厂长没有想到，搞机械的转身到纺织行业的大虎儿不到一个月就如鱼得水适应了工作，把常州的大客户和深圳、广州的出口业务都揽至手上。厂里设立的五个销售部，厂长让他担纲销售一部的科长，销售额便总是名列前茅，相得益彰的是大虎儿的腰包也殷实了许多。于是乎，大虎儿在厂长心目中的分量亦水涨船高：厂长去南方深广方向便总是指定大虎儿陪同前往，那是有目共睹；而那年大虎儿的老母亲仙逝厂长夫妇双双前往跪拜致哀恰是难得少有。

人们万万没有想到，一个好端端的大型布厂，后来在市场经济的急剧变化、动荡和冲击下，与企业内部生产经营管理人为的异样混乱状况的相互作用，一步步走向风雨飘摇，终于2000年初工厂倒闭，大虎儿下岗。

下岗，对于许许多多的人来说，无疑是在那个非常年代经历的一次残酷挫折：是工作的失落，是人生的无奈，是生活的无助，更是心灵的煎熬。这一切对于大虎儿来说，他经历过，却很短暂，他在人生相遇的风风雨雨之中来了个华丽转身：创办了自己的书法培训班，至今已十余春秋依然方兴未艾。

大虎儿的华丽转身首先应该感谢自己的不负韶华：在“文革”那荒诞岁月中，在下岗后那失落的日子里，他把写毛笔字的满心喜欢转变为对书法艺术的深深痴迷。

他临摹的第一本帖是柳公权的《玄秘塔碑》。柳体有筋有骨，肉不多，挺挺的，是楷书中最难写的字体。那是摇芭蕉扇纳凉的年代，毛笔握于手中一笔一画地临摹，需要运筹很大的气力凝聚于笔端，竟然让人汗流浃背。淌汗他可不管不顾，但不可让汗水滴落在纸面上，于是扯下肩头搭的湿毛巾把额头、胸前、胳肢窝的汗水拭去，别人眼里遭罪似的，他却乐此不疲。大冷天，双手麻木，他先使劲搓手跺脚做热身运动，然后全神贯注以阳刚之气驱走寒冷。第一本帖，他坚持每天十张纸地临摹，两个月下来效果不明显便改成盯住几个字反复习练，半年后也能写出一幅二十八个字的唐诗，但字的大小、笔法、结构仍问题多多。他不厌其烦地将“问题”字用白纸贴掉，然后经反复临摹直至觉得满意后补书其上，整体感觉好了的二十八个字再反复书写多遍，使之基本达到章法要求。第一本帖如此临摹习练逾一年后，开始不时地出现心到手到意到的那种感觉，这种瞬间的为之一爽的陶醉，他自认为是一种信心的攀升。

一年之后，他开始临摹欧阳询的《九成宫碑》帖，同样的临摹方法，同样的坚持不懈。所不同的体味，是那次他向母亲要了五块钱，托人从上海买回来十五张白宣纸，这才尝试到写在宣纸上欧体清秀中含刚健、严正中见险峻的那种知觉与感味。还有就是有了柳体的习练基础，临摹过程便有了略感轻松、驾轻就熟的感觉。他说，所谓功力深厚就是这样日积月累来的。

大虎儿的华丽转身更应该感谢他的乖乖孙女晨晨，办书法班是晨晨童心里蹦出来的金点子，且以小小一臂之力为办班立了头功。自从大虎儿下岗之后，晨晨与他这个爷爷相互陪伴着一路走来：晨晨上幼儿园时，他在接送的路上跟着哼唱会了一首首童谣，让他唤回了早年的一颗童心；晨晨自从小学二年级之后，就成为了他书法临帖的忠实看客，那样地专注出神，进而情不自禁握起了毛笔成为了他的第一个忠实学生，竟然，还时不时对他临摹的“成品”指指点点，一番评头论足，俨然像他书法上的知音；晨晨三年级上学期时，有一天晚上对他说：“爷爷，我给你出个点子，人家都能办书法培训班，你的字比人家好，为什么不办呢？我是班长、大队委员，同学们相信我，动员几个同学先来学习,你信不信？”孙女儿晨晨的话还真的四两拨动了千斤，让大虎儿这个爷爷“言听计从”了。第一期培训班正式开学时，晨晨带着同班同学七名，其他班有七名、外学校有四名，这十八名同学就成了他的第一批学生。

大虎儿的书法培训班其授课的方法是从他亲身经历的体验中总结提升得来的。同时上课学生的书法学龄和实际学历不尽相同，学习长进和接受能力状况不尽相同，他把培训学习的功夫下在备课上，每个学生课堂临摹的范字全是他亲笔所书且因人而异设定难易程度各不相同。可想而知，这种用心的程度和所下的功夫是多么的不易。我粗略地估量，大虎儿这十多年来培训的学生来来去去至少也有上千人了，他备课的学生作业范字工工整整该是成千上万幅了，他除了看到了一个个学生的长进，自己笔端的功力也历经了千锤百炼。这种教与学的相得益彰让我明白了：怪不得他的授课总能让学生兴致日渐变浓，进步日新月异；怪不得当他对每个学生的作业点评时，学生家长都会赶去课堂听得津津有味。

有一天，大虎儿的课堂上来了四个“不速之客”。他们围拢到正在临摹的冯晗睿学生面前，看其临摹的笔法起落和字形结构布局，不时发出“啧啧”称赞声来。原来，这个冯晗睿是他们子女的同班同学，学书法才两年进步特快，以一幅二百多字的楷书《爱莲说》无可争议地获得全校书法竞赛一等奖。他们此次是来现场考察的，从此放弃了在他处已缴的学费，转而加入了这里的行列，从小学二年级一直学到小学毕业，进入初中其中二人二度获得泰州市文联、教育局组织的书法竞赛第一名，二人获省文联、省教育厅的中学生书法比赛的第一二名。

那个陈历德同学，考入泰州中学后写了篇题为《爷爷》的作文，写的就是跟着这个大虎儿爷爷学习书法的经过和启示。作文中这样写道："爷爷说，基本笔法是定律，字的结构是综合运用，全幅作品展现气场。""我很喜欢爷爷讲课，由浅入深，循循善诱，由个别到整体，形象化的比喻，让同学们笑得合不拢嘴。他讲'竖弯钩'像一只鹅，'捺'像坐滑梯等，同学们容易记，写得出，兴趣浓。"这篇作文被推荐为全校的范文，该同学去年刚考入中国人民公安大学。

几年前，六个美女学书法的故事在黄桥镇上被传为美谈。她们是人民医院的账务科长、中医主任医师、单位质检员、商场职员来自不同岗位，是共同的兴趣爱好让她们慕名而来走到了一起。开始，她们与小朋友同坐一个教室临摹，写得好的小朋友都要偷偷地瞄看她们书写，个别"艺高胆大"的还要凑过去指手画脚教教她们。这让她们感到有点羞涩与不爽，提出是否可以不与小朋友"同场学艺"。大虎儿理解了她们的"难处"，乐着给自己添加辛苦，改为周一周五晚上单独授课。美女们都是有家庭、儿女的人，今天儿子回来了，明天姑娘带女婿回来了，姑娘快要养宝宝了，"美女班"聚不齐了怎么办？大虎儿宁可自己吃苦，给予她们方便：精心设计课程，灵活机动安排，有时间尽量聚到一起，"开小灶"也来日方长，尽可能让她们兴致不退、技法长进。新冠疫情前夕，那次黄桥镇书法协会成员作品展上六个美女的作品风格各异、一展芳容，收获好评多多。

每年的暑假是大虎儿最忙碌的时光：正常开班培训的各类学生按部就班，从外地回来的从小学到大学的各类学子慕名而来，曾经的学生带着自己的作品登门求教的络绎不绝。他忙得不亦乐乎且乐此不疲。

这几年，我是大虎儿家的常客。每次登门必须登三层楼的楼梯拾级而上，那楼道哪是楼道，俨然成了大虎儿学生的作品展示长廊，几乎每次走过都是不一样的展示，让我目不暇接，每当攀上这一路风景的楼道，我似乎豁然感觉到有一种闻到桃李芬芳的那种心旷神怡。

大虎儿告诉我："我培训了那么多学生，也增强了我对传统书法的认知，反复地探索古人中锋运笔之轨迹，使转、提、按自如，线条平实，方圆兼施，轻重缓急得到了进一步深化。我一个台阶一个台阶地往上攀爬。"

大虎儿对我说："王羲之的不激不厉、王献之的风流潇洒、米芾的幽默俏皮、东坡的意气风发等古代名家的经典作品，时时在我脑海里盘绕。书斋是我的日课阵地，书法是我的精神寄托，我每天坚持练习，每周会创作一两幅作品。我对书法从痴迷到痴爱，一往情深，永恒不变。"

我想，省书协会员的大虎儿，七十有四的大虎儿，至今他浑身依然充满着虎虎生威的气息，我笃信并祝福我这虎哥：书法，成为了他快乐的全部，痴爱的全部，生命的全部！

顾孝子亭

李　群

我那曾在南京《金陵晚报》当过首席记者、后又从南京大学拿了个博士学位回来的侄女儿刘泱告诉我："我的文字基础是师从李群老师那五六年给打下的，使我终生受益！"侄女儿的这一感慨让我顿生念头：把这位在百年老校黄桥小学供职四十二年，当过语文老师，管过教学，做过十五年常务校长的李群请到我的笔下来。要说另有其因，那是他姐夫、书家陈桂生是我五十余载的同事挚友，常会情不自禁在我面前"炫耀"他这小舅子敬重事业、卓尔不群的点点滴滴，给我的印象深刻。

李群是1962年出生的，家中排行老八。因为长得乖巧，又排行最小，是父母最宠溺的一个。家境贫寒的岁月倒没有吃什么大苦，最多不过是穿姐姐嫌小的衣服，留下衣不称体的童年记忆；长大了，兄弟五个唯独他留在了父母身边，使得母爱的温暖和沉重与他的人生道路的选择密切相关。

李群小学时成绩平平。初中，一次期中考试数学试题出难了，破天荒，全班就他一个人及格。班主任严霞老师隆重表扬。经此一表扬，学业突飞猛进，从此在年级一直数一数二。

1978年李群初中毕业。当年这一届初中毕业生获准参加两次升学考试——应届高中升学考试和允许往届高中生参加的全国统一中专升学考试。这是真正的史无前例、后无来者的一次考试模式，仅此一年。他的考试成绩出来了，考高中全镇第七，考中专全镇第一。因为考得好，中专志愿他尽选上海、南京的电力、电信等在当时认为“吃香”的专业学校。但他没被录取。倒也没有失落,因为他还有高中可读。这年 9 月他走进黄桥中学高一（4）班，才上两个月，突然收到泰兴师范录取通知书。就是这纸通知书，把他带到了人生的十字路口。

我读过李群多年前写的《走过母亲桥》这篇散文，是他追忆母亲对他人生道路选择的影响，正是说的这段历程。当他收到泰兴师范录取通知书后，高中的老师找他谈话，虽不明说反对他上师范，却把“惋惜”“慎重”“后悔”等词语重复了一遍又一遍；在家里除了母亲，其他人都不赞成他读师范，而母亲坚持要他去的理由简单说就是“先进保险箱”。母亲说：“到手的饭碗不要，将来高中毕业万一考不取大学怎么办？滚到乡下去那是要苦一世的。”那时“上山下乡”政策还没取消，那些年只要一旦面临“上山下乡”这事，甚至只要提及这个字眼，每一位母亲都会心惊肉跳！而他，自己压根儿不想读师范，但母亲的话又不能不考虑。

他说：“选择一条人生的路，这选择太沉重！”是的，把择定终生的职责，交付给十几岁半懂不懂的年岁，或许有点残酷。在家人的争论中他失去了主张，越到临近报到的日子他越是慌乱。终于有一日，他趴到床上，把头埋在被子里抽泣起来。母亲见他哭，坐到床沿，同样是抽泣着对他说：“孩子，你别这样，你这样娘心里难受。你不愿意上师范，那就不上，将来万一插队了，有娘在，总不会让你有苦吃……”就在这一刻，他翻身坐了起来，放声大哭：“谁说我不上师范了，妈，我去，我去。”我想，母亲瞬间变得如此博大宽厚，儿子一下子变得如此温顺理智，真让人感佩：母爱伟大，母爱又如此沉重。所以他说：“我至今也不能说明白我当时怎么就一下子拿定了主意，但我知道，我的选择是与母亲密切相关的。”

李群师范毕业时，县实验小学挑中了他，但他没去。母亲四处托人，总算将他弄回家乡教书。母亲的理由很直白：儿子虽多，留在身边的只有一个，更何况是最宠爱的一个。他顺从了母爱。

1980 年夏末秋初对李群而言有些残酷。他高中时的同学这一年参加高考（那时高中学制二年），有这么几天，镇上满城都谈论谁家的谁考取了哪个学校。但他家里没有人谈论。母亲不允许，怕伤他的心，不料却越发让他难过，他的一个愿望也就越强烈——“何时何地能圆我的大学梦？”

黄桥小学工作九年之后的 1989 年，他参加了全国成人高校招生考试，去南京的江苏省青年管理干部学院脱产进修两年。这次圆梦同样一波三折。那年 3 月，他获得消息，他有机会到省城脱产进修。但此时他的儿子才四个月大，父亲刚去世不久，母亲已过古稀。他把消息带回去，妻子支持，母亲却一下子愣住了。她先一言不发，后来几乎是哭着对他说：“你自己看看这家里，你能丢得下走吗？你儿子才几个月，我也 72 了，你说我还有几个 72 过？不去，行吗？”他点点头，心想：是啊，我不能太自私了。

母亲的羁绊让他决定放弃，内心深处却总是有些不甘。在接下来的几天里，他把这不甘心努力深藏，但到饭桌上，母亲总是捧着饭碗一口不吃，老看着他的脸。他问：“妈，你怎么啦？”母亲一言不发，这才扒饭。他有点费解：儿子脸上的字，母亲能读懂？在报名截止的前一天，还是在饭桌上，母亲平静地对他说：“你去吧，家里你放心。”他终于明白了：母爱的眼神犀利，儿子的什么心事都别想瞒过她。

人，真是一个复杂的感情动物。他要去上学，母亲不同意他不开心；母亲答应了，可他还是不开心。他在最后一天到县招办报了名，这距全国成人高校统一招生考试还剩整整一个月的时间。那时他教小学毕业班，“小升初”考试还没有取消。校长问他需不需要停课复习，他婉言谢绝。为了不受妻子和孩子的影响，他向朋友借了一间空房子，白天正常上班，晚上一个人过去复习迎考。在走进考场的那天早上，他的祈祷与其他所有参加考试的人可能相反。他默念：老天，试题越难越好，把我考个稀巴烂吧，考不取，我心安！在最后一场考地理时，他四十分钟就交了卷。有一条大选择题，明确的规则是选对得分选错不扣分，但他倘遇不会就空着不做，不愿意靠猜去获得分数。然而，他又考了个大市第一名。

在南京读书的两年里，为了对得起母亲那句“你去吧，家里你放心”，他不敢放松对自己的要求，一有空，就把自己泡在图书馆里……两年后毕业时，他又面临了一场选择：回原校，还是去县政府 ×× 局？这一次，他没有犹豫。他选择了前者，回到母亲的身边。这一陪就是十几年，直到母亲过了八十九岁生日后谢世。

在求学读书上李群无疑是学霸型的，从命运的角度倒是不必去做任何的假如之想，而李群的求学经历最初没能读大学对他人生的影响颇深是很显然的，他之后的一段文学梦的热切追求正是源于心中的不甘。

他说：“关于做文学青年的一段历程，既简单，也复杂。简单的是没有大功告成，复杂的是自己的心态：从狂热追求到冷静放弃。努力过，算是对自己的一份交代。”他确实很努力。他的姐姐李银告诉我，那是夏天，大门洞开，他每日挑灯夜读写作至深夜，布厂、二布厂、制线厂夜班女工一波一波从家门前经过，见状总要啧啧，猜测他是备考并夸他刻苦。“其实他们哪里知道，我弟弟是在‘不务正业’，在追梦。”

他起初写诗。20 世纪 80 年代，是新中国诗歌的黄金年代。他在《长城文艺》《扬州日报》及扬州文联的《春水》杂志发表诗作几十首。随后几年，风气渐冷，某一日他突然发现诗歌的作者比读者还多，遂热情大减,至逐步放弃。有同道者曾与他商约合出诗集,他婉言谢绝。在南京进修时，班上有个女生爱好诗歌，他索性回家将所有诗作一股脑儿全部带去送她。至此，他与诗歌似乎断了最后的联系。

他写散文，写小说，还写时评。《春水》《扬州文学》《泰兴日报》、江苏《少年文艺》《儿童故事画报》《新民晚报》《南方周末》等都留下了他废寝忘食兼汗流浃背的足迹。他说："这段时间的写作锻炼，给我最大的收益不在于有东西发表，而是在于让我养成了独立思考、深度挖掘的习惯。这个习惯使我受益终生，也使我苦恼终生。因为时常会对一些事物的看法与众迥异，甚至与主流意见格格不入。"譬如说，他儿子中考的时候，中考有加分政策，他想，这一定程度上就是血统论在教育、招生中的还魂。我们每个人都无权选择自己的父母。他把所思所想付诸文字投给《南方周末》，一周，见报。说到苦恼，李群回忆起这样一件事：多年前的某一天，时任镇教育助理的吕耕樵来到他家，说"我在《南方周末》看到你写的文章……"没让其说完，他就打断对方："同名同姓吧，我没写。"他说："我不知道当时为什么要否认，现在知道了：性格使然，胆怯。"出于好奇，写到这儿我搁下笔打电话给退休多年的耕樵先生求证此事，他乐呵着说："那年署名李群的文章是直指教育时弊，当时教育经费吃紧我们搞了点乱收费，不知笔者是否是有所指向，想作些解释，而他说他没写是同名同姓我才放下心来。简单说是怕工作惹出麻烦来,胆怯。"搁下电话我沉吟良久：都是胆怯，却各自吓了对方一跳，这就是生活，有它内在的逻辑。

大约在九几年，李群被确定患上了医学上称为"不死癌症"的强直性脊柱炎，病痛的折磨，使他开始向内审视：我是否真是一块写作的料子？他作了自我否定,强迫自己"如释重负"。2011 年苏州手术之后，专家孙俊英告诫：少读书、不写作，阳光下、多运动。他说，他这才完全放下，且是从心理上完全放下。数年前，为筹备儿子结婚，居所重新装修，搬过一次家，好多作品不知所踪，他竟然十分坦然。一次，老婆从电视机下抽出压着的报纸，说，这上面有你的文章，你收好，将来给你孙子看，他也只是笑笑而已。

我多次拜读过李群的散文作品，对他因无奈而放弃文学写作深感惋惜。动笔写这篇文字之前的一次，我与文章登上《人民日报》编入中学教材、粉碎“四人帮”后参加中国作家访问团的老作家顾寄南先生交流写作情况时，我说正准备写一写李群，他的文笔细腻厚实，遗憾的是他因病而放弃写作，实在是可惜。顾先生说：“李群的文笔很好，底子厚实，如不是他因病放弃，黄桥会多出一位很有前景的作家的。”

其实，用另一种视角审视李群对文学的狂热与执着，难能可贵的是让我看到了他把文学写作中思考积累的很多经验倾注于语文教学，独立出自己教学的个性与特色，反哺给了孩子，形成了一种母鸡孵小鸡效益。

说起李群的教学生涯，我得先说一段关于他初进黄小的“小插曲”。那时小学还有升学的压力，普遍地“抓得紧”，落实到时间上，规定下午四点半放学，可到五点半、六点半老师还不肯放。初来乍到的他尚不知“升学压力”为何物，于是大放“厥词”：黄小的老师死摁学生，这样的教学质量高，很假。这话被搬到王传道校长耳里，王校长撂出一句话来，“说我黄小的质量高是假的，我看他头上有水，我倒要看看他的真。”就这样，他被王校长关注上了。一回早读课，学生朗朗读书，他则端坐讲桌前捧读一本杂志，王校长走进来，扳开一看，见是《人民文学》，抽走，训词是“上班时间，别看闲书”。第二天早读课，又来，见他仍捧一本杂志在读，扳开再看，《江苏教育》，没说什么，走了。此后没过多久，丁轶群老师告诉他，说王校长“偷偷”听了他不少课，每次，都在打铃之后从另一头绕过来，要么后门口，要么窗外的死角处，听课，一听一整节。然后，王校长在教师办公室对他大加赞赏，说他“上课爽清”“一口流利的普通话，整堂课没一句废话”等。试想，一位老师，再怎么有备而来，一堂课想做到“没有一句废话”是很难的；何况，他不知道王校长在“偷”听，处于无备。他以自己的真让王校长那句“我倒要看看他的真”得以成真。所以，过去了几十年，说起这事，他会对这位王传道校长肃然起敬。

语文教学十年，他这样评价自己：“不算优秀，但也不算平庸。不优秀，是因为考试只拿过一次全镇第一。不平庸，是因为我教过的学生大多不畏惧作文；再则，我那时可谓是黄小课堂教学的窗口，公开课，局长检查，外校老师参观，校长总爱把人往我教室里引。”

“我教过的学生大多不畏惧作文。”他的这种自信自然是有充分的例证，我更愿意听我侄女儿刘泱的讲述：

李老师让我明白写作是有根基的，不只是漂亮字句的堆砌，而是实实在在地源于生活，善于观察生活，善于思考和表达。他的课堂非常灵活、有趣。譬如有一次上课，李老师说，今天我们来画画。他拿出一张纸，让我在纸上画个灯笼。他先简单讲解如何画一个灯笼，我照他说的做，一个漂亮的灯笼很快画好了。这时李老师继续说，现在用一节课的时间，把你怎么画这个灯笼的过程写下来，写成一篇小作文。有了一个简单的动手实践在先，我觉得这篇文章很容易写，写出来的习作也比之前生动了许多。

还有一次，李老师教我如何描写人物。小的时候，很怕老师布置关于写人的作文，因为总觉得写来写去就是那几句话，无话可写。现在我知道写人至少写出一个人的特征、个性，但是要一个八九岁的小孩明白什么叫“性格特征”，要讲清楚这种抽象的道理，是很难的。李老师的方法非常巧妙，他让爸爸周末带我去黄桥汽车站的候车厅，去观察南来北往的旅客。他们是什么年纪？是男是女？穿什么衣服？带的什么行李？五官长什么样子？……那一次的写作练习就是我在汽车站看到的不同的人，细心的观察，加上李老师的引导，我一下子开窍了，原来千人千面的描写并没有想象中的难。

侄女儿刘泱至今珍藏着李群老师当年考取成人高校入学后的当月从南京写给她的一封信。信中说："我知道你是一个好孩子，爱读书、还爱写作。那么，你最近看了一本什么书呢？书上主要讲了一个什么故事？故事里有几个人？他们是什么人？各有什么特点？围绕这些问题，写一封信给我谈谈好吗？""另外，把你最近写的作文，寄两篇我看看，行吗？""还有，怎么写信，你不要问人，自己想，我给你的这封信，正在教你写信，你要仔细观察：什么要顶格写，哪里空两格，自己的名字写在哪里，写信的日期写在哪里，这些都是有规定，不按规定写，读信的人就要笑话。"信落款的日期为：1989 年 9 月 19 日。我读着他三十四年前写给学生的这封信，我想，这是对学生的一种关爱，是敬业的一种本能，是师者的一种品质，让我触摸到了一位人民教师关爱学生成长的一种炙热的温度，油然而生敬意！

他从事学校行政工作三十年。他的学校行政工作是从王传道任校长时开始的，是王校长看到了一个有志青年的物有所值。之前是王校长"偷偷"听课而识得其才，后是因一件事而给予"奖赏"。大约是 1981 年 12 月，他在《新民晚报》的"夜光杯"发表一篇文章，有三百余封读者来信由编辑部转寄给他。《新民晚报》的大信封抵达黄桥小学时，学校已放假，王校长住校，那些信落到校长的手上便一睹为快。正月开学时，王校长兴致冲冲拍着他的肩膀一个劲地夸："小李啊，不错，黄小出一个你这样的老师，多好……"遂话锋一转说，"黄小的信封、信笺纸任你使用。"需要说明的是，黄小那时有个传统，每学期开学初，给每个老师发三只信封、数十张信笺纸。校长让他任意使用，算是一份大奖赏了吧？更大的奖赏遂接踵而至，先是黄小建立团小组，王校长指定，他做组长；接着是镇党委决定成立黄桥文卫团总支，他任总支书记；再后来，是校长在教师大会上宣布，他协助少先队总辅导员工作，从此参加校务会议。

2013年黄小110周年校庆之际，李群写过一组《黄小琐记》，其中一篇写的是校长胡淑萍。我读这一篇，却感受到一个鲜活的李群形象。他声称自己的教学优点是“不补课”，遭到胡淑萍校长的批评：错把缺点当优点。而在我看来，胡校长是现实的，李群则是理想的。恐怕一个好老师的最高境界就应该是功在课堂、课后无需再补。从这一篇里，我还读出李群作为学校管理者的理想与追求。他希望学校是安静的，能免于外界打扰；他希望教育者心境是平静的，既不急功近利，也不好高骛远，唯其平静，方有教育的耐心和细心；他希望校园生活是张弛有度的，师生的日常是有序快乐的……他分管教育教学，大胆地把老师从繁琐的写教案中解放出来，提出“精备简写”的备课模式：老师备课备在书上，学校查备课、查书；他倡导老师多读书、杂读书，提出“功夫在诗外”——他说，一个只读教育杂志的老师不是好老师；他创造性地发明了“六个一”：一个年级一个活动项目，一年级哑铃操、二年级绸舞、三年级打莲湘、四年级吹竖笛、五年级打腰鼓、六年级剪纸，要求所有学生全员参与。在一次教育局的会议上，李群这样解释他的“六个一”：我们不是特长培养，一说特长，总有表演的性质，表演不是教育，因为不是着眼于表演，我们的活动不挑选学生，要求每一位学生都参加；如果硬要说有特长教育在里面，那好，我希望是“黄小六艺”，培养了学生能动能静的特长、手脚灵活协调的特长、个个中气很足的特长……

可见，他是一个有教育思想的校长。

他做副校长主持黄小日常工作也有十五年。李昆华校长主政黄小工作期间，彻底改变了黄小落后的校容校貌；他主持日常工作则努力提升了黄小的办学软实力。甘于当副手，避免了曾经盘踞黄小的派系摩擦，为上下一心、全校员工和谐相处奠定了基础。黄小那些年的重大活动，迎接义务教育国家级验收、创建省实验小学、百年校庆，等等，他都是实际的策划者、组织者和实施者，一切准备就绪，便退至幕后。术后专家要求他“不写作”，实际是做不到的，因为学校的各种材料：策划方案、总结，各种会议发言，基本都是出自他手。朋友说他总是“为他人作嫁衣裳”，他却说，“黄小工作一场，总得给黄小留下点什么”。是的，今天的黄小，有他的教育遗产：他确定了黄小的办学理念，挖掘并注解了黄小的校训，定格了黄小的校风、教风、学风，创造了黄小的“六个一工程”，在全国首倡养成教育，使其成为了黄小的办学特色……

记得鹏春大哥二十年前专程从沪上回来参加黄小的百年校庆。参加庆典过后，也许是长期从事文学写作的职业习惯，对省厅、市府、镇府、校长四位领导者的讲话感慨一番：嗯，庆典上几位领导人的致辞，不一样的精彩纷呈，不一样的语重心长，不一样的深度思考，没有套话，没有官腔，文采飞扬，有滋有味，难能可贵！二十年后我才得知，这四份讲话稿都出自李群之手，足见他的文字功力与用心良苦。

侄女儿刘泱听说我写李群，从香港发给我一段感慨之言：李老师对于写作有一腔赤子情怀，他自己善思善文，还善于分享，作为老师，他启迪、点燃了很多学生的写作热情。李老师的文字表达，不仅仅拘泥于小说、散文或者时事评论的形式，更是对生活的洞察和凝练，是真理的追求和对人生意义的思考。所以，他虽然放弃了文学梦，但是他求真、慎独、思辨的追求却从未改变，而这些才是他精神世界的框架，文学只是其中的一种表达。每个人的性格不同，人生境遇也各异，李老师让我看到一个内心世界丰富的人，总是可以获得一些真正的平静。

那天，李群得知我想写他，他谦恭且真诚地对我说："回顾人生，平常且平淡，实属一出门便泯然于众之流……"我莞尔一笑，默默地想：他所说的"众之流"与他名字的这个"群"一呼应，让我看到一个人谦和之素养与人生之格局相融的一种质感。我记录李群人生的这些文字是一种真实写照，是我以一个写作者的眼光发现他人生的那些点点滴滴的卓尔不群。我确信：这是一种人生的滋味，那点点滴滴便是他人生的有滋有味。

云　儿

“云儿”——孙继云，是表姐家的二女儿，总是腼腆着叫我一声“舅舅”。

一个勤劳、善良、品端、能干、人格独立的女人，却遭遇婚姻的不幸与变故。云儿说：“我反而感谢他们家的人，让我知道了人间冷暖。”之后，她在十桥路珠巷口北侧开了爿“佳庆照相馆”，至今十四个年头，上门的顾客、身边的亲友对她有口皆碑。

今年正月初，我打电话向住在南京女儿家的顾寄南先生拜年时，说起我想为云儿写篇文章的事。顾寄南先生是云儿的亲姨爹，这个话题让我们相互感慨地说了很多很多的话。于是，记下云儿人生过往的想法迅即转变为执念，让我搁置不下。

云儿的母亲是个特别能吃苦耐劳的人。家里姐弟妹六个她排行老二，母亲生第七胎时难产不幸去世，时年她十一岁。从此，父亲再没有让她去上学，把她留在家里除了包揽繁重的家务，还要帮父亲忙碌肉店里的事。逢年过节，尤其寒冬腊月，灌香肠小肚、炸肉皮蹄筋、洗肚肺大肠的活计总是忙得通宵达旦、苦不堪言。长大后进了肉联厂，因识字不多分在冷库干搬运杂事，一年四季在冰冻的世界里天天汗流浃背。回到家里，虽说婆婆勤劳能干揽下一家六口一日三餐的琐碎家事，那提水洗衣买粮担柴的事她总是马不停蹄地去忙，直到夜里缝缝补补的事上手忙到深夜时刻。云儿的母亲从小到大她是苦惯了，从没喊过一声苦，反倒是苦水的长期“滋养”让她养成了做人做事一定要做到极致的秉性。

贫寒的日子里，云儿的母亲总是待人待到掏心掏肺。云儿的爸爸是乡下的，因爷爷早年是地下党被害，爷爷生前与战友生死有约，那个后来在县里当了局长的戴岳战友认她爸爸做了干儿子，安排他到黄桥三工程队去做门卫。云儿的奶奶随着儿子帮着带三个孙女，操持一日三餐的家务。于是，那贫寒的日子乡下的亲朋邻里以为街上的日子过得好，三天两日络绎不绝地上门，云儿的母亲从来都是一张笑脸相迎，虽说粗茶淡饭的日子过得紧巴巴的，但她一定会留乡下客人吃顿饱饭再走。粮食不够吃就买黑市粮，入不敷出的时候借钱度日，不管借谁的钱，工资一到手先还账，从不失信。云儿的母亲常说：“我穷虽穷，到哪儿都能借到钱。”因为，在她心里，“借”是一个有尊严的字，它代表着承诺和信用。

云儿说：“母亲的这些品质在我出生时就遗传在我的骨子里了，而奶奶给我的耳濡目染会相伴我的一生。”云儿小时候一家三代六口住在两间加起来20平米的破旧老公房里，她跟奶奶睡在外间的阁楼上。从她记事起，她跟奶奶形影不离，只要几分钟不见奶奶就会急得大哭。直到她上小学四年级时乡下分田到户，奶奶回家种田去了。在她的认识里，世上只有奶奶最好：

奶奶善良。巷子口拐角处李奶奶家五个孙子一家八口，是园子上最穷的一家。夏天的一个早晨，李奶奶搀着小孙子上门来说：“孙奶奶，今天又没得吃了。”奶奶丢下手头的事，拿来满热水瓶往锅里掺水，煮得黏稠稠的粥变成了稀稀的薄粥，奶奶拿一只锅倒了一半给李奶奶让她拿回家，剩下的家里人吃早饭。这样的事常有发生。奶奶总是说，“穷帮穷，合伙儿养性命”。

奶奶勤劳。云儿三姐妹从小都是奶奶带大的，她每天天不亮就起来忙碌，忙完家务事就糊布骨补贴家用。那年代奶奶糊一张布骨只赚一分四厘钱，奶奶提早带晚的糊布骨十个指丫都是烂的。逢上云儿妈妈加班，奶奶迈着一双小脚走三四里的路去肉联厂送饭。奶奶无论多辛苦，从没有一声叹息，也没有半句怨言。云儿的记忆里，无论日子有多艰苦，奶奶总是那样一个慈祥和善、端庄干练、不皱眉头的奶奶。

奶奶隐忍。云儿的母亲也许是长期过难日子抑郁太多的缘故，脾气有点嘴直心快的那种暴躁，时常会为不算事的小事冲奶奶吼几句，奶奶从不跟她回一句嘴，心里不爽宁可一旁悄悄抹泪。

云儿上小学四年级时，老家分田到户，奶奶爸爸分得八分亩和一小块自留地，奶奶回老家种田去了。每到星期六放了学，她就迫不及待背着书包跑去乡下，连走带跑欢喜一路，快到村头见奶奶站在老屋的东山头朝着大路眺望迎候，她连蹦带跳奔去扑到奶奶怀里，一声“乖乖肉”让她甜到心田深处。星期天傍晚回镇上，临走奶奶都要煮几只鸡蛋给她带上。她走出老远老远每每回望，奶奶还在东山墙下看着她，若是夏天，直到相互消失在晚霞的余辉之中。

云儿从黄小、黄中上到黄桥职中，学的纺织专业，毕业分配进了黄桥布厂，三个月实习期满，她领到了75元实习工资。这是她人生的第一笔劳动所得，是她那双稚嫩纯朴的手第一次握住令她怦然心动的“巨款”。她没有犹豫，骑自行车赶去老家，驮着奶奶到镇上西街供销社买了奶奶喜欢的细棉布，带奶奶到裁缝店量身做了长短各一套衣服，买了奶奶喜欢平时又舍不得吃的酥饼、鸡蛋糕，再欢天喜地着把奶奶送回家。云儿说：“一晃三十余年过去了，这是她做的最让自己开心的一件事，因为她看到了奶奶脸上堆满了甜蜜的欣慰。”

就是那天，云儿把奶奶送到家与奶奶拥抱话别时，奶奶贴着她的耳边说："乖乖肉，把工作当宝贝！"奶奶的话一字一顿，轻轻的声音、重重的分量，让她牢牢记在了心里。云儿在黄桥布厂做挡车工，自己与自己较真苦干，二十台剑杆织机的车间三班倒十八名挡车工，无论产量、质量，她一直保持名列前茅，连年评为先进。好几年后车间主任对她说："荣誉面前让一让，给其他同事一点机会。"她真诚地说一句"应该的，应该的"，而她心里"把工作当宝贝"的那种坚定执念丝毫没有改变，直至工作了十四年后下岗离开。

云儿下岗后的那段日子她没有肯闲着。丈夫在国营商业的黄桥照相馆工作，当时的照相馆还没有数码照相业务，处理数码照片要专程跑去县城请专业人士做，几乎每天来回送取。云儿决定自学电脑，买了台分期付款的电脑并装上 PS 图像处理软件，遂买了专业书籍学习，电脑操作时对着书本一步步反复操练，三四个月开始上手渐渐入门，掌握了图像处理技术。于是丈夫把单位拍好的照片急送回家让她处理打印出来。虽然无偿为丈夫单位做了义工，但也让她学了技术，练了本领。

时隔不久，云儿与丈夫开照相馆开始了创业。她负责照相的后续事项，同时承担照片放大业务。因为技术上是新手，有一次放的照片走形变样，面部处理得生硬且看上去极不自然，惹得顾客一气之下差点大打出手。后经调解，承诺顾客重新放大直至满意。自这次教训，她逼迫自己加倍努力，反复观察面部细节，一遍一遍一丝不苟，直至自己满意又顾客满意为止。经营范围中的打字业务同样是云儿一人独揽。她刚学打字速度很慢，偶然机会，黄桥决战纪念馆申报 4A 级爱国主义教育基地，李馆长主动找上门来，看到大量的文字和图片资料她没有底气和信心，坦诚地说"我打字慢，不能误了事"。李馆长鼓励说："不要紧，这些文字资料需反复修改，慢就慢点，速度经过锻炼会提高的。"那些日子，她白天应付门市之余埋头练打字，晚上李馆长送资料来打并一旁看着帮助校对。真是有贵人相助加上她自己的全力以赴，她的打字速度飞速提高，一整套资料做出来后不但受到了好评，而且建立了长期业务关系。

云儿与丈夫开始创业的那四年，这个店是完全可以积极向好的，她万万没有想到，为了这个家、这个店经济上独立的正义主张与合理要求会殃及婚姻。

我有点不忍心追述云儿遭遇的那段不幸婚姻。云儿与丈夫的相识是她自家舅母介绍的，纯粹的一片善心好意。舅母说，你爸去世早，家里条件不好，这个人家爱子条件又好，如果成了将来会享福的。云儿当时一百二十个地不愿意。母亲骂她，哭闹着拿寻死吓唬她，生性懦弱加之年轻没有主见的她无奈地便顺从了。可不同成长环境，没有感情基础，缺少共同语言的两个人，交流对话几乎是鸡对鸭讲说不到一起。云儿婚后发现，丈夫对父母早请示晚汇报，父母对他稍不如意就板脸训斥，什么事都得言听计从。工资拿到手立马上缴，还要她把布厂拿的三四百的工资上缴二百，剩余的给小孩买衣服、缴学费、上实习班，且各人的人情世故各人承担。让云儿感情上难以接受的，是每到中秋节去她母亲那边都是自己一个人去，婆婆说儿子要上班没时间去，实际上他在打牌玩耍，多说一句就得吵架。在婆婆的言语中，就是让她不要跟家里来往，不要跟姐妹往来，且丈夫苟同母愿。云儿有时怼婆家娘儿两个：我妈在世一天，我都要去看她。嘴上这样说，心里却委屈得愤愤不平：割断亲情关系？岂有此理！

云儿自嫁到婆家，知道婆婆独揽经济，家里大大小小的开支婆婆说了算。云儿下岗后与丈夫开了爿照相馆，每天营业情况她从不过问，只知道做事，店里的收入丈夫全交给婆婆。云儿认为，反正一家人，给老的管钱也无所谓，我过现成日子。直到一天晚上女儿要吃东西，她从店里拿了点钱给女儿，第二天丈夫到店里发现少了钱问她，她说买吃的给女儿了，丈夫认为钱数不对，于是她火了：不要说她没多拿，就是用了又怎么样，都是自己挣的呀。云儿最不能接受的是，丈夫竟然说，你在店里给你交保险，给你饭吃，还要怎么样？丈夫眼里，她只不过是个打工的，这种无情让她无语，她说“自己好像生活在冰冷的黑暗里一样”。

夫妻开店近四年的时候云儿要求经济独立，起因由于一桩事。那年黄中分校拍了一批集体照，忙完了交付学校好多天后云儿问丈夫结过账没有，丈夫说全交给他父母了。她说，我们辛辛苦苦忙的钱为何要连本带利交给家里，本钱三千多是买各种材料的钱，这一来就直接影响经营，你必须把钱拿回来。丈夫面红耳赤着说不行，云儿一再向他说要，几经争辩丈夫终于答应拿回来。几天后公公通过隔壁的叔叔把钱交到云儿手上。于是，云儿掌握经济的那几个月天天鸡犬不宁，丈夫总是想方设法、变着花样将每天忙的钱要回一部分。发展到最后，于当年圣诞节那天云儿突然收到法院的离婚传票，她懵着不知道怎么回事。云儿说丈夫不算坏，就是没主见、没思想是个妈宝男，但从没想过要离婚。事已至此，无奈之下云儿说“等孩子高考后离婚吧，到时我什么都不要净身出户”，而丈夫家不依不饶。然后，云儿经历了三年的离婚官司，上诉应诉阶段，法庭有时叫云儿过去，她总会遇到公公，他去为儿子离婚。在云儿的感觉里，她不是跟丈夫离婚，是跟丈夫一家人离婚。用云儿的女儿的话说：“我不认为是我的父亲离开母亲，事实上是我奶奶和爷爷代我爸起诉离婚的。”

离婚对于云儿来说是个解脱。她说：“离婚我也没有多恨他们家的人，反而感谢他们让我知道了人间冷暖，唯一让我放不下的是女儿。”是的，女儿在他们离婚的过程中承受了她小小年纪不该承受的，变得有点郁郁寡欢。男方家要求将女儿判给女方，女儿自己去法庭签字写下随父亲生活。此后，女儿在高中毕业前的每天晚自习放学后，云儿都要在学校门口等女儿见上一面，陪她走上一程，开导女儿说："你每天到家吃现成饭要谢谢奶奶，奶奶是爱你的，以后你会明白：今天有磨难也许是以后生活的财富。"女儿于邦德技术学院大专毕业后找工作难找，方知学习和学历的重要性，继续求学考入上海交大外贸专业顺利毕业。云儿的女儿说了这样一段令我感慨的话："工作了，家里也会催我相亲，我有了自己的想法，不会听他们的安排，相了几次，都不了了之，感觉结婚并没有什么实质性对生活的改变。要是遇到跟我爸爸这样的妈宝男，那这辈子就完蛋了，想想也可怕，并且人什么时候都不要靠别人，选择权永远在自己手里。身边一些结婚的同学，都过得不尽人意，再加上自己也比较强势，应该不适合结婚，爱情得不到，那就好好工作吧，人生结婚也未必就圆满了，不结婚也可以过得很好，没有一地鸡毛。"云儿的女儿这些真实表达，也许是当今年轻一辈人生的感悟与新的婚姻理念相碰撞的结果，但让我感觉到了表达者的一种隐隐的内心酸楚与人生悲观，不知道悠悠岁月会不会让她慢慢走出人生的这种困顿？

云儿离婚后独善其身重新创业，在十桥路租了间门面开"佳庆照相馆"，一头扎进事业的小天地、技术的大世界里至今十四个年头。

独自开照相馆，云儿的拍照技术从零开始迅速成为了内行。因为开夫妻店时她只负责照片的后续处理。她不知道拍照需要根据不同场景、不同光线来调整光圈大小、白平衡及速度，拍出的照片不是暗沉沉，就是发洋红，照片看上去灰蒙蒙的，后续操作相应艰难，这让她明白一个道理：照片拍得好，后期处理很顺手。于是她买来专业书籍夜以继日地啃，因为明天用得上。每拍一张照片仔细琢磨场景以及光线与光圈、速度之间的奥妙关系作适度调整，拍出的照片顺眼了，这才舒了口气。云儿说："照相馆连照片都拍不好是件丢人的事。"这些年来，她每拍一张照片都尽量追求完美，好多顾客成了回头客，尤其小学生们口口相传，都是慕名而来。

修复老照片技术过程复杂，云儿潜心钻研成为了自己的强项。老照片修复需要足够的耐心和时间，首先看照片的老旧破损程度，脑子里形成对照片修复步骤的概念。初期，她只能对破损不大的照片进行简单处理，破损大的不敢做。她刻苦学习，每天一有闲暇就浏览网上修复照片的视频，细心观察图像处理技能，认真做学习笔记，然后在电脑上一步一步操作，一点一点长进，精益求精。她说，修复每一张照片都是学习实践的过程，永远在路上。开店初期一位老奶奶来店里说，我有些老照片能不能翻新放大？她说，可以的。老奶奶又说，我姐姐家在季家市开“就是我照相馆”，今天放几张在你这边，如果修复的照片好，以后大量的照片给你做，做不好，没有下次。她说，奶奶我尽量做好。过几天老奶奶来取照片，看了照片说做得不错。后来连续三年送来近千张照片修复翻新。她和这位老奶奶成了忘年之交，老人常来店里坐坐，拉拉家常。云儿说：“我特别感谢老奶奶说的那句狠话：做不好，没有下次！”

拍电子证件照要求比较高，云儿坚持做到符合上网要求，顾客满意为止。一位医科大学快毕业的女生试探着问：“可以按要求拍电子证件照吗？我网上报考资质，需要上传电子版照片。”她说：“可以的，先拍后做，做到合格为止。”看女生体态微胖脖子稍短又长发披肩且长相平平，她让女生头发扎起来显得精神，帮其整衣理领，提醒其颔首收腹微笑端坐，拍摄时镜头向下微压，拍摄好进行PS处理，对图像的背景、颜色、数值进行微量修饰和适当微调，于是完成了一幅端庄自然、面容自信且符合上传要求的电子版证件照。女生看过照片情不自禁地笑着说：“以后我知道到哪里拍照了，在来这里之前刚在另一家拍过，难看不谈了，又上传不了，还比这里贵很多。”云儿说：“常遇到抱着试一试想法的顾客上门，当看到顾客带着满意的笑容离开时，心里总有一种成就感。”

照相馆经营范围包括证件照、专业放大、老照翻新、打字复印彩印、刻录扫描，照相馆的经营理念是云儿她能够做到对待每一位顾客热情真诚。她给自己定规矩：无论拍照、放大还是老照翻新，用严谨态度实现技术过硬，自己满意才拿出手。集体照、毕业照专业化程度及技术含量高，在拍摄完成后她不惜费工夫且不厌其烦，在剪辑、排版、增补背景、修饰人像上作细致的艺术性处理，让每一个人都有神采而不留缺憾。对待上门的顾客，她从来不怜惜自己的真诚。有一次，一个七十多岁的大爷站在店门口，上身穿着灰色发白的中装，满身灰尘，一副脏兮兮的面孔有如乞丐。大爷眼神定定地往里张望。她忙问：“大爷，您有什么事？”大爷颤声问她：“这里照相吗？”她笑着：“大爷，这里是照相的，您进来。”她请大爷站好，给他拍去一身的浮尘，接着请他坐下，连续用了三张湿纸巾把老人的脸擦干净，再给他抹上她自己用的面霜。顿时，老人脸上露出微笑，容光焕发，连声道谢。给老人拍好照，等候拿照片的时候，大爷说：“大姐姐，我跑了三家照相馆，都说你到别的地方去拍吧，有的门都不让进，他们都嫌我脏啊，我一个孤寡老人，没妻没子女，一生拍了一次身份证照片，这次不瞒你说是拍遗相的。”她深深地被感动了，老人落泪，她跟着落泪。她坚决地没有收老人的钱。她说：“我把老人当成我的亲人，我的亲人好友向来一律免费的。”

写这篇文字动笔之前，鹏德弟陪我去了一趟云儿的照相馆，我与云儿进行了较长时间问与答的交谈。让我感慨的是，她的发式、衣着到脚上的鞋有如一个普通的居家妇女；店堂的陈设摆布与她的身面一样，简单素朴得有点老套，与她优秀的品质和良好的技艺很有点不相匹配。于是，我以一个长辈的口吻对云儿说：“店堂的装饰时尚一点，把你的好的作品展示给顾客，穿戴一样，把自己打扮得漂亮一点是对顾客的尊重。”“嗯，嗯。”她微笑着点点头。我能看出，她的善良、纯真与沉稳、自信全在那浅浅的笑容里。

临走的时候，我亲切着对云儿说：“云儿，你还年轻，不要错过人生，遇到合适的缘来不晚。”云儿的笑容一下子打开了，带着几丝羞涩与腼腆。让我看到的，是一个受过伤的女人的心花绽放。

韩秋岩故居

张社圣

张社圣成为我的写作对象恰是缘分所致。

这个张社圣，拥有并经营一座500吨冷库，偏偏这座冷库是四十年前由我负责建起来的。那时候我任黄桥食品罐头厂副厂长兼副书记，主抓筹建工作。筹建中的罐头厂当时是县里扶持黄桥老区发展的重点工程，由一位县委副书记和一名女副县长任领导小组正副组长。500吨冷库由县一建公司三工程队承建，建成了地级扬州市优质工程。项目经理丁德荣是个能人，冷库建成后去上了大学，尔后下海去了海南，干得风生水起。遗憾的是罐头厂未能正式投产就合并给了黄桥肉联厂，究其因是办这个厂有点不合时宜算得上决策失误，成为了肉联厂的分厂是不得已而为之的甩包袱。论资排辈算下来，张社圣应该是罐头厂的第七任厂长。我确信，我与张社圣的这种工作上跨越时空的交集，一定是一种缘分。

实诚地说，我对写作对象是有选择的。而选择是要有理由的，我选择把张社圣请到我的笔下之前，问了自己几个为什么？于是，我去寻找答案——

一种家乡情结让我执拗：我写作的对象几乎全是黄桥人。张社圣原本不是黄桥人，为什么是命运的安排，让他成为了扎下根的黄桥人？

1959年，他出生于黄桥东南十几里以外的长生公社耿园一队，父亲解放前参加过地方游击队，解放初任初级社社长。家有兄弟姐妹四个：哥哥、姐姐、他和弟弟。家里住竹格子盖草的三间五架梁漏风漏雨的房子。吃不饱穿不暖是生活的常态，记忆深刻的是春天青黄不接时瓜藤野菜度命尤其难熬。因家庭生活窘迫，父亲到长生桥搬运站去卖苦力。父亲做搬运工特别能吃苦耐劳，挑砂子、抬石头、搬砖头、扛麻袋、拉板车没有他吃不下的苦，每天回到家衣服上全是污渍盐霜。母亲从他有记忆起就是一个病人，总是抱着病体操劳一日三餐、缝补浆洗、喂猪养羊，还要忙碌家前屋后瓜菜豆的收收种种。他最记得父亲母亲拉家常挂在嘴上最朴实的话是："我们为的什么？就是把儿女养大，供他们念书。"这就是做农民的父亲母亲一辈子的人生意义！

他牢牢记住父亲母亲的话好好地念书。1976 年他在长生中学高中毕业后，因为没有社会背景回家当了农民，因为一时不曾有"出息"娃娃亲对象也给吹了。1977 年教育部改革招生制度，他参加了全国高校统一招生考试。当时按他的学业成绩搏一搏大学本科是完全有可能的，但是为了求稳，只想学门技术、求个职业、有份工作的心情迫切，所以他报考录取了交通部澄西船厂的中等专业技术学校。当时该校在中专学校里排名第二，毕业后由交通部统一分配。接到录取通知书的那一刻，父亲母亲喜极而泣，高兴了好一阵子。他从父亲母亲的泪光里看到了那难得见到的欣慰和从未有过的满足！1980 年初，他被分配到澄西船厂工作。1982 年他结婚了，老婆在三里供销社工作，有了大女儿后上有老下有小了，为了扛起担当家庭、孝敬父母的责任，1984 年他调回黄桥肉联厂工作，把家安在了黄桥，成了安营扎寨的黄桥人。

一种跨越时空的工作交集让我好奇：张社圣原本一个冷库工，是怎样的勤勉与机遇让他成为了一座 500 吨冷库的主人。

刚调进肉联厂工作，因为没有社会关系，他没有能安排到适合的工作岗位，直接分到冷库去做冷库工，也就是冷库搬运工：扛冻肉、拉板车。他上学时所学的信息传递自动化、设备运转操作自动化等机械自动管理系统知识，在当时还是比较先进的，好歹是个技术员级别的员工，偏偏安排给他的是一份卖苦力的活计。每天早上六点钟上班，一直干到晚上工作结束下班，有时甚至干到晚上十点，无论多苦多累他都扛着。当年他的体重只有103斤，而当时猪肉标准是越大越好，大的每片猪肉150到200斤，他的肩膀扛肿了，都出血了，还是坚持扛；拉板车他弓腰蹬足往前拉，总是拼尽全身的力气，脚腕都肿了还是拼命拉。他特别感恩冷库的老工人，非常照顾他身体弱小，每每遇上那块头很大的猪肉都抢着扛走。后来的几年里，他在屠宰车间杀过猪、到分割车间去分割肉、去包装车间做包装工，肉联厂最累最脏的工作他都干过。最后他又回到冷库，到制冷车间做维修工兼机房值班。那些年虽然十分苦也十分累，然整个肉联厂的各工序工艺、生产管理、质量标准让他饱学良多。原本学的船舶机械，凭着骨子里的那种执着与韧劲，触类旁通地对制冷机械及原理便得以学懂学通了。他特别相信这是命运的安排，让他经历了艰难、磨炼了意志、学到了技术，积攒下的是人生的资本。

1990年初，罐头分厂500吨冷库因管理失当，导致100吨猪肉冻坏损失严重。总厂决定派他去任冷库主任负责全面工作。那是一个危难时刻，100吨猪肉被冻坏是表象，一定隐藏着管理的乱象、人心的涣散和经营的每况愈下等深层次原因。他万万没有想到会选中他这个没有背景、只会实干的人来担其重任。一上任他便与工人打成一片，始终在一线跟班“望闻问切”，花三个月的时间彻底解决了制冷系统油多、水多、气多、氨少这“三多一少”的问题，使冷库运营恢复了正常。

他上任伊始的那几年，正是改革开放大潮涌动、计划经济受到严峻挑战的时候，整个肉联厂的生产经营已经急转直下、岌岌可危，罐头分厂更是处于发不出工资、交不起水电费的严重状况。他记得，

1994年12月，供电所断电、水厂停水、电话停机、冷库完全停运后，库里仍存有200多吨猪肉。情急之下，他以个人信誉向商户借了26000多元，在支付了部分水电费的前提下向有关部门求情，宽容度过年关。由于当时罐头分厂基本没有经营，只靠单一冷库仓储维持运营，春节一过又随即面临着冷库停运、200多吨猪肉的变质风险，进而面临企业倒闭、职工下岗的绝境。他没有坐以待毙，而是先行自己带头并发动职工自筹部分资金启动柴油发电，以保住冷库。一个月后，总厂动员他承包经营，自己养活自己，保住职工的工作岗位，以往所欠各项费用分两年还清，这座500吨冷库才有幸走上良性运营的状态。

随着改革开放的形势发展，2000年罐头分厂由承包经营改制为净资产出让，张社圣成为了众望所归、自主经营的民营企业业主。说他是众望所归，是因为多年的承包经营已经证明：他干事业脚踏实地，他的心里装着全体职工。

一种以善为先的坚持让我好奇：张社圣是怎样将善良的本心与经营的理念相融合，让他的企业成为了不很耀眼却很温馨的大家庭。

企业改制之初的2000年，原来仓储为主的冷库承包改制为民营企业的“泰兴市盛兰食品罐头厂”。2002年肉联厂改制，他与肉联厂生产区的东圣食品合作，改制为“泰兴市健民食品有限公司”，在生产冷香耳等传统食品的基础上，开发了丸类、肠类和调理菜肴类等多品类食品。因为食品直接关乎民众、通达民心，他狠抓产品质量以绿色健康为根本，坚守企业诚信以与人为善为前提，确立了“民以食为天，我以善为先”的经营理念和企业宗旨。基于这样的理念和初衷，他想起要在企业的名称上明明白白表达出自己的心愿与念想，他想，“善”是佛的旨意。于是，他去找庆云禅寺的仁进大和尚说出了自己的心思，大和尚给出了几个名字供他选择，他一心一意选中了“善予”这个名字，于是将企业更名为“江苏善予食品有限公司”。他如数家珍地告诉我，这些年他的企业秉持“善予”的宗旨与理念，获得了江苏省放心消费先进单位、江苏省质量信用A级企业、江苏省民营科技企业、江苏省科技型中小企业、江苏老字号、中国（江苏）餐饮博览会品牌标杆、泰兴市农业产业化龙头企业、计量合格确认单位，建国70周年泰州市商贸流动业杰出贡献企业，2021年入选江苏省地标美食原产地荣誉……他很珍惜这些荣誉。我对他解读说，这叫善有善报。

他还告诉我：“‘善予’是我生产经营的宗旨，也是我对待每个职工的宗旨。这些年，从承包经营直至现在，冷库大多数都是原来肉联厂的老职工，大家工作很自觉、对我很信任，我把信任看成一种责任。这些年，冷库没有一张考勤表，我没有扣过职工一次工资，职工有事说一声，职工有困难帮一下，包括社会上遇到的困难，我会主动去关心帮助，同时也赢得了职工的支持和社会的关心。”我依然对他解读说，这叫善有善报。

一个女儿眼中神奇又很厉害的爸爸让我好奇：张社圣是怎样把他的“神奇”和“厉害”传承给博士后女儿的？

他是农民的儿子，传承了他父亲的勤勉与执拗，当年恢复高考他考得不错，让他成为了吃国家饭的国企职工。婚后，父母亲的“重托”让他一定要生个儿子传家。妻子二胎分娩一家人充满了期盼，结果生下的又是个女儿。妻子的嫂子是个一字不识的农村妇女，像个半仙似的认定了是个男孩，当事与愿违，他急得拍屁股直跺脚念叨着“这个怎么办啊……”那个瞬间只相隔了0.00001秒的时间他大叫起来：“小伙！小伙！”到了第三天已慢慢缓过神来的妻子才知道是个女儿。他说：“本来十月怀胎就很辛苦，加上生孩子非常痛苦，我一看那情况不妙，才急中生智一声大叫，换来了妻子72小时的精神缓冲和朗朗心情。”

女儿渐渐长大的过程中，他把这个故事一遍一遍讲给女儿听。女儿听着听着似乎悟出了这话中有话的个中滋味：父亲从我一生下来就把我当小伙看的，我一定要活得像个汉子。女儿真的非常争气：2006年考上了南京河海大学读本科，2010年于中国水利研究院读研究生，2013年公派去英国布里斯托大学读博士，2019年去美国亚利桑那大学读博士后，2021年回国在南京师范大学任副教授。在女儿心里，爸爸是一个很神奇又很厉害的爸爸，经常有一些异于常人的想法。比如，开车的时候，经常会走一些奇奇怪怪的小路，有一些还真的很好走，有一些不好走的走错了，也不着急；又比如，会在人生地不熟的异国他乡，早上起来跑步，还会大大方方跟人说hello，即使后面人家说的话一个字也听不懂。女儿说，爸爸的这些特质在我出生的时候就已经有了一个高光时刻。

甲辰年春节前夕，我与凯哥专程去南京看春哥创作的音乐剧《杨根思》首演，凯哥邀张社圣父女俩与我们共进晚餐。就是这次晚餐席间与他父女的一番交谈，我在心里确定了将张社圣列入了我来年的写作对象。我对他女儿说："以我七十二岁的眼光看，你爸爸遇事有静气、行为有善气、做人有骨气。"他那博士后的女儿眼睛朝我一亮："所以，爸爸是我人生的偶像！"

女代驾

吃过晚饭，搭友人的车回城，友人喝酒了，叫了代驾。

代驾竟然是个女的。上车一照面，吆，面熟。她热情着招呼我："刘镇长，多少年不见你了。""你是——"见我迟疑，她立马接话；"我那时是黄桥宾馆的服务员。"我想起来了："小何，你那时还是小姑娘呢。"

一晃眼十八年了。那年小何高中毕业考取了扬州农业大学，父亲患上了严重的肺梗阻，她自己拿的主张没去报名上学，留在家里做顶梁柱。是村支书何世海介绍她到宾馆做了服务员。我当时住宾馆最前面的平房，一日三餐与小何那几个服务员抬头不见低头见，接受她们的服务都没有感谢人家。小何留给我的印象，是个清纯靓丽、活泼天真、见爱生勤的姑娘。

小何嫁人也是自己的主张。她嫁给了自己初中的同学，小伙子中专毕业，学的建筑工程，为人笃实敬业，是个项目执行经理。她常去老公工作的地方，长途车开得多，练就了一手驾驶的好技术。

小何的能干超乎我的想象。两个女儿从娃娃哺乳到衣食住行，从接送上学到素质培养，她全身心扛起责任，兑现了自己的承诺——做好妈妈让老公在外安心。大女儿今年以黄桥地区第一名的成绩考入省泰兴中学，二女儿今年刚上初一，期中考试拿了黄桥初中年级第一名。

她每日午夜才歇五更又起，对女儿身教重于言教，其千辛万苦一定是被女儿耳濡目染到了。

呵护卧床十六年的父亲她从没懈怠。父亲肺功能衰竭需要常年不断地用药医治和生活照顾，她除了经济上保障，去向合作医疗站的医生讨教静脉输液，一次次反复向自己扎针，学会后父亲每月挂二十天水的事不求人了，也让母亲添了一份安心。

她与老公遥相呼应——忙钱养家。为了离家近，她离开宾馆去了压缩机部件厂，因为敬业她当到了内务主管；为了把时间把握在自己手里，她选择了跑滴滴打车；当出现了代驾这全新的就业模式，为了白天有更多的自主时间，她又选择了做女代驾。女性做代驾谈何容易，三年前全市考上代驾的四位女性，就剩下她一个还在干了。

她做代驾的头一年，驾车送客人到如皋城里，骑电瓶车返回黄桥已近午夜。334 省道刚刚建成，如皋段十多公里还没安上路灯，路两旁的绿化与路面混为一体，像走进了黑洞洞的世界。突然间，对面前后两辆飞驰而来的满载货物的大摩托从她身边呼啸而过，那大摩托有点故意戏弄人，吓得她毛骨悚然。

前年，那天夜里十点多了，她驾车送客人到无锡城里某小区。返回时联系平台搭乘一辆顺风车到靖江，然后自己骑电瓶车一个小时到家已是凌晨快三点了，倒头入睡。可答应二女儿五点为她叫醒、送她上学的，当闹钟响时，她那种瞌睡如山倒的感觉无以言状。

去年腊月里，在黄桥凯悦大酒店前门是熟人叫的，送那江老板到靖江光芒大道附近小区。车开出不远，江老板说酒多了难过。车过横巷时小何停车为他讨了杯热水喝，他竟仰面吐得一身污垢，小何替他脱了外套；车过八户庄时，小何又停车为他讨了杯热水，他喝下时舒服，竟又吐了一身，小何替他脱了羊绒衫；车到孤山时见他难过，小何还是停车讨了杯热水给他，很快又吐了个满怀。这次小何给他脱光了上衣，遂脱下自己的羽绒服替他盖上，结果他将羽绒服的帽子吐了个满满。幸好，小何替他联系上家人，老婆在沪上开店，请了一对夫妇到小区接应，那对夫妇对小何千谢万谢，大方地付了三百元的费。那天下着小雨，小何穿的雨衣骑着电瓶车返程的，远离了令人作呕的气味便是满腹的五味杂陈。那个江老板算是有点良心，夫妇俩今年上半年专程来黄桥请小何全家吃了顿饭，表示谢意。

小何说完，我那朋友直言不讳地问了句："没遇上无礼的醉汉？"小何坦然一笑："我才不怕呢，我有绝招——佯装与老公通话，说他是公安，这招管用！"然后话锋一转，"当然，这等事从不让家人知道，没必要让他们担心。"

从那以后，每每在酒店门口遇见代驾，我会想起小何，她叫何红。

藏青色

孙武林是我在黄桥大电机工作时的同事。他是个吃苦耐劳、忠厚笃实，一天说不到三句话的人，开心与不悦的表情没有太大的差别，始终是一副若有所思的样子。

我第一次见到孙武林，是那天他身穿藏青色工作服去上班，从我家门前经过，腼腆地叫了我母亲一声“姨娘”。母亲转身告诉我：“他家是开老太和药店的，三百年传世下来。他活像他父亲，厚道与笃实都在脸上。”

孙武林是后方车间的修理钳工，刚进厂那两年，工作上我与他几乎没有亲近。后来我做了仓库保管员，偶尔他去借工具领材料，总是憨厚地一笑，三言两语说事，年终岁底表彰的奖状，都少不了孙武林的名字。

我特别记得，那表彰登记表上的主要事迹是车间主任写的，说“他对机床维修有独到的经验”。他与同事共事异常随和又从不马虎，样子显得很稳重内敛，谁的车床出了问题都愿意请他去“诊断”。他喜欢听声音，车床空载运转的声音和切削运动时的声音，舵板箱、齿轮箱及各个部位，一处一处的边看边听，像极了当年老太和药店那坐堂老中医的望闻问切。然后他会列出车床存在的问题、维修的方法步骤，图文并举、一目了然。

孙武林学技术特别潜心，上班之余在家里依然是一种工作状态：阅读机械书籍，绘制各种图纸，记录工作实践，学无止境是他业余时间的全部。除了烟酒不沾，他没有玩过扑克牌，谈不上有娱乐活动；几乎没有社交，除非同事之间有事相互帮忙；哪怕是逢年过节，他就喜欢安静在自己做事的状态里，不过午夜从不入睡。

他母亲甚至唠叨，“回到家依旧是那身藏青色工作服，有谁家姑娘喜欢上你这寒酸相？”他说，做事时穿工作服心里踏实，容易静得下来。长此以往，这藏青色相伴着他沉稳且又内敛的性格，度过了不知多少个春夏秋冬的夜晚。

孙武林钻研技术下的功夫可观，技术上几乎没有难得倒他的。遇有苦的难的活儿他主动揽着做，难的苦的事做多了，经年累月便成了经验。大电机产品转型的那些年，先后试制生产了油田的采油树、通用型叉车、环保上的臭氧发生器、造纸厂的气浮等，从市场调研、产品研发到用户服务，他从未缺席。20 世纪末他被市里的亚太水泵厂聘请去，一干就是十几年。这家企业以承揽环保工程为主业，项目地点以西北、边远和民族地区居多，他在产品研发、质量控制和服务对接上为企业做出了有口皆碑的业绩。这口碑是以千辛万苦换取的，在他心里，这是人生价值体现。

孙武林对于人生和生活那么努力执着，恰恰自己是个没有需求、不会享受的人，他在生活上那样的俭朴与固执让妻子深深地刻骨铭心。那些陈年的、为数不多的像样一点的衣服被冷落在老旧的三门橱里不说，已穿了二三十年的那件的确良衬衫，领袖早已“荒芜”了，他念念不舍着穿，还津津乐道：“扔掉蛮可惜，穿着还舒服，别人看不见，何乐而不为！”洗那衬衫，妻子舍不得放进洗衣机去搅，而是轻轻地用手搓揉，一次一次地体味着丈夫的苦心和暖意而感慨良多。

他将高寿的母亲长期带在身边生活，他与妻子给了母亲无微不至的照料。母亲九十岁渐渐痴呆了，他和妻子每天搀扶着母亲去散步。雨天撑把伞搀着母亲走在小巷深处，被谁拍下放到网上成了古镇的一道风景。母亲九十八岁那年股骨骨折，家人一商量为她去做了手术，一家人的精心呵护，母亲活过了百岁，是在一百零一岁笑着走的。

他把贤淑的妻子当成了手心里的宝，只要回到家里，他恨不能揽下全部的家务活。而他，何尝不是妻子手心里的宝。孙武林自过了花甲之年，每次为工作的事出差，妻子总是一句："该放下了，歇歇吧！"他每次都是默默地点头，不舍着离开。他是真的下了决心回归家里的。去年八月，厂里请他同去一趟桂林解决一个难题，出发前他对妻子说"去了这次，就不去了"。谁也没有料到，孙武林此去会出意外——是从工程建设的脚手架上坠落的，他再也没有醒来。坠落时还是那身藏青色工作服。我真想问苍天：险状发生的那一刻，老天爷为什么不睁睁眼睛，把这致命的灾难落在了一个好人的头上？孙武林的骨灰进家门时，妻子顷刻就痛哭昏死过去，从此不吃不喝抑郁度日，不久便被查出得了胰腺癌，不出五个月就随孙武林去了。

孙武林留在我的记忆里，从我认识他的那天，到他离开这个世界，他都穿着那身藏青色的工作服。藏青色是他生命的底色——素朴、笃实、勤劳、善良，可亲可爱得令人心痛。

张歌林书记

张歌林这位荣光一生的前辈，我最愿意称呼他“书记”。他的前半生为人民打江山从枪林弹雨中走过来，后半生当黄桥布厂这个家，从党支部书记、党总支书记到党委书记，写就了企业从小作坊一步步走向辉煌的发展历史。

其实，从内心出发，我更愿意称呼他“张老爹”。他是我从小以来一直敬仰崇拜的偶像：一位不朽功勋的老革命，有口皆碑的领导者，德高望重的老前辈。我与张老爹有着渊源颇深的一种缘分：我上初中时的1969年，曾在布厂学工一个月，在后织车间为1511织机装梭接线，每一次夜班都会见到张老爹巡视车间面对工人时那慈祥和蔼的面容，也会与他严谨认真的巡视目光相遇；我青年时曾任团县委青工部长，他的次子茂圣是布厂团委书记。张老爹特别重视青年工作，1982年的全县青工流动现场会观摩布厂的青年职工操作运动会，那种盛况与气势犹如军事大比武；我中年时回黄桥当过一任镇长，他的三子茂俊任副镇长与我工作搭档，那年请我主持了张老爹的八十华诞寿宴，那是我的一份荣幸；去年我约请摄影师黄国建一同去医院拜谒张老爹，特地为他制作了他的人生影集，表达我等对张老爹的崇敬之情。2023年春节前夕，九十五岁高龄的张老爹驾鹤西去，我因新冠阳性在家遂托鹏德弟代我献了花篮而没能前往跪拜为之送别，遗憾万分。正是我对张老爹由来已久的崇敬之情，加之这份放不下的歉疚之意的敦促与驱使，让我一定要记下这位世纪老人的人生。

张歌林书记是1927年出生的老人。他一生荣光的革命生涯是从1944年春开启的，他在泰兴乡村师范参加青年解放团投身于抗日救亡宣传活动；1945年的3月，他从老家所在广陵区南郭乡老庄入伍，同年入党，同年考入“抗大”，后因敌伪封锁编入苏中三分区政文工作队学习。抗战时期，他参加过姜堰保卫战；解放战争，他参加过孟良崮战役、南麻临朐战役、豫东战役、淮海战役、渡江战役；抗美援朝，他参加过上甘岭反击战。战场上他多次负伤也多次立功受奖，荣获过淮海战役、渡江战役、解放战争、抗美援朝等系列军功奖章。而他的军功奖章从不拿出来示人，直到20世纪90年代初，安徽电视台专程赶来采访他，因为当年他的那条战船是渡江战役安徽繁昌渡口的渡江第一船，是采访之需要他才肯拿出来的，家人这才见到了那一枚枚熠熠生辉的军功奖章，见到了他赠送给安徽渡江纪念馆的那珍藏已久的当年的公文包、军用毯和棉衣棉裤。每当说起当年的荣光，他总是说“受伤与立功是军人的家常便饭，没有什么值得炫耀的”。

张歌林书记1962年5月被授予少校军衔，1965年5月被定为国家行政15级，1966年4月从解放军军事电信工程学院转业至黄桥布厂任党委书记。其背景是：20世纪60年代初国家遭受自然灾害，他响应中央号召，主动要求转业到家乡地方工作。开始，组织上安排他到扬州行署宣传部任处长，但他向组织提出：“我既然下来了，不想坐机关办公室，要求直接到家乡的基层企业工作，做点实事。”因为他的老家在离黄桥镇郊不远的吴庄，所以安排到黄桥布厂担任书记。他压根儿就没有考虑当初这个近乎于作坊式的小厂是个什么级别，打起背包举家就来了，他把这里真真正正地当成了自己的家，直至1989年4月离休，他没有离开布厂一天。

他把这里作为新的战场，用军人铁的精神钢的意志，锲而不舍地奋发努力，铸就了黄桥布厂从小到大、从弱到强的发展辉煌。

他说，我是军人出身，打仗就是占领，谁占领了有利地形就会打胜仗，有了先进的设备就占领了市场的高地。黄桥布厂是在1956年国家公私合营改造中，由当初两个手工织布合作组合并成立的“公私合营新生布厂”，它就是黄桥布厂的前身。当时职工不到二百人，只有木制织机四十台，是手工作坊式的合作工厂。厂房利用“民居旧庙”，经轴用“一缸两棒”，下河汰纱，靠天晒纱。织布用“手拉脚踏”。只能生产“无色布”“充夫格”、帐纱等纯棉低档产品。当时计划经济时代，棉纱、设备、机配件等都是国家重点计划物资，像黄桥布厂这样的小厂，没有国家投资，计划分配很少，等靠要求发展无望。但他不信这个邪，瞄准国内同行先进水平，采取银行借贷、带头捐款、开源节流等各种办法，买回来十台1511型全自动宽幅织机，然后带领干部职工拆机绘图，把一个机修间当成机器制造厂，自力更生翻砂铸造布机配件，一步步把落后的铁木织机全部改造成与时俱进的1511织机。同时，自行设计制造了烘房履带传送烘纱机相关配套设备。随着生产能力、经济效益的大幅度提升，集中财力持续加快设备的硬性投入，经过近十年的不懈艰苦努力，形成了400台1511织机的规模优势：日产量5万米，年产值1.5亿元，利税2000多万元。

有了这样的规模和实力，他把战略眼光又瞄准了国际先进水平。经过详细的市场调查与实际考察，形成缜密的技术参数、生产能力、经济效益的综合评价方案，在统一内部发展共识前提下，去说服上级主管部门批准立项，先后分三批引进100台国际最先进的意大利剑杆织机，加上配套设备、土地厂房总投资7000万元，为产品的升级换代和高端产品研发奠定了坚实基础与必要条件，企业跻身国家大型二类企业，职工增至三千多人，经济效益从几百万增至几千万。

他说，市场如战场一样残酷：市场靠产品说话，这是企业的生命线；靠质量立足，这是企业的命根子。布厂之初的低端产品上不了大市场，武装了1511织机后生产出了被单布、宽幅色织布，被列入国家计划进入了全国市场流动。当国家取消了布票面对市场开放的大转变，他捷足先登迅速设立了技术科、产品设计室，设计人员分批次送往相关单位、院校培训，设计开发了市场热销的女线呢、直贡呢、中长花呢、维棉花呢、仿毛花呢等一批新产品去占领市场，多次获得省部级优秀产品、新品设计奖项，站在了全省同行业的前列。改革开放国门大开后，他组织团队参加国际市场的展览会、交易会、研讨会，旨在把设计理念、思路瞄准国际市场需求。他亲自带队去广东深圳访问用户、走进广交会，获取大量国际市场信息、广泛接触港澳地区、欧美客商后作出判断：靛蓝牛仔布百年经久不衰，市场销售火爆，具有社交大场合能穿、上班族适合、男女老少皆宜，冬天保暖、夏天隔温的特点，属于大众产品、长线产品，市场销售空间巨大。于是，实施引进意大利剑杆织机技改项目的同时，研发了牛仔布系列产品打入市场，填补了我国纺织布料的空白，荣获纺织工业部金牛奖，让一个名不见经传的小厂成为享誉省内外的牛仔布出品生产基地。

他始终坚信，好的产品赢得市场竞争的胜利靠的是质量保证。厂部设立技术科、设计室的同时单独设立质检科，车间明确主任为第一责任人，班组落实兼职质量管理员，全厂实行全员参与质量管理，建立一整套全面质量管理制度，落实各级责任，理顺质量信息、数据每日上报传递与即时解决质量问题责任落到实处两者并重的关系。有一次他亲自解决质量问题在全厂上下反应很大：一段时间产品质量不稳定，正品率下降，分析原因主要是半成品上机后容易布面起球外观质量不过关，问题出在浆缸车间。他带一线相关人员齐到现场查找原因，问题在浆力上，浆上多了会造成饼浆，经纱难以分开，到布机强行分开会产生断头从而降低运转率；浆上少了织机上一经摩擦，因内浆不足就会起球，所以上浆温度掌控是关键。根源找到后，他带着温度计蹲守在浆缸旁一蹲就是几天，反复测试上浆温度，根据不同纱支、不同成分分别检测，总结出完整的上浆工艺，并让操作工人现场反复验证，最后以文字形成操作规程。他用亲力亲为的实践教育干部职工，解决质量问题必先找源头，深入现场仔细查找原因，对症下药找到解决问题的办法。告诫全厂，严管质量、强化责任是企业的生命之策。在他的强力推动下，1984 年以来企业成为了全省全面质量管理的示范单位，其经济效益与社会效益不言而喻。

他说，产品竞争、质量竞争、市场竞争说到底是人的竞争，更是人才的竞争，构筑自己的人才高地企业才能立于不败之地。那些年全厂的干部职工有目共睹见证了一个事实：张书记特别重视人才队伍的培养壮大，成为了企业发展壮大的强大动力。20 世纪 60 年代末期，他一下子接受了二十三名大中专毕业生，第一课就是到车间劳动锻炼，真正地和工人同吃同住同劳动，拜工人为师学习生产技能。开始一些学生不理解，觉得受委屈，但时间一长和工人建立起深厚感情，学到了技术和经验，后来走上管理、领导岗位才深切体会到这种良苦用心。林绍祥、耿美娟是财经中专生，分到厂里后先到车间劳动，到仓库实践，不到两个月就安排到财计室接替了总账会计和现金出纳会计，虽然工作岗位到了办公室，但仍然要求其白天到车间劳动，晚上处理业务，就是这种工作环境锻炼了能力。林绍祥后来当了财计科长，提拔为副厂长，最后提拔调任扬州市供销社副主任。70 年代初，他从南通纺校一下招进十八个纺织专业中专生，被誉为布厂的十八棵青松，进厂后先分到生产一线劳动锻炼，然后全部安排到各个管理岗位，经过自下而上反复磨炼全都成为中坚力量，为企业发展立下汗马功劳。其中九人成为了生产、技术、质检等关键科室正职科长和重点车间主任，二人升为副厂长，一人提拔调任主管局局长，四人提拔调任市纺工系统所属企业的厂长、副厂长。

人才队伍的培养壮大，同样体现为生产一线技术骨干形成了一个庞大的群体。他经常下车间巡检时发现，那个个头矮小的吴秀珍挡车接线头时脚下总是要垫一张小凳才能够到，偏偏她能创下万米无疵布的记录，被树为全厂典型，成为了“全国纺织工业先进工作者”“全国三八红旗手”“江苏省劳动模范”。他雷打不动，每年组织一次全厂的操作运动会，开展技术大比武，成绩记入档案，列为年终考评、工资晋级重要条件，推动全厂涌现出一大批生产能手、三八红旗手、省市劳模、全国劳模、五一奖章获得者。

他始终保持着军人的一身正气，以无私无畏的胆识、令人敬畏的作风，用实际行动给全厂树立起克难求进的工作标杆。

他让布厂成为了“文革”的世外桃源。他是“文革”前夕转业的，上任伊始“文革”就来了，整个社会陷入了一片乱象，唯独布厂没有停工停产现象，没有批斗打人现象，更没有武斗发生。他言明在先：要革命，可以，下班之后；要写大字报，可以，在规定区内张贴；想煽动工人停产闹革命，没门！他有话，抓革命促生产，落脚点是促生产，停产算什么革命？要批斗走资派，他张歌林站在这里，看你们敢来。厂里当初也有造反派，社会上造反派之间搞串联，就没有谁敢踏进布厂一步。他仿佛是挡在他们面前的一座山，造反派只敢背地里骂他是“军阀”。后来，有关方面将“文革”中打倒的裴姓高姓两名老干部下放到厂里劳动改造，他把他们保护起来，还让他们当副厂长发挥作用，竟然没有人敢提出非议。

他对官僚主义摔了电话。布厂的发展壮大与他从不畏惧勇往直前的作风相伴相随。实际工作他不唯上、不唯书而唯实，对于来自上面不切实际的形式主义官僚主义敢碰敢顶。20世纪70年代前后由于电力不足工厂经常停电，而供电部门不认真做好计划停电协调平衡工作，随心所欲，简单粗暴拉闸断电，给一些连续生产的企业造成不必要的损失。对此情况，他亲自给县里有关负责人打电话提了意见，哪知这个负责人仗着位高权重与他打起官腔，他一听火冒三丈一下子摔了电话，大骂官僚主义。他身旁的人吓了一跳：书记把县领导和供电局得罪了，布厂还有好果子吃吗？孰料，两天后，这位负责人上门向他表示了歉意。此后，凡涉及布厂的事都一路绿灯，足见他的人格力量与社会影响。他是一个有资格而不卖资格的人，在他身边工作的同志见证了一个事实：每任的县长书记到任都要到布厂拜访一下；部委办局来人谈工作他都给予充分的配合执行，即使是办事员他都邀请去他简陋的办公室坐坐，聊聊工厂的事，大到发展规划小到日常工作，俨然一位和蔼可亲的长者。当然，上面来人如惹火了他，他马上会不给你面子。

他的面前没有解决不了的难题。布厂的发展进程中大事难事不断，每每他都会亲自挂帅且事必躬亲。引进的意大利剑杆织机进厂后，他自己任安装调试总指挥，亲自抓进度、抓安装质量，现场帮助解决问题，每天现场工作十多个小时。老外的安装人员目睹此情此景十分感动和敬佩，主动将一些专业技术、关键数据，以及一些关键部位安装维护注意事项都一一传授。安装现场，老外人员都亲切地称呼他“OK先生”。与引进剑杆织机相配套，引进的香港靛蓝染浆联合机是个五十米的庞然大物，生产急用。他身穿工作服亲临安装现场指挥，当机立断决定：封闭安装现场，所有安装人员吃住全部在现场。此决定，一为提高效率，二为加强安全，三为集中精力不受干扰，确保了一次性安装调试成功，与预期整整缩短了一个月的时间。而他，体重下降了十斤，身体受亏患了肝炎。还有那次厂里的大锅炉坏了造成了全厂停产。这是厂里的大动脉，恰逢生产任务全是外贸产品交货期不能延误。他赶到现场查看情况，只知道是锅炉炉堂倒塌，具体面积多大、是前膛还是后膛情况全然不知。他在炉温还没有降到人可以进的情况下，强行用水降温，自己爬进了炉膛，探明情况，准确指挥，仅用两天时间就修复启炉。现场的工人看到他爬进时那一脸的勇敢，爬出时那一脸的灰土，所有人的眼里都闪动着感动的泪光。

他一贯的工作作风形成了强势的惯性。布厂的干部职工无不被他求真务实、雷厉风行、铁面无私的工作作风所折服。他的工作习惯就是从眼睛一睁忙到熄灯。客观上他的家安在厂里，因此一天二十四小时，除了吃饭睡觉，他都在工作。他在办公室时间很少，大部分时间在车间现场办公，每天晚上都要到各个车间走一遍，哪里计划调度衔接有问题，哪里生产运行有矛盾，哪里后勤保障不到位，生产一线的情况他了如指掌，遇有事关重大他会紧急开会，连夜解决问题。他批评起人来厉害，让你无地自容。当发现干部职工中有浪费现象、损公肥私现象、对工作不负责任现象等等，一经发现，他批评起来毫不客气，不讲情面，甚至动怒骂人。全厂上下都知道他有句骂人的口头禅“在战争上，我早就枪毙你了”。他处事铁面无私，儿子犯了错也不放过。他的二子茂圣当年在计划科担任生产计划调度工作时，在计算某一品种的耗纱时由于粗心大意，将此品种的纬纱少算了，结果造成二十台布机停产八小时，被他在巡视车间时发现，立即查找原因，得知是工作失误，即将儿子叫到办公室严厉批评一顿，并在干部会议上公开处理此事，决定全厂通报，按停产损失的10%予以赔偿。当科长和分管厂长为之说情，他说：“因为是我的儿子，我更应该认真处理，否则难以服众。”

他把这里当成家，把干部职工当成亲人，所以，这里的男女老少都喊他“张老爹”。这是对受人尊敬的年长者的尊称，他不愧此称呼。

他，处处为一线职工着想。厂里很早就实行职工到食堂值厨制度，从采购到卫生监督把关，让职工吃上保质保量的热饭热菜；从之初的宿舍安排到后来的住房分配，坚持向一线职工倾斜且公开透明；一线女工居多，他说“要让布厂的女工享受同行业最好的待遇”，应有尽有的权益保障件件落实到位；车间生产三班倒，厂部医务室实行二十四小时值班，随时保障医疗服务。职工中有谁患重病住院，他都不惜代价要医院全力抢救，有几个职工送往上海、扬州等大医院医治，动员力量帮助寻找白蛋白等当年稀罕药物用于救治；全厂夏天送清凉、冬天送温暖工作列入他每年亲自过问查办的事项。全厂上下周知，他对事关职工利益问题的失职行为一定会大发雷霆。因为，这触碰了他的良知底线和职工情怀。

他，凡是职工有过不去的难事有难就帮。那个负责报刊收发兼管浴室的老职工先是家里老房子露了天无力维修，他亲自去该职工家里察看，帮其修好了房子，后有一次不慎跌进浴室烫池烫伤，他迅即派专人送去扬州治疗；那年，职工曹正明之子吃食物呛进气管里，人命关天情况紧急，他急令用厂里仅有的三轮卡车护送外地抢救，安排专人立于车箱一路摇响铃开路，为抢救赢得了宝贵时间；一女工患了血液上的重病，治疗费用个人家庭不堪重负，他提请厂部决定全由厂里负担，病愈后将其从挡车一线调至医务室工作；职工家庭闹了矛盾纠纷不可开交，都要扯到他这里来告状评理，成为一种“不到黄河心不死”现象，只要他一言九鼎辨个是非，矛盾双方才肯口服心服。

他，为职工打抱不平伸张正义。他说，布厂职工谁在外做了违法乱纪的事决不护短，但无故遭遇违法行为欺负，我们要当职工的靠山。那年，前织车间一女工家住三间破草房又身患重症，村里批给她翻房指标，经向兄弟姐妹求助刚将草房拆了准备翻建，邻居仗势欺人，无理要求其让出一米多地界，并暴力阻工将女工殴打，用大粪浇到其头部脸部。他得知情况，立即带人赶去现场查看，协调村干部和公安部门调查取证，将肇事者依法拘留，后判刑入狱。同时他交代厂后勤部门将厂里旧房改造拆下的材料无偿支援该女工将三间房子很快建成。这件事让全厂职工大快了人心，更让当事者感激涕零。

他，有始终不变的军人情怀。从他本人简单朴素的生活习惯到雷厉风行的工作作风不难看出，他一直保持着一个军人的风骨与情怀。这种渗透在骨子里的军人情怀，他总是毫不掩饰地彰显出来：他第一个提出主张，建立了军人家庭服务中心，专为解决军人家属的后顾之忧，总政治部主任曾到厂鼓励；一女工向他诉苦，丈夫转业回来受到单位分房上的不公正对待，他二话没说去找该单位领导说理又说情，事情便迎刃而解；他特别规定，家在外乡外地的女工如有现役军人的丈夫回来探亲的，厂里为其安排临时住房，后勤部门提供招待所般的服务；那个残废军人钱文彬，脑子里的弹片是朝鲜战场上美国人给留下的，每逢阴天下雨不打吗啡针就过不下去，于是经常来找他报销药费，只要其进门叫他一声“老首长”，他便提笔就批。这位残废军人可不是厂里的人，完全是他的军人情怀感情用事；那次他与次子茂圣出差路过安徽繁昌某地时，他突然一凝神说“当年我的三十六位战友就安葬在这里附近”，问过当地人，果然就在附近不到一公里的地方找到了纪念墓地，他与二子向烈士墓鞠躬致哀，将身边的钱尽其所有捐给了纪念地负责人。他二子说：“那天，父亲带着一脸的哀思念念不舍地离开的。”

他，一直保持着自己的两袖清风。曾经主管了布厂十年财务的林绍祥回忆说：张老爹的日常生活从不讲究吃穿，从不赴宴参加吃请，没有到下属或职工家吃过一顿饭。厂里人来客去，人少时就领到家里自己掏腰包招待，来人多了才由食堂搞一桌家常菜招待。张老爹没有到财务上报销过一包烟一两茶的招待费用，他自己的香烟茶叶常常招待县里镇上的来人。财计室有时上面来人，总是到张老爹那里拿烟茶，次数多了也不好意思，想买点茶叶送他，他也不允许。有一次香港经贸考察团来厂考察，人数比较多，就买了半斤茶叶、五包牡丹烟，多下来的拿给他，也不许，说留作下次接待用，这是我十年主办财务生涯中唯一一笔报销的烟茶费用。也许有人不信，可查布厂那十年的财务凭证。

厂里的老人员众所周知，张老爹的办公室，前十多年是在他宿舍里隔出来的七八平方。一间九架梁的厂房，前面是办公室，半墙之隔后面是他和妻子的卧室。后来搬进办公大楼仍是一张藤椅几条板凳，没有添置一件用具。随着布厂发展壮大各种荣誉纷至沓来，县市几届人大都安排了布厂代表和常委名额，总工会几次给予布厂省、全国劳模和五一奖章名额，这些荣誉他都推荐给了普通工人，没有给自己留过一份。

厂里的上上下下众所周知，张老爹对家属子女要求很严，不允许占公家一点便宜，哪怕是食堂里一根葱，不准搞一点特殊。他爱人是河北唐山人，随他转业到黄桥在厂里当工人，和其他女工一样上下班、加班加点，还要操持一家七八口的家务，没有一点特殊，真为难了这位贤妻良母。

张老爹对自己严于律己，放弃了很多的个人利益。当年他转业到地方，当时政策有一笔安置费用解决住房、家具、用具和一家的生活安置，按当时物价水平，他完全可以置一处像样的单门独院，但他认为厂里安排了两间（实际一间半）住房，就放弃了这笔安置费。财务上曾向财政局咨询，答复说只要本人申请可以补发。而他坚持认为，家已安置下来了，不能再向国家伸手。直到张老爹离休，上级部门按规定为他改善了住房条件。

他领导的黄桥布厂，克服了千难万难，铸就了发展辉煌，而他从来没有空喊过一次口号，唯有真抓实干。当年的一位副厂长写的一首打油诗诠释了其中奥妙："书记喊老爹，全厂一个家；上下同心干，困难算个啥。"

张歌林书记这位可敬可佩的世纪老人于2022年12月26日17点06分心脏停止了跳动。受他三子茂俊之托，我请鹏春大哥为老人撰写的挽联：

转战五湖四海，不朽功勋谱壮歌

编织千经万纬，永恒业绩入碑林

我想，鹏春大哥撰写的这副挽联是张歌林书记人生的真实写照，而我写下的这篇文字是对张歌林书记一生的致敬。

文化站长曹瑞龙

20 世纪的后半个世纪，黄桥文化站一直设在何氏宗祠内。在黄桥人的记忆里，那段时光的何氏宗祠委屈地被淡出了历史，完全被文化站取而代之。

小时候我仰慕这里，是因为这里的文化热闹。那明末清初建造的古意盎然、雕梁画栋的宗祠大厅令我惊叹不已，那秋儿瞎子拉的声情并茂、委婉动听的二胡独奏曲《二泉映月》让我流连忘返，那业余文工团排练时的歌舞、说唱、锣鼓、器乐声招惹着我心驰神往，那画廊、板报、阅览室吸引着我目不暇接……

这么多年，我一直敬佩文化站那位兢兢业业的曹瑞龙站长，他工作四十余年的时光一步也没有离开过这里，一天也没有离开过这平凡普通而又万事求人的群众文化工作岗位。三十多年前的 1990 年 10 月，中央文化部授予黄桥文化站“全国先进文化站”称号，他无愧于这个殊荣——直至他于 1997 年 5 月退休回家。

曹瑞龙站长的侄儿曹文俊是我从小学到初中的同窗好友，他比他叔叔小十四岁，让我有幸成为了这位文化站长人生轨迹和生命过往的知情人、旁观者。

曹瑞龙与群众文化结缘，要从 1951 年他小学毕业说起。当年他 14 岁。建国初期，黄桥行政建制为区，设解放、民主、团结、胜利四个镇。因为当时黄桥中学只办了一个班的初一，全区三所小学加上周边乡村的学生有数百人之多，他所在的西街小学一个班近六十个学生只取了一个正取、一个备取。他在校是团支部书记，未能考上遂将团组织关系转至家所在的解放镇，正逢解放镇组建团支部，他被选为支部委员，镇政府分工他负责全镇的文化卫生工作。

从1951年下半年到1956年上半年社会青年的这五年中，他曾担任解放镇俱乐部主任、文卫主任、文艺宣传队队长、业余剧团团长等职。当时解放镇的业余文化工作在黄桥四个镇中打擂台似的抢着风头，尤其文艺宣传队、业余剧团、街道读报组办得有声有色。文艺宣传队从正月初一到元宵节活跃在镇区街头巷尾、农村田头场头。业余剧团先后排演了大型歌剧《小二黑结婚》、中型剧《黎明前的海岛》《贪嘴的猫》、小型歌剧《海上渔歌》等节目，有力地配合了当时的"新婚姻法""公私合营""抗美援朝"和"反蒋反特"的宣传。

社会青年义务工作的五年，他参加过"郊区土改"和组织"互助组""初级社""高级社"的工作，去过解放村北荡互助组，东野岸庄、芦家垛子初级社搞宣传，召开组员、社员会议宣传党的方针政策。1953年参加粮食统购统销工作，他是解放镇粮油专职管理员。同年，解放镇第一次人民代表大会代表选举，他负责全镇的普选技术工作，当时他还没到选举权年龄。

可以想见，当年一个十四岁的青年投身于社会义务工作的五年，那种鲜活的激情鼓励着的奋发进取，让他有幸在建国初期那如火如荼的社会实践中担当多种角色，去经风雨见世面锻炼成长，对于他以后的人生路是多么的难得和珍贵。

不难看出，他那青年义务工作的五年，得到锻炼成长最多的实践一定是群众文化工作，成为了他那段青春时光最钟情的事业。这期间，他曾多次与就业机会失之交臂，也许这是命定：欲将与群众文化结不解之缘，必先经历一番曲折坎坷。

1952 年，区政府向四个镇选调了十多名社会青年到北关桥外收公粮，工作结束时留下四人其中有他，被当时“黄桥肉联产销合作社”（肉联厂前身）留用，区政府言明试用期六个月。谁知不到半年时，因中央下达精兵简政文件而被精减。

1953 年，区委组织科介绍他去珊瑚供销社工作。事不凑巧的是，他是解放镇唯一一名去县里接受培训的人大代表普选工作技术人员，因工作走不开，区政府将此机会另给了他人。

1954 年秋，区委介绍他去河失乡粮管所工作。当晚粮管所长找他谈话，说“明天开始收购花生，我们要的是熟手而你一窍不通，收购花生的好与坏收购人员要负责任的”。一句话让他吃了“闭门羹”，第二天就打道回了家。

1955 年，区团委派他参加团扬州专区委举办的县以下共青团政治辅导员培训班，并明确他为政治辅导员，负责全区机关企事业单位的团课工作。当他带着行李到团县委报到集中的当晚，团县委接到上级通知取消了培训班。此事从此不了了之，可谓世事难料。

几次就业落空，是生活告诉他：人生充满了变数。他说他没放在心上，是因为当年他还很年轻。依我看来，最难能可贵的是他在一次次的人生曲折之后，依然没有动摇和改变做好社会义务工作的青春激情，直到正式走上工作岗位。

曹瑞龙人生峰回路转的转折点是 1956 年全县区划调整，黄桥撤区建镇，原来的四个小镇改建成八个居委会和六个农业村。区划调整刚结束，“泰兴县有线广播站”在黄桥建广播分站，镇党委推荐他担任编播员，负责采编每日五分钟的地方新闻稿件。年底时，广播分站与黄桥文化站合署办公，费冬生站长慧眼识珠，分工他负责新闻稿件编播以外，把面广量大的群众文化工作交给他负责。于是，他如鱼得水，便将满腔的激情释放出来……

新闻采编与群众文化两件事，前者很重要，后者他很喜欢，他用满腔激情让两者相得益彰。新闻采编是白天的事，下基层采访好人好事、革新成果、生产喜讯等，他与基层各层各级打交道总能收获不一样的感动；参加党委政府的各种会议，他细心倾听，理解深意，注重把握重点，抓住关键，总能得到领导好评。他主抓的业余剧团排演，顾名思义是每天晚上的事。繁杂的组织工作，一个个演职员所在单位的支持配合、各个家庭的情况有别，他要细致关注；琐碎的事务工作，一件件事他都要事必躬亲，件件落到实处；最大的事是，不少剧目的主角他要自己担纲。那些年，他先后主演过地方剧《夺印》《社长的女儿》，歌剧《南海长城》，话剧《布谷鸟又叫了》，独幕剧《黎明前的海岛》等剧目。

曹瑞龙全身心投入于群众文化工作是一种天时地利人和的撮合。业余剧团连续排演大戏声誉鹊起，也让一帮子“老戏骨”激情高涨。虽说排戏绝大多数是在晚上，但到了紧要关头时必须打破常规，因为必须在白天整场走台请各路“神仙”审查把关，必然会或多或少影响到广播站的新闻编播工作。恰巧，1958年“人民公社化”文化站更名为“黄桥公社文化馆”，人员从原来的一人可再增加二人，费馆长为广播站另选配了编播员，让他专心致志独掌群众文化工作。从此，他奔波于工厂农村，把各单位俱乐部、文化室的基础建设、活动组织和文艺宣传队的人员组建与节目排练各个环节抓到实处。尤其春节是盛大节日，必然成了他最繁忙的时候，全镇三十多支宣传队的检查辅导必须关照周详。我最记得正月里从初一到十五，黄桥街上从街头巷尾到东西南北处处锣鼓喧天、载歌载舞一派欢乐景象，贯穿镇区南北的十桥路上那被围得水泄不通的演出场子，南坝桥下围一圈、大石桥十字街口围一圈、珠巷口照相馆门前围一圈、米巷口“美味鲜饭店”门前围一圈、北街的黄桥小学门前围一圈，不足两华里的大马路变成了人如潮涌的欢乐大道。那样的壮观场面是我一生难忘的童年记忆，如今一旦想起依然还会怦然心动。

那些年，每年一次参加县业余文艺创作节目会演，黄桥均获得很好的成绩。一些优秀节目曾多次代表县参加扬州地区文艺会演亦获得好成绩。特别是1960年春，扬州地区的评委们在十一个县市的会演节目中挑选六个节目代表扬州地区参加江苏省第二届群众文艺会演，泰兴县被选中的四个节目中，黄桥就有三个：快板群《黄桥决战》、舞蹈《丰收乐》《十盏红灯》。快板群《黄桥决战》、舞蹈《丰收乐》获优秀节目奖，为扬州地区和泰兴县争了光。我记得，那些黄桥的老戏骨们凯旋当晚在电影院向黄桥人民作汇报演出，那台上台下的激情澎湃涌动在了一起，台下以经久不息的掌声和欢呼声向他们致敬。那年我刚跨入九岁，曹瑞龙他侄子给我一张票时那神秘而又友善的模样，让我记住了六十余年。

别人眼里，曹瑞龙从事的群众文化工作有一种风轻云淡的惬意，无非是说说唱唱、蹦蹦跳跳，简单成一句戏言——找快乐。而事实却是大相径庭。有谁能知这其中的烦恼与不易呢？上级机关对乡镇文化站只负责人员工资和有限的办公经费，地方政府只是对指定要你组织的活动给予专项补助一事一议。文化站自身无权向任何单位、任何个人发号施令，用一句冠冕堂皇的话说，就是靠主事者高度的事业心和责任感来维系工作、做成事情。听那个年代业余文工团的几位“老戏骨”说：当年排演大戏全在夜里，没有报酬，没有夜宵，连演出服都是自己想办法，要么借，要么自己掏钱做，想不起来是什么原因让我们那样心甘情愿，不可否认那是曹站长的人格魅力；那舞台的灯光设施靠曹站长跑国营厂去卖弄嘴皮，演出的道具靠自己动手去做，贵重的设法去借；那大块面的布景曹站长带两瓶粮食白酒去找画画的汪厚生套亲乎，让他作无私奉献。曹站长真有能耐，竟能请出镇团委的张锡湖书记来拉二胡客串节目……

文化站扭转事业经费匮乏的被动局面是改革开放后，在解放思想新的形势引领下，曹瑞龙站长他们放开手脚拓展“以文养文”“以工养文”的自我发展空间。他们发挥地方特色优势举办“黄桥烧饼技术培训班”，培养了一百多名技术骨干绝大多数分赴全国各地创业；举办“服装裁剪班”解决了一批待业人员的劳动就业。他们发挥自身文化优势办了“高考补习班”“暑期少儿作文补习班”“少儿二胡培训班”“少儿古筝培训班”；与社会人士合作创办“群文水泥制品厂”。他们充分利用现有条件谋求活跃文化生活与经济创收的有机结合：影剧场白天说“扬州评话”，晚上则放电影；电影到农村放映，晚上则放录像带；展览室白天照常展览，夜里则改为舞厅；在后楼上设咖啡厅，天井摆桌球、电子游戏机，阅览室出租录像带。他们把一个平常冷冷清清的文化站变成了日夜热闹的“黄桥大世界”。

那段时光里，曹瑞龙领着文化站仅有的三四个人不分日夜、不亦乐乎地忙碌，打下的经济基础让群众文化红红火火起来。在发展壮大镇业余文工团、业余创作组的同时，将一些业余文化活动分子组织起来，成立“书法印章组”“美术摄影组”“集邮协会”“京剧联谊社”“象围棋协会”“老年体协”常态化开展活动。原来羞涩得只有六份报纸、十多种杂志、二三千册图书的阅览室发展为六十多份报纸、八十多种杂志、万余册图书。逢年过节也有钱张灯结彩搞有奖灯谜，免费开放一切娱乐活动，闹得文化站人头攒动、热火朝天。最是 20 世纪 80 年代初的那正月灯会让黄桥人记忆深刻。全镇三十多家单位千姿百态、精彩纷呈的彩灯连接成一眼望不到头的长龙，最抢眼是那搬运站气势如虹的舞龙队，是那清管所别出心裁的“招财”“利市”灯，是那黄桥小学跳荡奔腾的马灯队……浩浩荡荡从正月十五到十八闹了四个夜晚，整个镇区万人空巷，引来周边乡村、友邻县市数万观众，一座古镇成了欢乐海洋。

曹瑞龙所从事的群众文化工作，说得直接与简朴一点，就是为大众忙个热闹。如此平凡的工作让他在这个岗位上勤勤恳恳、兢兢业业了几十年。我在记述他平凡的过往中，被我所看重的是我体味到了他心地的清澄和人格的纯粹，甚至，让我的心灵受到了震撼。

我前面说他工作四十余年的时光一步也没有离开过文化站，在这里我想重复说的是，四十余年的工作期间他从来没有放过自己一天的假，因为越是节假日群众文化的事越是繁多。毛主席说的“一个人做点好事并不难，难的是一辈子做好事”，他几十年如一日一心扑在工作上，仅此一点就足以令人感佩。

他唯一的嗜好是抽烟，烟瘾很大，直到晚年时患了肺气肿足不出户。他从来都是抽很普通的烟。上县城去办公事身上带两包好烟，若多个半包，还留着下次备用，自己舍不得抽公家的好烟。他不做给谁看，是养成的习惯：自己抽自己的烟。我不愿意把这事上升为清廉，也不愿意把这事说成“变鬼”，是他身在一个清贫的单位紧日子过惯了，养成的节俭的习惯，他懂得来钱不容易、用钱不大意。我更愿意把这事视为一种人格的清澄。

改革开放之初，文化站“以文养文”搞创收，他带同事去了一趟上海，同事感受了他的节俭近乎于“抠门”：白天吃馒头，连水都舍不得买；乘公交车屈指数站台，宁可多跑路不肯多乘一站、多花几分钱；晚上住宿，他把同事安排住省钱的小旅馆，自己去哥嫂家投宿。此去是为买电子游戏机，跑了好几家他都嫌贵，最后在上海大世界买了几套配件回来，自己安装只花了不到半价。为省钱他去镇电器厂找厂长要继电器、电烙铁，连焊接的松香、焊锡都是要来的。所有的这些节俭被很多人视为“抠门”。我想，“抠门”是真这是表象，由表及里说这骨子里是一种敬业，由此让我看到了一种敬业的精神：一股傻劲做事，快乐着自找苦吃，事业高于一切。

1991年1月3日中午时分，文化站后楼被一场大火烧毁了。这场火失得有点怪异。个把小时前曹瑞龙站长还在楼上与作家顾寄南先生促膝谈心，请他看《中国文化报》上登载的文化站受中央文化部表彰的消息，曹站长十一点三十分离开时四处看了一遍，没有丝毫异常迹象。发生火情是电器短路所致。私下里有议论，消防队来得蛮快，只是到达后约二十分钟无所作为。打开马路边消防栓大概是忘了带扳子，好一会仍打不开，接上了水管陆续破裂，六根裂了四根。这楼烧毁了曹站长揪心得自责入了魔，说“为什么我家里不烧掉呢？我家里烧掉都没有这么心疼”。说着时那大颗大颗的泪珠直在脸上淌动。他强忍着悲伤忙完了春节群众文化活动，然后就四处奔波向省文化厅等各级求助，埋头苦干“以文养文”多种经营创收，用五年时间自筹资金，终于赶在他退休前的1995年，按原样重建了文化站二层后楼。竣工那天傍晚，他独自站在文化站后院仰望这二层楼房，那大颗大颗的泪珠滚落而下，这其中的酸甜苦辣、五味杂陈只有他自己知晓。

文章写到这里让我在想，曹瑞龙站长面对这场火灾从心疼到重建的心路历程，他经历了一次事业心和责任感的严峻考验，更是一次人生意义上的大考。在我眼里，他是以一种人格的力量力挽了一场火灾造成的遗憾。此时此刻想起他对人生艰难的这种不屈的隐忍与坚毅，他的形象在我眼前立刻栩栩如生。

太平圈门

吴建明，如痴如醉的乡愁情怀

真正熟识吴建明是十多年前，在黄桥西野岸庄他家的老住宅，我是慕名而至。

早就听说吴建明家里收藏了上千件的民俗老物件，有点蔚为壮观。那天我是应邀陪鹏春大哥前往。清晰记得，他家的老住宅是幢五间三层楼房的院落，院门朝南，门槛前铺就的四米多长、两尺余宽的油润光亮的整块青皮石难得一见，院门两侧一对青石石鼓在青砖黛瓦的门楼下显得古朴有致。我四下一环顾凝了凝神，随之心里一惊：他家的这幢院落所在的西野岸庄老庄台哪里去了？我童年游玩的记忆里，这里高低错落的老房子和那飘荡的炊烟，清澈见底的河塘边成片的竹林和那游荡的鸭群，还有那远远近近的鸡鸣狗吠全都荡然无存，取而代之的是眼前这番景象：孤孤单单的一幢院落守着一片拆迁过的空旷之地，刚修筑的穿越工业园区通往火车站的“通站路”的沥青路面已铺至院落西侧的墙脚边，院墙上用白石灰刷了一个大大的“拆”字。于是我恍然明白，这里的老庄台全被拆迁了，剩下的这幢院落只在朝朝暮暮已指日可待。

进了院门，主人引领我们直接上了三楼。那一通连的五间七架梁屋子摆得满满当当的老物件，让我目不暇接，倍感亲切。它们中的多数我是一见如故，有的似曾相识但能一目了然，有的与记忆中同类物件有所差别但各有其美。过去它们平常得你根本不在意的是厨房里的物件：缸、坛、罐，锅、碗、盆，斗、升、瓢，饭桶、饭盒、饭焐子……过去日常用的老物件如今来到你的眼前竟是那样的各美其美：照明用的豆油灯、煤油灯、罩子灯、壁灯、马灯、汽油灯；男人们的旱烟袋、水烟筒、大烟枪；妇人们的针线匾、捻麻篮、纺棉车、织布机；书童用的练字规、砚台、笔架，私塾先生手持的戒尺；生儿育女的接生盆、婴儿床、摇篮、站桶；婚嫁用的大花轿、红盖头、放请柬的拜盒、给长辈端茶的茶盘；难得一见的做官的官帽盒、专用的家谱箱；引人注目的那古典韵味的柏木拔步床，镂空的雕花板、夏布的帐子、绣花的枕头，床沿右前面是马桶箱、左前面是置物的柜，与之相匹配的对开门的大橱、梳妆台、美人椅，全是古老的款式，大户人家的派头……

正看得出神，主人领我看一盏双层油盘、顶部可插蜡烛的纯铜油灯，说这是他十多年前在宁界乡花四十元买的第一件心爱之物，卖主说这是他家祖传的，名曰“高灯远照”。想起小时候贴近那墨水瓶做的煤油灯写作业，头发燻焦了一片，洗脸时哄出的鼻涕全是乌黑的，于是一心动就买下了它。他转身指着那只刻着“五子登科”字样的小儿站桶说：“小时候看到庄上那户人家的孩子站在站桶里暖暖地笑，原来他奶奶在桶下面放了火缽头给他暖和，我手脚冻得通红在他家门前看得眼馋。这只站桶与小时候见到的那只形制上一模一样。”他又指着那老旧的土布织机说：“小时候跟在机匠后面看他手拉脚踏让梭子穿来穿去织成布，一看就是半天，多年后好奇地去看大布厂机械化织布机的梭子闪电般地穿行。买下它，是童年记忆的使然。”我想，吴建明是在告诉我，这些老物件每一件都蕴藏着我们对一桩往事、一段历史的记忆，童年的记忆让他对老物件有一种情不自禁的喜爱。

吴建明的情不自禁是一种执念。他说：“这些老物件全在过去的记忆里，走到哪里见了喜欢我就有买的欲望。”我在心里生疑：你哪来的闲情到处跑、到处买？于是问他“你做什么行当？”“我是做五金、机械设备市场的调剂生意，为卖的找买的。”他这一说我明白了，改革开放初期，公有制企业改制、倒闭、重组那阵子，闲置、淘汰的机械设备很多，所谓调剂就是到处去买、到处去卖。我说：“我是黄桥大电机出来的，我懂这行。”他立马说：“大电机那 60 公斤的空气锤、160 吨的大冲床是经我的手卖出去的。”于是我明白了，他做设备调剂生意得心应手，所以助长了他对老物件的一片痴情，进而一发而不可收。

吴建明收老物件有紧迫感，是老庄台被整体拆迁那阵子。他心里真有点慌张，因为自己的根所在的村庄没有了，就把各式各样的老物件留下来。再说，被拆迁的人家都搬进了高楼大厦，多数人尤其年轻人谁愿意把过了时又用不上的老物件带到楼里，局促的套房哪有它们的一席之地。在吴建明的执念里，收留老物件就是留住记忆、记住炊烟袅袅的乡村岁月。除了收留家常日子里的老物件，他还情有独钟地把被时代淘汰下来的一只只石磨、一支支碌碡收回来。他说，这都是那个年代村庄里的宝物，上面沾满了祖祖辈辈的汗迹，留下它们见证历史，说不定还会派上用场。

吴建明收老物件越来越痴情是黄桥东进路、十桥路改造那几年。千年古镇，一些人家的老物件留着没用又弃之可惜，你说要买他就卖了。与之同时，他把目光盯上了那老房子上的砖雕、木雕。老房子被拆除了，那基础部分的残余无人问津了，那些不同年代的柱础、长条方块的青石麻石，他不辞劳苦、不厌其烦地扒出来运回家。几年下来，他收了各式柱础两三千只，大大小小的青石麻石上千块，还有那乱砖旧瓦就不知其数了。老婆笑他：老公是个呆子，呆呀呆，砖头瓦块朝家扛。

更有甚者，吴建明收留的二三十只形制各异的大缸，其中的十只已有大的裂缝，是名副其实的破缸。他舍不得废弃它们，于是从南沙社区的印泥村请八十二岁的丁姓修锅匠来修缸。这是濒临绝迹的老行当手艺。简言之，就是用盐卤浸泡生铁屑成浆作为粘接剂，修缸时在缸体裂缝处两头与中间打上铁巴，然后往裂缝处灌浆，凝固一周后便永久牢固。我见过其中那只缩口平肩粉绿釉大缸，其釉色油润，修复后的裂缝像地图上标注的一条历史的长河，有一种历经岁月后的沧桑之美。修完了十只大缸他又突发奇想，将修锅匠请到家中修一回锅，他特别想看。于是老匠人架起风箱，燃旺炉火，用小坩锅熔好铁水，往布垫的草灰上舀一粒金灿灿的铁水，左手托着往裂缝处向上一顶，右手执布棒立马在上方一按，铁水瞬间凝结成一个小圆巴，如此依次向前排列，直到修补完毕。他说，看修锅比看春晚心里更热乎，无以言状。我在想，这是他童年记忆的精彩回放，一种痴迷能把乡愁的记忆还原成真能有几人？

当然，吴建明心里偶尔也留下过不能如愿的事。多年前，一位乡下老奶奶一脸的不舍，卖给他十几丈夏布，说当年麻是她亲手捻的、布是她亲手织的。后来他与黄桥西街小学大门一侧那老裁缝约好的，给自己做一套纯手工中式夏布衣裤，隔些日子听说老裁缝病了病得不轻，再隔些日子又听说老裁缝驾鹤西去了。他说，至今已找不到人做了！他满满失落感的一句感叹，让我猜不透：想做一套夏布衣裳是他童年的梦想，还是他乡愁情怀的一种执念？

吴建明家那幢用石灰水刷了个大大的“拆”字的老房子，很快就被拆迁了。那一千多件老物件往哪里去安身？出乎所有人的意料，他风轻云淡地脑子一个急转变就全部捐给了镇政府，镇政府将它们陈列在御士府二楼，冠名“民俗博物馆”。无论捐赠者还是政府主事者都不失是一种明智、善举和大爱。稍稍有点遗憾的是，展览最后那短短的后记开头那句“几百件民俗物品，虽然价值不是很大……”让捐赠者心里有点不爽，他感慨说：“价值不是很大？不谈钱钞，为了它们我走了上万里的路呢！”依我之见，起码是撰文者的眼界稍稍浅了一点。

不过，吴建明心里的这点不爽只能说明他对这些老物件的感情至深。让人匪夷所思的是，与捐赠事宜事隔两年，泰州老行当协会的负责人找到他，说鉴于某种原因，协会多年来收藏的六百多件老物件想以十万元一次性转让掉。问，你想不想要？他没有犹豫就去看了，先后去看、去谈了五次，全是情不自禁。人怎么就这么怪？他说，不知道或看不见也罢，到了这种时候，要是不把这些活生生的老物件买回来，就会变成一种煎熬，没有办法。最后一次去以七万五成交，装了两大卡车运了回来。买了，弄回来了，最终往哪里去他不知道，只知道心里笼罩的烦躁与纠结顿时烟消云散，一片朗然。

很快，这个消息不胫而走。全国美丽乡村典范祁巷村金辰公司总经理丁其全找上门来，与吴建明畅谈了一番，说："这些好东西你放在家也是放，倒不如放到祁巷村去，我们专门为你搭房子打造展示平台，既让这些老物件大放异彩，又支持了乡村旅游，两全齐美。"听这一席话，他竟然就心动了。送老物件去祁巷村时，他像忙自家闺女出嫁似的，在祁巷村忙了一个多月，那六百多件老物件他一件一件给它们梳妆打理，排列组合，安顿到位。后来，他每隔数日就去看望一趟，成为一种牵肠挂肚：有没有导游讲解，好好管理？游客尤其是中小学生喜欢动手动脚，会不会弄疼甚至弄坏它们？每逢他去，老婆总是笑着说句怨言"自作多情也自作自受"。回家时看他有点不自在的眼神，便知道他心里有了难言之言的不爽，于是说两句得体的宽慰他的话。这让我为吴建明庆幸：他喜爱老物件，因为他有一个疼爱他读懂他的老婆，所以他的这份热爱和痴情才如此变本加厉！

我以为，当吴建明收藏的那么多的老物件都有了很好的归属，他的乡愁情怀也就得到了很好的价值体现。后来我才发现，他的乡愁情怀远远没有止步于此。两年前，我们历史文化研究会借座国裕建设集团刚落成的“五福园”召开理事会。我没有想到，五福园竟然是吴建明与国裕集团合股建设的，他以多年来买下的被拆迁的二十四间明清老房子，国裕集团以土地、建设资金，双方合股建设而成。在此基础上，双方合作成立国裕古建公司，吴建明任了法人代表。

研究会开会的前一天下午，我恭恭敬敬拜谒了五福园。因为，五福园是将二十四间明清老房子的原有构架、原有材料，按原形原貌、原汁原味恢复重建而成的。二十四间老房子围合成前后相连贯通的两个四合院：前院北侧五间明代建筑，是明代官员茅大芳家在泰兴城里的老房子，屋檐部分的长廊在楠木柁梁上雕有三国人物故事，其雕工精美、人物栩栩如生；前院南侧五间清代建筑是清代进士、翰林院编修金轼家位于南草巷的老房子；正对院门前后两进六间清代建筑，是许庄乡唐家庄地主家的老房子，所不同的是前三间两端是观音墙，后三间两端是马头墙；后院北侧三间清代风格的建筑是老房子构件、建材拼装而成；后院南侧三间是黄桥老字号王永盛酱园店清代风格的老房子。围合而成的两个四合院前后有三个院落：一进院门的院落是盆景园，十八盆盆龄在二十年上下的各式盆景全是吴建明的作品。依我在住建局多年分管园林绿化工作的眼光看去，作品者专业有术、不同凡响，盆盆都是精雕细琢的上品；后四合院的院落中是小桥流水，那用一百零八支碌碡围合而成蝙蝠形状的水池上架一座古典小桥、桥下碧水之中成群结队的红鲤自在地游荡；后花园一株参天香樟是用碌碡围合的树池，大花台用上百只柱础围砌，几弯曲径用大大小小的石磨铺就，别有一番韵味。

那一个下午，我在一饱眼福的同时，吴建明向我娓娓道来他收购保护这些老房子的一片痴情和良苦用心。开始是谈价心苦。城镇面貌的万象更新是以拆迁为前提的。吴建明一有消息会在第一时间到现场踏看，一旦有看中的老房子，最难的事是与拆迁商谈价。因为，说浅了是买卖不同心，说深了商人本质是唯利是图。人家知道你要买，第一反应是这房子有收藏价值，才不管你什么保护不保护的说辞呢。这注定了谈价一定是费尽心思，几番斗智斗勇，整个过程内心处于纠结状态。当然，到了三不肯上他会当机立断，咬咬牙把它拿下来。接下来是拆运辛苦。拆老房子前他必先仔细勘查周详，绘制结构和细部大样图并拍照留存；动拆前要给梁架结构、窗格部位及关键部件按图序编号；动拆过程他亲力亲为、爬上爬下，既要拼死力气动拆，又要小心翼翼用力，千般辛苦要吃得下，百般险象要扛得住。为了拆老房子，他买了从半吨一吨三吨五吨直到十吨的葫芦吊，为了老房子安然无恙，他闪过腰、受过伤、流过血。每天到家简直就是个泥人，脱下的衣服老婆恨不得扔掉，因为下到水里全是泥浆。再后来是用心良苦。老房子买回来高兴，但堆在那里揪心，梦想着将它们恢复重建，朝着这个目标他四处寻访请到了河头庄那位老手艺粗料木匠，将买下的老房子所有的木结构逐一整修补残、恢复还原，每天给师傅一百二的工钱，管中饭一顿、香烟一包，这一干就是整整三年。完工时师傅感慨地说："对老房子这样痴情的人我没见过，让我这把老手艺还能派上用场，凭你一颗菩萨心一定能心想事成的。"我对吴建明说："你应该谢谢这位木匠的吉言。"他立马告诉我，这个师傅叫杨怀仁，建五福园我请他全过程参加的，现留在了古建公司。走出五福园时我在想，吴建明还真是个不简单的人，当他收购下这些老房子时，他全然不知道将来能不能把它们原样重建起来，但他坚定执着朝着既定目标迈进，让他终于遇见国裕这样大义智慧的老总成为必然。

吴建明送我出"五福园"时，我被院门两侧两棵苍劲的大树惊住了，我用恭敬的目光驻足仰望时，他向我说起买下北侧那棵大树的故事。四年前听友人说，滨江镇有个被拆迁的村庄河岸边有一棵不知名的古树，暴露于地面有十多条粗逾十厘米的根，树干直径近一米，高十五米以上，少说有上百年树龄。他请上年近八旬的父亲一同去看，搞了一辈子农林牧副渔的父亲说，像是丫青树但吃不准。他去找村干部商谈，村干部说，你如是树贩子劝你不要买，这树上百年了，村里人敬它为树神，好多人家把孩子认给它，给它系红布带，逢初一月半都来烧香磕头跪拜它，你贩去卖了或把它废了，亵渎神灵会遭报应的。吴建明说："我是'古村落保护者'，一定会把它保护好的，请绝对放心。"村干部听了这话回去开村委会，说正担心这树往哪里去呢，既然是移栽保护，就卖了吧。结果以三千元成交。次日他带六个壮劳力去，六天挖了六米方圆、两米多深的大坑，那四十吨吊车没撼动，噗的一声反把垫板压断了，吊车司机差点吓丢了魂，树没吊成给了一千元补贴。隔日请五十吨吊车，吊臂长隔河吊起，运输车未出村遇上一干沟，花上三千元填平干沟，上了路树冠超宽被罚六百元，途中又碰倒人赔了二千元疗伤钱。粗略一算，买树钱加上挖坑、吊树、填沟、运输、罚款、赔偿花去一万八千元，幸好赶在植树节栽下。为确保万无一失，挖树时最大可能地保持原土，用稻草绳密密捆扎；栽下时树坑挖得比根盘大，浇水填实让坑土与原土紧密融合，树干用稻草裹束，润足水保持湿度，上部用钢管打好支撑遭风不会撼动，为保证水源充足，还专门打了一口水井，当盼到大树终于爆出了嫩芽，我这才开始心花怒放。他还说，想想这段经历，我曾一次次地后怕：千般担心的是，万一树神不能成活？我想，吴建明为保全这棵古树他是在与己博弈。

听吴建明说来，最让我好奇的是树神到底叫什么？八旬父亲不认得，拜它为树神的村民不认得。友人周小祥请南京林业大学教授来识别，说这是楷树，又叫黄连树，没有几百年长不到这么粗。镇历史文化研究会的丁正祺告诉他：中央电视台曾介绍曲阜孔庙时说，有一棵楷树生长在孔府里，《辞源·楷》中有"楷，木名，曲阜孔林有子贡手植楷，高四大五尺，围一丈"的记载。据说，书法中楷书命名，也与子贡报师恩种植楷树有关，它摄取了楷树的风骨和文化寓意，有如楷树刚直挺拔、苍劲，树干疏而不屈，可作楷模。我盯着吴建明说得神采飞扬的那张脸在想，收藏这棵楷树他吃了千般苦、花去一万八是他乡愁情怀的使然，当他听说了楷树的文化意义，恰恰让他又多了一份如痴如醉的得意。

院门的南侧与楷树相对称、体量相当的是棵梓树。吴建明说是买的姚王镇司马墩的，树傍着主屋，主人想砌间小屋无奈之下将它卖了，连运费花了大几千呢。这树上百年了，栽在这里，一来寓意紫气东来，吉祥；二来梓里是指故乡，温馨。说到这里他话锋一转：什么时候我请你去看我的“乡土树种园”，就在西边的翁家庄，租了十六亩田，有十多年了。

这让我有点迫不及待。那个星期天一早，我按吴建明说的，从城黄路“翁庄村标志牌”向北不到三里，右拐两百米即是。他已早早在园子门口等我。整个园子用铁丝网围着，通透着与周边的一切融为一体。入口处没设门，路是用拆迁下来的楼板横铺贯穿园子南北，至北头横向贯穿东西，成“T”字形。他说：“用楼板铺地是废物利用，是因租的土地不可以筑硬质路面。”路的两侧与上方用铁丝网围成“门”字形，栽的几十种月季顺着网子已经爬至人高，顶网留着给葡萄藤自由游走。东西路的北侧搭了几间小木屋，小木屋旁错落地修补过的一只只大缸用以蓄水。他见我迈步有点迫切，便领我直奔主题往田里去。于是，他指着一棵一棵已经稀有甚至濒临绝迹的乡土树种向我如数家珍，我能完全记住的有：五谷树是姜堰大泗的，金钩子树是马甸乡下的，三角枫是黄桥吴韩庄的，樟树是分界坚持村的，榨树是宁界苏庄的，红榉树是南沙南王庄的，丝棉树是刘陈筑路丢弃的；我只记住树名的有楝树、青桐树、乌臼树、观音树、臭树、榆树、金檀子、皂角树、枣树、香椿树、黄杨树、丫青树、枸骨树。还有一些我连名字也没记住的一起近四十种。他说，抢救乡土树种我心里有点急，过去提到村庄整治就是砍杂树，现在拆迁修路日新月异就是大树没人保护，甚至无人问津。树跟人一样，死了不能复生，乡土树种被抛弃绝迹了会遭天谴的。离开“乡土树种园”时我在想，乡土树种就是适合我们这个地区的气候条件和土壤条件的物种，是适者生存的自然规律，是上苍的赐予，我们如果不珍惜、不抢救保护好乡土树种，那就是一种大逆不道。吴建明以一己之力扛起这项社会责任是一种远见卓识，试问：我们相关职能部门难道就没有保护乡土树种这份社会责任？

认识吴建明有这么多年，他一次次给我惊喜。我一直在问自己，他如痴如醉热爱的老物件、老房子和乡土树种，不惜花费钱钞，吃了千辛万苦，耗费青春年华，他究竟为了什么又获得了什么？他把老物件捐给了政府那是百姓的，他把老房子建成了“五福园”最终是社会的，他把乡土树栽在“乡土树种园”归还给了这方土地，他所获得的唯有如痴如醉的快乐，快乐在他的乡愁情怀里。

张天勇，师恩伴我行

黄桥决战那年，刘润宝开的烧饼店日以继夜地做烧饼送上前线；建国后，新四军老将军们来黄桥战地重游，都是刘润宝亲手做烧饼送到老将军的手心；刘润宝退休后，曾先后应清华大学、金陵饭店之邀请去做过一段时间的黄桥烧饼。我想，称刘润宝为黄桥烧饼的一代宗匠，该是名至实归。

偏偏是张天勇有这个福分，师从刘润宝做黄桥烧饼十八个年头。1988 年，待业青年的张天勇分配进了国营商业的东进饭店。刚进店的头几个月，他在烧饼间专司摭酵的活计。刘润宝是退休后被留在烧饼间掌管技术质量兼带徒弟的。那天刘润宝全程目睹了张天勇摭完五十斤酵面才走开的，不出多日便将张天勇调至东进饭店第二门市部让他跟在自己身边学徒。从此，刘润宝在张天勇心里留下了师恩如山、终生敬畏的永恒记忆：

凶狠的响子柄。在张天勇的记忆里，徒弟挨师傅的响子柄那是常事。不过，一般不犯大忌的事，师傅只是用响子柄打你的屁股，以示警告。而让张天勇牢牢记住的，是师傅用那黄杨木的响子柄狠狠地敲打了他的头。当然，那次他是真的犯了大忌——是因老酵的事。老酵的操作过程通常是这样的：首先是烫酵，用滚水将面粉搅和成雪花状；然后是凉酵，将烫好的酵面自然凉透，如是夏日需两个时辰；酵面凉透后与一定比重的老酵头相拌一刻钟，再用虚拳搋酵五六分钟。然后是揉酵，揉酵是将酵面揉成条状后抓两头往中间对接，再揉，再对接，如此反反复复揉酵一个时辰，直到酵面表层光滑如镜。那天张天勇偷懒，揉酵才半个时辰就排酵了。师傅操面刀切开酵面一看端面，居然没看到细密的芝麻孔状，而是一片糊状。那一刻，师傅捏住响子柄指节“咯咯”作响，瞬间“笃”的一声落在了他头上。他的手瞬间捂着痛处，顿时就胀出个一半鸡蛋大小的瘤子，直到一个礼拜才慢慢退去。张天勇如今还清晰记得，师傅愤愤的那张脸真有点吓人，狠狠地撂出一句“不按规矩来，给我走人！”

吓人的眼神。凉酵，从做事层面上说，是一道最简单不过的事，这一过程唯一需要的是时间。假如你不给予它足够的时间，酵面会给你颜色看——要么粘、要么酸，要么不虚松。师傅凭经验只要一个动作就能一眼看出凉酵凉得透不透：凉透了的酵用手一抓酵面会立即脱开，朝上的一面呈马蜂窝状，孔有蚕豆大小且大小如一；而凉不透的酵用手一抓，脱开时不利落，会有拉丝状，孔只有黄豆大小且大小不一。那天师傅亲自上案台，是因那与他称兄道弟的何星海事先有拜托，要来买烧饼去给贵宾送礼，于是师傅出于重情义，以防万有一失，偏偏又让他逮了个正着——酵没凉透。张天勇如今还清晰记得，师傅抓的一把酵面是从手指缝里捏挤出来的，那双愤怒的眼睛里的凶光射向他时,犹如那响子柄直落他头上那样的凶狠,那种凶狠近乎于“毒辣”，让他顿时毛骨悚然。从此，张天勇牢牢记住：师傅法眼恢恢，容不得徒弟做事有半点差池；从此，尤其夏日，为了凉酵凉透，张天勇经常与师兄弟搭着装酵面的匾子去附近的巷子口追风凉酵，不敢有半点懈怠。

拂袖而去的背影。刘润宝刚离开东进饭店那年，一家店主“三顾茅庐”恳请他去撑几个月的门面，碍于情面他去了。毋庸置疑，刘润宝往那案台边一站，便是这家烧饼店不挂招牌的招牌。不过，刘润宝有言在先："我站这门面一切按老规矩来，不可造次。"偏偏遇上做豆沙糖馅儿的事。按老传统豆沙是洗出来的：红小豆煮烂了，用清水捏洗，滤去皮壳，然后用布袋脱水。店主图省事主张用石磨直接磨沙，而磨沙与洗沙的粗细、色泽、口感截然不同。刘润宝听话听音，店主是那种一意孤行没有商量的口吻，他什话没说，那张气得鼓鼓、阴云密布的脸充满了怨、恨、怒、骂……于是他解去围裙往案台上一甩便拂袖而去。张天勇如今还清晰记得：师傅拂袖而去的背影那样的大步流星，像是对弈扳回了一场险局后得胜凯旋；师傅拂袖而去的背影那样的大义凛然，令那店主怯生生地投去敬畏的目光。

不完美不罢休的执着。张天勇跟着刘润宝学徒还真见过世面。南京金陵饭店的人慕名而来聘请刘润宝去做名点大师，他一口应允后犯愁了：烧饼是即日发酵次日做，酒店是主随客便立等可取，要能让酵面随机应变，办法从何而来？金陵饭店行政总厨想让他用酵母发酵，他坚决不同意，当即表示：给我三天时间，一定以传统的发酵方法，做最好的烧饼。张天勇跟着同去，师傅凭几十年的经验，估定中晚餐酒席时间各三至四小时，他用错时发酵分一二三批次，每批次设定时间差。师徒同住一室，二人将酵面搬进宿舍，日以继夜反复多批次试验，终于摸索到了错时发酵的秘诀。张天勇如今还清晰记得，师傅说话言而有信、滴水成珠，真是三天三夜几乎没有睡好觉，成功之后他语重心长对徒弟说："好酵才能做好烧饼，黄桥烧饼一旦丢掉了老传统，不仅是丢掉了烧饼的魂，还丢了黄桥人的脸。"

……

我对黄桥烧饼情有独钟，缘自家乡情结。我拜读过顾寄南入选中学教材的《黄桥烧饼》，一任镇长时我主办过首届黄桥烧饼节，镇长离任后我写了《润宝烧饼店》。张天勇跟在师傅刘润宝身边那么多年，接受了太多的耳濡目染，留下了太多的深刻记忆。由此我心生好奇——去追踪张天勇离开师傅之后的人生脚印：

1993 年，黄桥东进饭店企业改制，张天勇和妻子同时转岗。那段时光他没有惊慌失措而消沉，唯一明白的是：天上不会掉下馅饼。他在其他人家当过厨师，因自己做事的原则与雇主的价值观不投，于一年后离开；去泰州二中大门口开了家夫妻烧饼店，却好景不长，面临城区拆迁改造被迫关门；从泰州回来开了熏烧店，惹得呼朋唤友、吃吃喝喝的事多，混生活的却不赚钱便歇了业；受人之邀去南京江宁一家黄桥人开的烧饼店，名曰当家师傅实为打工，将师傅传授的技能发挥得淋漓尽致，把师傅教诲的规矩坚守得有板有眼。当赢得了一方口碑后，便触发了自己的一番思考，然后斥骂自己：落魂在外，为何不回去开自己的黄桥烧饼店？

张天勇回黄桥开烧饼店是经过一番思量的：他把地点选在新四军黄桥战役纪念塔南侧、黄桥汽车站对面，与两家烧饼品牌店相邻。其家人多有反对，他没听，因为这是他三思而后行的决定；他跑去向歇业卸任的东进饭店老经理请教，我这下岗职工开烧饼店是否可以冠名“东进饭店黄桥烧饼店”？那老经理也许是出于愧歉与同情，便不假思索“同意”了这一冠名。没想到，张天勇烧饼店开张当日，工商所接到举报就上门了，说这店名有违商标法有关条款，处以五百元的罚款。张天勇缴了罚款，遂急中生智重新取店名为“天勇永进黄桥烧饼店”，冠以自己的名字，将“东进”改为“永进”，解读为“张天勇要永远奋进”。他发自内心地感谢这张罚单，万事开头难这个大写的“难”犹如上天赐予他的一剂清醒剂：人生的路唯有靠自己一步一个脚印方能行稳致远。“天勇永进黄桥烧饼店”起步时，只有一间门面、一只筒炉、一张案台的一爿店，张天勇每时每刻都拿师傅常说的一句话告诫自己：烧饼好不好吃，是吃的人说了算！生意一天天好起来了，一间门面拓展成两间，与另两家烧饼品牌店并驾齐驱，与新四军黄桥战役纪念塔相互映衬，成了黄桥那个年代的一道风景。

2001年的首届黄桥烧饼节，那是万人空巷，游人如潮，几十家烧饼店齐聚公园广场同场竞技，盛况空前。主办者旨在宣传黄桥、推进烧饼产业发展与招商引资、促进旅游一举多得。而之前向各烧饼店发出动员时，不少业主出于给政府面子只是勉强应允，导致仓促上阵而后悔不迭；多半店主没想到烧饼广场拥挤得水泄不通，买卖烧饼几乎是在人头上交易，一片火爆。而早有敏感意识、有备而至的业主中张天勇是其中之一，他举家老少上阵，那三天三夜几乎是马不停蹄人不下鞍，不亦乐乎地忙得热火朝天，他没想到办节三天他卖了三万六千多只烧饼。烧饼节期间，黄桥烧饼协会会同质监、工商部门和居民代表组织的三轮评比评选中，“天勇”与“为群”“黄桥宾馆”同获“黄桥烧饼优质产品奖”。妻子一乐说：“烧饼节你是名利双收。”他回妻子一句：“天勇永进，就是要一步一步地进步。”

2008年黄桥新汽车站落成，八间门面房以八万元底价公开竞价招租，倾囊只有五万元的张天勇最终以十八万元拍下。租金、装修加上添置设备，他是背着沉重的债务举步的，以烧饼店为主业，兼营小旅馆、小吃店，但还是连续两年亏本经营。第三年随着周边人气旺起来，生意便好起来了，他随机应变调整经营思路：关掉小旅馆、小吃店，扩大烧饼规模，以办培训班与之相辅相成，走产业发展的路。他与员工同甘苦，以实绩论英雄。从酵面上了案台到烧饼制作的全过程流水作业，每道工序一道压着一道做，从速度、质量看动作的规范与熟练程度；他常与一年满期的徒弟技术比试，徒弟保质保量速度超过师傅的，每有一次当月工资加五百元；他对刚入门的徒弟每月考核后调换一道岗位，每道岗位都能一次性考核通关者优先留用；他在用料的优质优选上，身教重于言教。从面、油、糖主材到各种辅料的选购专人负责，向员工公开透明、接受评判与监督，并列为员工培训的专门一课；他经常向员工讲述师从刘润宝学徒时的故事，旨在教育其如何继承与坚守传统规矩。店里招了名二十多年工龄的师傅，此人在烫酵、老酵上越过传统走捷径，还声称烧饼照样能卖掉。他没有高谈阔论，而是面向全体员工上公开课：他与这名师傅各做五十斤面的烧饼，现场比试，接受评判。结果因其酵面、技艺上的差别，他在烧饼的色泽、层次、饱满度及数量、口感上全都优于对方，终让这名师傅心悦诚服。正是张天勇一步一个脚印的不懈努力，历经六年的苦心经营，实现了自我跨越：从每天做五十斤面到高峰时做四五百斤面，员工从四五个人增加到二十多人，培训班累计培训学员六百余人。

张天勇跟随师傅那么多年，骨子里积淀了特别的烧饼情结：只要是为黄桥烧饼争取荣誉的事，他总是表现出一种全力以赴、志在必得的执着。2004 年江苏名特优农产品展销会在上海虹桥农展馆举行，由市发改委推荐，张天勇率员参展，在人潮蜂拥的现场现做现卖，居然出人意料地火爆，一片“阿拉”声中向来自负的上海人个个都翘起了大拇指，案台上三人迅速增至八人依然供不应求，获得优秀参展奖。在江苏南京农产品的博览会上“天勇”与“为群”“黄桥宾馆”并驾齐驱全获金奖。张天勇率员参加中国（江苏）国际餐饮博览会，黄桥烧饼被授予“中华第一饼”的殊荣。见到那块金光闪耀的匾牌时我想，如果是黄桥人自称黄桥烧饼是“中华第一饼”，那是自吹自擂，有狂妄自大之嫌，而这官方的国际博览会冠冕堂皇授予的殊荣，是归于黄桥这座千年古镇的荣耀，是所有黄桥人的光荣。

2011 年，张天勇被认定为泰州市级非物质文化遗产“黄桥烧饼制作技艺”代表性传承人。2018 年，他注册成立了“江苏天勇黄桥烧饼文化发展有限公司”，集烧饼标准化生产与非遗传承培训为一体。2020 年，张天勇被评为江苏省乡土人才大师示范工作室领办人，同年被认定为江苏省非物质文化遗产“黄桥烧饼制作技艺”代表性传承人。我了解到，非遗传承人的认定由地方政府推荐，认定过程是：本人作非遗项目历史由来简介，现场进行制作技艺演示和传统制作工艺流程介绍并接受面考，然后进行非遗传承书面考核。全过程由专家组逐项考核打分评定。而在社会层面上，对于非遗传承有一个理解的误区：不少人把“非遗传承人”视为一种荣誉与光环。我以为正确的理解是这样的：民族的、民间的传统技艺是宝贵的历史文化遗产，必须加以保护传承、发扬光大，这是非遗传承人的使命与担当。那天我与张天勇的一番交谈中明显感觉到，他那压力山大的负重感与不辱使命的责任感交织着，凝结成了一种坚韧与自信。

我与张天勇几乎是一代人的年龄差，我以一种近乎于长辈的口吻问他：“你作为非遗传承人，如何不负父老乡亲的众望，好好作为、天天有为呢？”于是他向我娓娓道来：自2020年，省里组织非遗美食、红色文化进校园，先后去了省内十所大专院校演示、讲课，与学生交流互动，推广宣传黄桥烧饼。现在镇区内开设五爿店：镇政府对面广场四间五层是“江苏天勇黄桥烧饼文化发展有限公司”本部；汽车站八间门面集堂食、展示、销售、培训于一体；在黄桥战役纪念馆接待中心设生产销售一体化销售点；在丁文江纪念馆开设土特产超市；为助推旅游，在米巷刚新开“红满天”烧饼店。“红满天”出自陈毅诗句“十月红旗满天飞”……

也许是经不住“红满天”这颇有诗意的店名所诱惑，那天下午我去了位于米巷西端的“红满天烧饼店”。四间老屋的店面，西两间筒炉、案台、柜台依次排开，与店堂横向各占一半空间。一对中年夫妇游客正在柜台前买两盒烧饼。东两间陈设几张做旧的条桌长凳，东墙上挂的“黄桥烧饼好出名的”书法匾额，是毛主席晚年的生活管理员吴连登所书。常有人问我，毛主席真说过这句话吗？我告诉他们，确有其事且真实可信：有一天清晨，毛主席通宵达旦工作后在中南海散步，警卫员陈长江紧随其后。毛主席问："你哪里人啊？" 陈回话："江苏海安人。" 毛主席说："当年陈老总在那一带打过仗，黄桥烧饼好出名的。" 2001年11月，我们特邀陈长江参加了首届黄桥烧饼节呢。

我站在那块书法匾额前与它对视的那一刻，心里感慨着想：历史见证，黄桥烧饼好出名的！见证历史，黄桥烧饼还是好出名的？！这，要靠我们黄桥一代一代的业内和业外的仁人志士不懈努力，共同珍惜和维护这份荣光。我们应当共同记住《论语・泰伯章》中曾子说的一句话："士不可以不弘毅，任重而道远。"

丁文江纪念馆

“黑松林”的“胡大生”

胡宏，是20世纪末黑松林粘合剂厂从人才市场招录的第一个大学生，身边的同事就喜欢叫他“胡大生”。一眨眼，胡大生走进黑松林已整整二十五年，而今年近半百的他已华发初生。

我与胡大生算是有缘。我比他走进黑松林早两个月回黄桥当的镇长，真真切切地说，他在黑松林一路的人生脚印，我几乎历历在目。

1998年7月，他携南京农业大学“优秀毕业生”证书，走进市人才市场寻觅就业单位。因常看到黑松林粘合剂的墙体广告，特别是暑假正好看过《一个厂长与一个囚犯的故事》的纪录片，对黑松林厂长印象深刻，加之老家横巷位于黄桥镇区的南郊，符合就近就业照顾父母的初衷，一种自然而然的亲切感的驱使，令他投送了自己的简历。在约定面试的日子，那时被称呼为厂长的凯哥亲自接待了他。凯哥刚出差回来，出差途中从就业推荐材料中知道他在校期间组织过几次活动，求职信上的文字简练，笔迹工整，经过简单的问询，凯哥就爽快地约他上班，月工资600元。事情就这样简单：凯哥的“爽”，正因为胡宏是“优秀毕业生”，加上组织能力和文字水平合上了凯哥看重的“点”。

1998年8月17日一早，胡大生正式报到上班。那时的厂是在原镇办企业基础上改制而成的股份合作制企业，企业名称由原来的“扬州市强力粘合剂厂”改名为“江苏黑松林粘合剂厂”，厂区几间水基胶车间是二层小楼，其他建筑物全是老式平房，电脑没有一台，打字文印靠社会服务。刚上班，一切都很陌生，没有办公室，没有确切的岗位，没有固定的任务，也没有具体的工作要求。凯哥安排他暂坐在技术科，把自己撰写的《一般企业的不一般发展》几篇管理文章，让他在誊写中了解企业的情况。

胡大生在家排行老幺，原本想谋求一个营销员岗位的。一来可以走南闯北，见见世面；二来收入也许丰厚一点，可以改善家庭经济条件。母亲是地道的种田人，父亲虽然是肉联厂职工，但架不住姐妹兄弟三个学费吃喝耗用。在宁上学期间，他尝试着贩卖过电话磁卡、香港回归纪念册，与同学一起包租过假期返程的长途汽车，以补贴自己的伙食开支。不过，贩卖香港回归纪念册并没有攒到什么钱，反而因算账疏忽而略有亏损，在领取人生第一笔工资后，他拿出其中一半给当时合伙做“生意”的周同学。让我看到的是：事情虽小，恰恰是一种重情重义；让他自己记住的是：人生不易，只有经历了才知道。

初来乍到的日子，胡大生以满腔的热情担起满负荷的工作。他给货车驾驶员押过车，给货车上过货，在黄桥和泰兴城区做过107胶的市场调查，手写了几千字的市场调查报告，也核算过营销员和驾驶员的差旅费用。因为学校考虑学生就业，在毕业季安排了一学期的企业管理类的课程，被评为优等的毕业论文也是会计电算化在企业应用方面的探讨，对企业管理有点基础认知，到厂后在凯哥的影响下也自学过一些管理的课程，在原来《奖惩20条》的基础上编制企业的《奖惩条例》《保密实施条例》等基础规章制度也就驾轻就熟。后来凯哥安排他到办公室工作，编制修订企业的规章制度，整理汇编学习材料，参与商标管理，监督基础设施建设，完善企业的环评手续，协助申报多项科技成果，也常给凯哥做些文秘工作，挺多挺杂的活儿常常让他应接不暇，也让他的满腔热情得以释放。他说，这首先是一种工作服从，也是黑松林自然状态的工作氛围感染下的一种工作自觉。

凯哥接手黑松林厂是企业的危难之时，而胡大生入职黑松林是在企业转制发展的时刻，他人生的成长与收获紧随着企业克难求进的脚步。

2000年的时候，他参与了企业股改私的改制全过程。企业成为了纯粹的私营企业，他由非股东员工成为私营企业的正式员工，享受到企业所有的福利待遇。他看到了，黄桥镇原有的十几家镇办企业没有倒闭、幸存下来转制为私营企业的只有两家企业，正是改制前凯哥主政的黑松林和他兼任厂长的电器厂这两家。他说，不仅让我看到了改革开放大势下企业生存的艰难与不易，更让我看懂了员工与企业的关系是共生存同命运的关系。

2000年7月，胡大生被任命为办公室主任。也正是这一年，凯哥从某机关回收了两台淘汰的康柏电脑，一台用于财务开票，一台用于文字处理。他在学校接触最高级的电脑是286，应用的文字处理软件是DOS系统下运行的老版WPS，康柏虽然是人家淘汰的电脑，但安装的办公软件是在Windows系统下运行的Office，一时弄得他手足无措。好在有一些电脑操作的基础，本想不懂就问，但那时电脑并不普及，网络也不像现在无所不能，身边同事更是一无所知，于是静下心来自己琢磨，所以到现在为止，他对Word、Excel和PPT的有些操作仍然不太规范，内行人一看就知道是野路子出身。这个时候他又多了一份兼职打字员的工作，后来增值税发票要求电脑开票，他成为厂里第一任开票员。他深深地感慨，自己虽然被身边的同事们冠之为"胡大生"，就电脑这件事给我的人生提了醒：学校的毕业证书仅仅是学生时代的一个句号，却又是人生阶段的一个逗号，学无止境才是人生的正道。后来，厂里淘汰了康柏电脑，买了宏图三胞电脑，链接了互联网，并在外力的帮助下注册了域名，建立了企业自己的网站，他开始有意识地在网上寻求胶粘剂的相关需求信息，成功联系到温州和宁波的两家外贸企业，在凯哥的亲自考察对接后最终做成了生意。后来，企业官网的维护更新、微信公众号的制作推送，以及《黑松林》内刊的图片排版编辑都成了他的家常便饭。

2001年初，黑松林开始引入IS9001质量管理体系，胡大生兼任体系内审员，担纲企业的质量管理手册、体系文件和所有的质量记录等的编制，并协助管理者代表推进体系运行。虽说工厂之前引入过全面质量管理，但用全要素的管理体系保障产品质量，不仅要在组织架构上满足资源保障的要求，还要全员参与应用系统的管理方法，工作难度和工作量是一种高要求的攀升。在辅导老师的指导下，他从头学起，一切从零开始，一边学习理解体系要素的具体要求，一边尽可能根据企业的运行实际，分析每一个流程，理顺每道工序，确定每一个程序，设计每一张表格。辅导老师有限的几次现场辅导且行色匆匆。有一次为赶完辅导老师布置的任务，他经历了到工厂的第一个通宵达旦，二十多年过去了，他说那场景仍然历历在目：初夏的夜晚万籁俱寂，蚊虫肆虐，办公室外偶然的声响绷紧我紧张的神经，自然而然冒出一些光怪陆离的故事，心头一颤后赶忙收拢游移的思绪，集中精力继续夜战，不知不觉已东方破晓，遂到卫生间冷水洗把脸抖抖精神迎接白天的工作……

留在胡大生记忆中，像这样的通宵工作还有四次。一次是申报江苏省著名商标，一次是申报国家免检产品，一次是申报高新技术企业，还有一次是申报中国企业联合会和企业家协会组织的企业文化成果奖。他记得那时北京已经供暖，白天经专家的指导，晚上到旅馆通宵修改，因为携带的笔记本配置不高，CPU高温后老是停滞，无计可施只好把电脑搁到窗外自然物理降温，待电脑稍有反应后再拿回室内继续开干，如此往复，终于次日上班前完善完整篇成果材料，如释重负。

胡大生非常感谢这些历练。他感谢那大半年之久的质量体系认证工作，终于在“9·11”事件发生那天，黑松林顺利通过了IS9001质量体系认证。对此他说，整个过程让他感受到了一分耕耘一分收获的体验，不仅使他了解了工厂运行的基本机制，理顺了企业运营的基本流程，更重要的是让他养成了体系思维的习惯，这对他以后的工作帮助良多。

2004年夏天，与黑松林已建立生意往来近两年的温州某外贸公司要求为其新产品设计彩印标贴，事情摆到了胡大生面前。这之前，凯哥一直聘用黄桥中学退休美术老师沙延海先生，其美术功底深厚，为人谦和，为厂里设计过大量商标图案、宣传海报和墙体广告，按说此项设计应不在话下，不过客户提出了电子版本的要求，不仅像素要求高，一定得是可编辑的电子版本且催要很紧。这可把一直以手工画图的老先生难住了。情急之下，胡大生涌动起一股跃跃欲试的犟劲。他请来精通电脑软件的朋友给安装了Photoshop软件，并通过电脑搜索引擎搜索相关操作知识，可现实操作起来还是碰到了很多困难，经过多次请教专司广告设计的何鸿如先生几次拨开迷雾的点拨，让他豁然开朗，不仅圆满完成了客户的指定任务，而且领略了平面设计的无限风光。自此,他又多了一项乐见其成的工作,企业所有的LOGO标志、广告样式、宣传海报、新产品宣传册、包装标贴、制度标牌的设计制作成为分内之事。黄桥历史文化研究会在黑松林举行20周年纪念会，他揽下LOGO、20周年标志、会标、背景的设计活儿。2017年，他利用业余时间设计的某市运动会标志被评为一等奖，获得了一万元的奖励。他说，学会电脑平面设计，个人平添了一项技能，带给自己一份工作的快乐，心里领受的恰是一种人生价值。

凯哥在黑松林企业克难求进的成长发展中，凭着“以软补硬”的执念，致力于企业文化建设提高企业核心竞争力，总结提炼出心力管理的概念和模式，在这个艰辛与荣耀同在的过程中，胡大生被任命为总经理助理，成为黑松林团队的重要一员，他的经历和历练一定是他人生中宝贵的财富。

二十年前，凯哥开始将多年来在全国各类报刊杂志发表的文章结集出版，倒是近朱者赤，让胡大生成为了不俗的写作者。

凯哥写作的刻苦与坚韧相伴着黑松林的发展历程，其几乎所有作品都与黑松林密切相关。第一部由南京出版社出版的《黑松林，我的太阳》，胡大生只负责收集书稿，将纸质版的文稿转化为电子文档。其他八部著作，包括即将重新编辑出版的《心力管理》，他参与了与出版社对接、校对等事务，包括开本、纸张、封面等，其中他设计了散文集《心是一棵会开花的树》的封面。其整个过程唯校对工作量最大，多为下班后在家里校对，每晚只能校三四十页书稿。他把这繁复的过程视为斟字酌句的读书，受到感染便开始写点东西，为企业发展鼓与呼，部分管理类文章和消息通讯见诸于《中国化工报》《中国企业家报》《企业文明》《中外企业文化》《经营与管理》《江苏省安全生产》等报刊杂志，多篇征文获得国家、省、市奖励，两度获得中国化工行业好新闻三等奖。这让我想，胡大生做繁复的事不厌不倦反生动力，这样的人生状态，一定未来可期。

凯哥用心血成就的《心力管理》开了九次专题研讨会，去各地作了上百场的推广演讲，企业文化得到了蓬勃发展，那全部的过程，胡大生是紧随帮衬，且收获满满。

自2010年凯哥的《心力管理》出版，此后的每一年，黑松林都举办一次心力管理研讨会，一直办到2019年的第九次。一方面心力管理的理论与实践得到了国内很多专家的肯定和认可，具有推广和应用价值，同时也是凯哥执着坚韧的犟性格得以充分显现。胡大生在全过程参与、全过程的忙碌中收获颇丰。他除了专家的接待接送、会务的准备、专家材料的收集、嘉宾致辞的撰写、照片的拍摄、专家发言的整理等，还要负责大环境的整治布置。他说，通过这九次研讨会的全程忙碌与聆听，我对心力管理有了更多维度的理解，也见识了国内顶尖专家治学的严谨，长知识开眼界获益匪浅。

自凯哥受邀走进清华大学讲堂演讲心力管理之后，先后走进各大院校、社团组织、机关企事业单位演讲推广心力管理不下百次，全都是胡大生紧随帮衬。其最要紧的事是，每次都必须制作和修改PPT。凯哥严谨又认真，每次的演讲稿必围绕主题反复推敲、修改、完善，坚持每稿必改，每稿必新。为赶上演讲之用，不分早晚地加班加点成了家常便饭。凯哥时隔十二年第二次应邀登上江西理工大学MBA讲台，六个课时的PPT共做了九十九个页面，凯哥反反复复修改，他是日以继夜忙碌。他说，我没有系统学过PPT制作，我要感谢这样一个不断学习、反复制作的过程，心力管理的构架与内容几乎让我烂熟于心。

自2019年6月5日，黄桥历史文化研究会成立20周年纪念会上将《黑松林与心力管理》作为研究课题立项，凯哥指定胡大生担纲此书的撰稿人，让他为心力管理忙碌了三年有余。因为研究课题未作具体定位，初稿的立意为心力管理创建历程与理论资料汇编，后经多次研讨，重新定位此书为理论紧贴实践的研究性专著。2021年春节后，研究会与凯哥统一思想，决定邀请南开大学王学秀教授及其团队和胡大生各自撰写相关章节，最终由王学秀教授担纲统稿。2022年11月初，《黑松林与心力管理》经专家座谈会审稿，由上海文艺出版社出版，胡大生列王学秀之后为第二作者。让我在想，胡大生十多年为凯哥传播心力管理付出的辛勤劳动与他自己意想不到的这一收获，是一种对应关系，合了舍与得的佛家之说。

自《心力管理》出版后的2011年，黑松林的企业文化开始蓬勃起来。这一年，第一次心力管理研讨会在连云港召开；这一年，企业文化展览厅和职工书屋建成；这一年，清华大学张德教授第一次来黑松林考察调研；也正是这一年，《黑松林人》季度内刊正式创刊。应了“万事开头难”这话，《黑松林人》创刊是艰难的。对于胡大生来说，是摸着石头过河，苦恼的是除了凯哥的文章外全靠自己采写，收集到的资料也是东一榔头西一棒的凑合，加之他当年的平面设计水平有限。好在后期正文排版编辑的老师帮助，总算在凯哥规定的时间内完成了第一期出刊工作。后来，他慢慢摸索出了一套流畅的采写、编辑流程：根据栏目设立不同的文件夹。如企业有新闻价值的事情发生，第一时间写成新闻，与拍摄的照片分别收集至“新闻报道”和“彩页”文件夹；看到有价值的材料或凯哥推荐的材料，及时整理收入“黑松林学苑”或“市场观察”文件夹；及时收集专家、学者、媒体对公司有益的文章，第一时间收集至“林外之声”文件夹。出刊前将文件夹打包给编辑老师，然后电子版交凯哥审阅定稿。我是知道的，胡大生每次采写或收集整理文稿，从不分上班、下班时间，全都是在第一时间内完成。我问他，办杂志辛苦？他说，苦在其次，责任尤大。时至今日，《黑松林人》已经出刊 45 期，成为了黑松林企业的文化品牌和黑松林人的精神家园。在我看来，对于主创人之一、执行主编的胡大生而言，是一件可以引以自豪的事。

在文章的开篇我说，胡大生在黑松林一路的人生脚印我几乎历历在目；写到这里我说，胡大生这二十五年走过的脚印是坚实的。《黑松林与心力管理》的写作过程，胡大生与南开大学王学秀教授有过持续的沟通、联系、协助和合作。应我之请，王学秀教授写给我一段对胡大生的评价，除了说他“具体写作过程呈现了比较好的专业水平和写作能力”，我以为最为贴切的一说是：“从好多事情处理过程中，从胡宏身上都可以看到鹏凯总的影子，也就是说，在做事认真、细致周到、对人真诚这个层面上，鹏凯总对胡宏的影响是非常大的。”我想，王教授的这一说，不仅是我，黑松林人都会认同。这是因为：

其一，凯哥对他的工作要求极其严格。有些工作有理没理推给他做，略表不同意见亦自感有点委屈，还落个“碰到困难皱眉头”的骂名，凯哥一句“办公室就是个大箩筐，什么东西都要往里装”，有事便名正言顺归到办公室名下；有的专业性强的工作，如“推行标准化良好行为企业确认工作”，一句“胡宏会电脑”的建议，这项系统工作便成了他分内之事；《黑松林人》越办越好，每当他沾沾自喜时，凯哥会说“没有最好，只有更好”，然后对刊物提出更高要求，迫使他停不下步来；跟随凯哥第二次去江西理工大学讲课，制作和同步演示六课时的 PPT，紧张工作之后的当晚他早早休息了。回程的车上，凯哥对他提出两点批评：没有在第一时间整理出新闻资料，没有拍摄到满意的照片。他服了凯哥的严格要求，乐意地满盘接受。

其二，凯哥对他的影响着实深刻。他常跟凯哥出差，每次日程都安排得满满当当，几无半点闲暇，自认为能吃苦的他，常自愧精力比不上一位七旬老人。有回坐夜车去京，两人染上了病毒性感冒，全身酸痛得连坐着的力气都没有。即使这样，二人马不停蹄完成了既定计划。从京返程后，他想终于可以稍作休息了，可凯哥刚下火车又坐上汽车，去上海拜访客户去了。他为工作上的事曾与凯哥争执过几次，加之不断增加的工作和生活压力，2011 年前后他便有了离职的想法。凯哥觉察到他的异常。那次从美国参加世界胶粘剂大会返回国内时，凯哥特意安排他到京接站。从京返程的火车上，凯哥与他长谈了自己的成长经历、人生故事：从小吃苦长大的高中生，通过自己的刻苦努力，不仅将濒临倒闭的镇办小厂办成了行业内知名企业，而且著作等身。特别是每天凌晨三四点钟就起床读书写文章，从不懈怠。他说：“刘总身上体现的无论是对工作的态度，还是对事业的执着，包括持续的学习力，都对我们影响甚大。”

其三，凯哥给他的温暖充满激励。他工作仅两年，就被委以重任，任命他为办公室主任。凯哥说，“我看好他的工作态度和工作能力胜任这个岗位。”鼓励支持他参与《黑松林与心力管理》和《中国百年化工发展史》“胶粘剂”章节的编写，主张将他列为《黑松林与心力管理》这本著作的第二作者。凯哥说，这事与王学秀教授有过商量，一致意见：一是首肯他的付出与贡献；其次，也是激励他在写作上不断精进。这些年来，在他操持婚事、购买住房、女儿上学、父母生病等人生和家庭大事上，凯哥都给予了关心和帮助。凯哥说的一句话我很欣赏：一定意义上说，下级的工作激情是上级温暖来的。

我写“黑松林”名曰“胡大生”的胡宏，正是中秋刚过的秋天，他也恰好正是迈入秋实的年岁。他自己说“恍惚间年近半百，大女儿即将走进高校的大门，小女儿刚刚就读小学二年级，人生也常常生出许多的感慨和感叹，为成长、为未来、为企业、也为家庭，加油！”我想对他说，拿我凯哥来比照，到他这个年岁你还拥有二十多年的韶光，像你现在的努力状态，真的未来可期。加油！

母亲的烟摊

兄弟几个相继到了上学的年龄，靠父亲的那点工资已难以维持全家的生计了。

母亲当这个家真是不易，常常外出找零工做，起早摸黑地去做苦力。最使我不能忘怀的，是在春寒料峭的日子，她在父亲所在的中盐仓库洗那装盐的麻袋，河边上一层锯齿似的冰冻，买不起高筒的橡胶鞋穿，就赤着双脚站到冰冷的河水里，用毛竹丝扎的刷子洗刷那沾满盐霜的麻袋，刷了外面反过来再刷，然后一次一次地拎起在水里翻跟斗，一次一次地提出水面淋水又放下，最后拎起淋水后摊到河岸的斜坡上去晾干，这样洗干净的一根麻袋的工钱是三分钱。母亲说，刚站到河里水是刺骨的，脚是麻木的，你别理它，奋力去洗刷，洗刷完三根麻袋后自然而然慢慢会暖起来。母亲晚上回到家，小腿以下被带盐的河水浸泡得红彤彤的腌痛，父亲用热水给她浸泡，擦干后涂上一层蛤蜊油。孩时的我天真着想：父母每天不吃早饭为什么不饿？母亲为什么那样去挨苦还那么来劲？长大后方才懂得：父母是迫于生活的无奈，是负载着生活的重压而吃尽了苦。

住在南坝桥下的那段日子我刚上了小学，老是见着母亲痴痴地在那里发呆，是在想着什么？想得眉头紧蹙着，久久放不下来。我只是傻傻地看着，不知所然。直到曾经几回，上课上得好好的被老师叫出课堂，令我回家拿欠缴的学费。当我心里委屈着、母亲眉头紧锁着相对无言的那一刻，我才若有所思：原来，母亲痴痴发呆愁思着的，不就是让儿子去念书又没钱缴学费，让她愁积眉头吗？

也许，真的是天无绝人之路。就是有一回老师令我回家拿欠缴的学费的那天傍晚，在合肥食品公司工作的姨母来信了，信中说："合肥这么大的城市，卖肉没有合用的斧子，请妹妹到珠巷那袁家铁匠店定打二十把斧子，辛苦一趟送来，来回的盘钱单位报销，外加酬劳费。"姨母是知道的，过去外婆家天顺昌肉铺用的斧子都是在袁家铁匠店定打的，祖传的手艺，斧子钢口好淬火亦好。这让母亲兴奋得眉头舒展开来："这趟差事正合了我的主意，拿的'跑脚钱'我扤上几十斤安徽旱烟回来，上大石桥街头去摆烟摊。"父亲跟着兴奋应和着："不错，东大街那裕泰和茶叶店，从老板到伙计都是抽安徽老家的旱烟，当地种的烟叶，烟丝黄澄澄细嫩嫩的，味道柔和，抽起来带劲，一定好卖。"

这是母亲头一回独自出远门。为省钱她不让父亲送她到无锡火车站。父亲犟不过母亲也就作罢了，他知道母亲会有办法。那天一早，母亲背负着那二十把斧子，拖着六岁的德弟上路了。不管父亲打包时用心良苦考虑得如何细致周到，不管用布裹包着棉絮的那根宽带如何柔软养肩，可担在母亲九十多斤身躯肩上的是一百多斤的重量，母亲竟然还是一脸的轻盈。因为，母亲背负的那是上街去摆烟摊的本钱，是让儿子去念书的学费，是这个家未来的希望。出了家门，母亲背负着走了二里多路，赶上头班汽车去了无锡，下车后背负着从长途汽车站赶到公交站台，挤上公交汽车去了火车站，直到夜里才登上去合肥的那列火车。母亲迎着冬天的凛冽寒风走过了一路：天地冰冻着，内衣湿透着，心里热乎着，一步一步颤抖着。

夜深了，火车上的人们一个个和衣而睡了。母亲没睡，奔波劳累一整天早已困了，却没有一点睡意；正对座的那位军人没睡，还在专心致志地看着书；德弟肚子饿，身上冷，让他入睡不能。不能苛求一个六岁的孩子忍住饥饿寒冷的，德弟也是憋不住了，才哭出声来：“妈妈，我饿，我冷……”母亲心疼着紧紧地搂着德弟摇晃起来，轻轻地哼起了摇篮曲：“我的宝宝，学习解放军，不怕饿来不怕冷……”这么一来，倒让那位军人猛然从书中回过神来，一把将德弟拉进了他的怀里。这一夜，德弟先是吃着从未沾过味的饼干，然后就在那温暖的怀里睡着了。下了火车,那位军人替母亲背负着那重重的行囊出了火车站，攀过了天桥，一直送到了去姨母家的那个公交站台，送上了公交汽车，才与母亲相互挥动着手。那一刻，母亲是流着眼泪的，是感恩那位军人的帮助，是感恩艰辛之中的幸运。

母亲是头一回去合肥姨母家。那时候姨父患肝癌去世快一年了，姐妹俩久别重逢各自历尽艰辛，说了整整一夜的话。姨母猜得透母亲的心思，次日一早便叫上家庚姨哥同往，一起去了阜阳县城，找到了那家烟丝厂。都会抽烟的姐妹俩在烟丝厂门市部柜台前二话没说，捏起一个烟球往那旱烟袋头上一按点燃，你吸一口我吸一口品起味来，姨母频频地点着头，母亲一脸的大喜过望。

买旱烟的事如愿以偿了，不顾姨母一家的再三挽留，母亲还是迫不及待地回来了。回到家当晚，母亲与父亲又是说了一夜的话。头桩事是母亲口述，让父亲写了封信寄去部队，感谢那位军人的帮助。母亲惊奇着告诉父亲“说了也许人不会相信，买的这么多旱烟与背去那二十把斧子几乎是一样的重量，上下火车背那么远的路全是我一个人背的，背在身上就没觉得它的重，一定是外婆她保佑我！”每临大事母亲都会祈祷外婆保佑，外婆是她心中的神，说“婆婆保佑”成了她的口头禅。母亲有所不知，人在特别亢奋的状态下力大无比会超出自己的想象，到达不可思议的程度。

那天天不亮，父亲母亲就忙乎开了。母亲忙着烧一家子的早饭，第一个被叫醒的是春哥。“春儿起来，自己看钟，念半个小时的书再吃早饭。”父亲像忙一桩盛大开业：把那只过去姨父家晾肉松的圆匾子刷得一尘不染，是给母亲摆烟摊盛烟丝的；又给那张小板凳绑上块棉垫，让母亲坐着稍稍舒服点也少一点寒气；再将那杆盘秤擦拭得铮亮铮亮的，使母亲看秤星时不致模糊不清。我隐隐感觉到，母亲上街去摆烟摊，父亲似乎有一种说不出的感激和歉疚。因为，母亲为了这个家，去面对的是街头无遮无挡的天寒地冻。

母亲上街去摆烟摊的日子恰逢三九时节。她是迎着吼吼的寒风出门的，烟摊的位置选在十字街口东进饭店大楼朝北的路边，恰恰那地方是阴山背后、西北风的风口，而母亲看中这里市口好，是粮食自由买卖的集聚地，买粮卖粮的全是周边乡下种田的爷儿们。母亲从天顺昌的二小姐，历经岁月风霜的洗刷之后，倒是有了点做生意的胆识。烟摊一摆下来，就不断有握着旱烟袋的爷儿过来问这问那。母亲便爽朗一笑，捏个烟球往那烟袋里一按，说：“尝尝看，去安徽姐姐那里扤回来的，价廉味美！”乡下爷儿都朴朴实实的，不会白尝你的，围观尝尝的人多了，生意自然而然就上门来了。

那年一个隆冬，母亲每天都直面呼呼的北风守着烟摊，手脚被冻得麻木，脸的肤色变成了铁青色，唯有心是热乎着的。到快过年的时候，母亲扤回来的上百斤烟丝竟然就卖光了。这年过年真是过大年了：母亲比往年多称了几斤肉，腌了咸的猪脚爪，鲢子鱼也多买了两条；年三十的夜里母亲给兄弟几个的枕头边放了每人一只桔子、两块糖；正月初一早上母亲在蒸馒头的锅里蒸了一大碗亮晶晶的红烧肉。在我童年的记忆里，这是一个破天荒的年。

在我记忆的深处，从母亲摆了烟摊，我上课时再不用担心老师会叫我回家去拿欠缴的学费；每天晨起，我见着父亲母亲吃上了粯子粥搭着萝卜干的早饭；下河洗碗，我会看见水面上飘出片片油花……这让我老是想，母亲当年拿定这样的主张，是一种面对困境的从容，是一种不向周围祈求的大气，是一种看得很远又超乎寻常的高度。

母亲去十字街头摆烟摊开弓没有了回头箭。

那年春节一家人虽然过得前所未有的欢天喜地，而母亲还是满脑子想着她摆烟摊的事。正月初一当晚，母亲让父亲根据她的想象和描述画了张草图，与父亲合计好的，请日杂仓库的竹匠，那个大胡子刘师傅定做一辆烟摊小推车；春节一过，母亲让父亲去工商联找人办了“摊贩证”，有了证就可以到公家批发到“老宝成”的旱烟；正月初五财神日母亲就上了街，她将烟摊的位置挪移到十桥路与东西大街交会面朝东南的拐角处，与那铜匠天宝、卖铜器的老江和拔牙的何郎中为邻。

不能不说母亲凭想象去请巧匠刘师傅定做的那辆烟摊小推车是一种从长计议。那刘师傅颇费了一番心思。按那草图示意，烟摊车的顶面设一台阶后高前低，便于烟包的陈列出样，顶面前沿挂一块横板，出摊时支撑平展开来拓宽了出摊的面积；顶层下面可放置烟箱及其他随带物品；底部安装有四只木轮，便于母亲早出晚归推着省力。每当我一想起这辆烟摊小推车，能让我惊出一身汗来，是它陪我的母亲在风霜雨雪、酷暑严寒中度过了二十个年头。

不能不说母亲将烟摊挪移到十字街口的拐角处还能占了一席之地，是种有胆有识。母亲选定的这个摊点位置，首先是看准了这里市口绝好，并且迎面朝阳，后面是姨母家太仓肉松厂曾经的那幢小楼，风水上叫作后有靠山，冬天的西北风不会那么激烈，无疑是摆摊子做生意的风水宝地。然而能在这风水宝地立下足来占有一席之地的人，都是非等闲之人。

那铜匠天宝是个能工巧匠。他力大无比，浑身的肌肉一堆一堆的隆起，挑担行走时手上盘两只八斤的铜球，一直保持飞旋状态且互不沾边；傍晚时耍那三四十斤的石锁玩得花样百出，围观者众。他那双巧手真的令人刮目相看，给大锁配把钥匙，从下剪拿坯、开槽锉齿、修正调平到伸进锁孔一开就灵，在他手上几乎是一种风轻云淡一玩而过的事。然而，铜匠天宝既是条憨厚的汉子，又像江湖上的侠客，不怕谁也不让谁的，凭他一副铜匠担子养活一家六口，谈何容易。

那卖铜器的老江哪怕是笑着时两眼都不肯正视人，冷冷的有点吓人。老江的摊位不大，卖的铜器物件琳琅满目，铜勺、铜铲、箱扣、铰链、帐钩、手炉、汤婆子、水烟筒等全是实用器，在黄桥这座商贸古镇竟是独行。因为独行，一般还不让讨价还价，说一套一套的道理给你听，有那种姜太公钓鱼愿者上钩的傲气。有人悄悄说他过去在江湖上混过。我有点不解其意，问过几回母亲，母亲却从不作答，最多一句“伢儿家不该问的不要问”。

那拔牙的何郎中的摊位占的地盘最大，两块大铺板搁的。案面上并列两只大白瓷盘，一只瓷盘里排列着拔牙的钳、刀、拨、镊、钩之类器具，另一只瓷盘摊满了他一手拔的那些血迹斑斑的蛀牙，最显眼是那只行医的红十字皮箱，敞着口全是针筒、麻药有序排列着，皮箱下压了块嵌边布幡，书有“祖传医术，手到痛除”八个大字。何郎中拔牙动作敏捷，拔出的蛀牙会亮相给周围人看，滔滔不绝说着这牙的悠久历史。那老江有点看不惯，眼神定定地蹦出一句“说嘴的郎中”，铜匠天宝会说：“用药收钱看人的，神算又神说。”

母亲有勇气在这地方立足占个摊位，与这三位相邻，是有足够的考量与胆识：既与这儿的摊主不是同行即非冤家，又信守让人三分不吃亏的宗旨。初来乍到，母亲小心翼翼地将烟摊车与铜匠担子和老江的铜器摊子往后退了几乎半个摊位的位置。母亲想，相比之下烟摊车体形有点高大，退后半个摊位对左邻右舍便没有了影响。这一小小举动，相邻的三位被感动了，和睦相处便开了个好头。母亲常常帮铜匠天宝和老江开开发票、便便零钱、守守摊子，也常常帮何郎中揽点生意，当众说点中听的话。母亲这样宽厚待人，也是为自己的生意营造一个和气的环境，母亲特别信奉古人说的话：和气生财。

母亲领了摊贩证，就开始改卖“老宝成”旱烟。老宝成烟店是黄桥的一家百年老字号，前店后厂，始创于清道光二十三年（1843）。老宝成旱烟制作工艺独到，声名远播，黄灿灿的烟丝细嫩油润，古朴的包装棱角分明。那年代，街上的、乡里的，无论贫富，大凡抽烟的都青睐“老宝成”，只是街上托着水烟筒过滤着抽，乡里人翘着旱烟袋“吧嗒”地抽。

母亲的烟摊因为市口好，更因为母亲待客总是那样满满的热情，生意一直都旺着，大多数是我帮母亲到老宝成烟店去批发旱烟。从十字街口穿过东大街，烧饼店、杂货店、饮食店、百货店、老虎灶、理发店，挨家挨户的商家风景一路看过去目不暇接。每次出脚前母亲必定会照会一句“速去速回，等着卖呢”。刚迈开步，母亲又叮嘱一句“叫陈会计姨娘”。我便总是两个称呼都叫“陈会计，姨娘！”陈会计总是那样和蔼可亲、和风细语地接待我。几乎每次，母亲总要让我带上几包风吹日晒久了的或包装纸破损了的烟包，去请陈会计换一换包装。陈会计总是那样地不厌其烦。母亲告诉我，陈会计知道我家家境困难，出于同情才破例给换包装的。所以，每当我来到那柜台前面对陈会计时，心里会油然而生一种歉意和感激，想说句感谢的话又不知怎么说才好，憋在心里如今大几十年了。母亲晚年常常念叨陈会计，说她是个大好人。陈会计患有严重的糖尿病，她儿子是市里的领导，每天自己给母亲打胰岛素，打了近四十年。儿子孝顺又有出息，应了一句俗语：积德积后，善有善报。

只要是节假日，我总是非常乐意去帮母亲看守烟摊。三分是懂事，七分是迷恋大石桥街头的种种风情。看不够的是满街人头攒动：推车背纤的、挑担提篮的、携老带幼的，车拥着车，人挨着人，川流不息；听不完的是八方涌动的交响：人挤车拥的吆喝声，妙不可言的叫卖声，炸炒米的爆花声，铜匠担子的叮当声……此起彼落，不绝于耳；难以忘却的是一个个肩担生活重担、满脸岁月风霜的旱烟老头，才过四十，黝黑的脸上开始放出光芒；踏过五十，腰板还硬得像把弓，吧嗒着抽几口旱烟是生活中最为享受的滋味……

记忆犹新的那位西乡的丁老头是母亲的老客。那天，他还是提着那只古铜色的四方篓子，半篓子小麦上放着二三十只鸡蛋，匆匆地走过母亲的摊头。不过一刻钟，匆匆来了，什么话也没说，解开烟包，三指合力捏起一颗大烟团，往烟袋头里重重一按，叼上了嘴角，因为迫不及待，两手几乎有些颤抖地划着了火柴，火苗紧挨着烟团，干柴烈火般地一口气抽了五六口，没见吐出烟来，只清晰地听见烟袋里发出的“吱吱”响声。丁老头那张绷紧着的脸开始舒展开来，不一会儿，万分满足地朗朗笑出声来。痴痴地看着丁老头无以言状的陶醉，我只觉得他是世界上最快乐的人。

一袋烟毕，烟瘾未足。丁老头将烟袋头往台板上轻轻一敲，落下的仅是一粒火柴头大小的烟灰。接着又燃着了满满的一袋旱烟，这才吐出一句话来：为了烟虫子，鸡蛋少卖了一分钱一只，值得啦。向母亲道了声别，丁老头到蒋家胖子烧腊摊子上买一碗牛杂汤、叫二两瓜干白，美餐了一顿；又去珠巷浴室泡了把澡。回家路过母亲摊头时，已是太阳落西了。只见得，丁老头的脸上，皱纹推出了波浪，写满了笑意。母亲的眼睛紧紧地盯着丁老头弯弯的背影，频频地点着头，自言自语：丁老头今天过年了，知足者常乐呀。

记忆犹新的还有那溪桥乡下的翁老头，也是母亲的老客。快过年的时候翁老头上街办了年货，搁下担子，一头是请的喜笺、对联、年画，一块刚从染坊染好的蓝青色土织布，另一头装的五根肋条的猪肉。翁老头一下子买了四包旱烟，然后如数家珍似的告诉母亲：买了两只网鬏给老奶奶，用小钱讨个欢喜；一把四寸木梳、一面六寸镜子给儿媳，农民佬儿的媳妇也要讲个有头有面；两只气球泡泡是给孙子的，伢儿乐大人也乐；二尺红牛筋给女儿的，见红为喜，明年嫁个好婆家；一支旱烟袋，过年留着客人用，自己抽烟，不能让客人闲着。

翁老头话锋一转，侧指着隔壁的何郎中：就是拔牙的事还在算计呢。上次庄上有个老头被他的老虎钳钳得连人都站起来了。母亲心领神会，装满一袋旱烟，走到何郎中身边，递上烟，点上火，笑道：翁老头是我的回头客，拜托何先生麻药上客气点。毕竟是江湖中人，何郎中一边应声“好好好”，一边从红十字皮箱里面取出一支麻药水，衣袖一挽，三下五除二，就将翁老头的一颗蛀牙轻松拔出，塞上棉球，“当”的一声，蛀牙落在瓷盘中。翁老头立马道谢：妙手回春，妙手回春，过年好吃肉了。哈哈一笑，刚塞进的棉球随着笑声蹦了出来。何郎中随手补上棉球，“嘀嘀”直笑：刘家奶奶拜托的事，有什好说的，以后多给她来点生意就是了。翁老头付了拔牙钱，又从竹筐里取出卖剩的三只有点破的鸡蛋送给何郎中，以表谢意。我在一旁注目着，心里清点着身边的快乐。翁老头抿嘴笑着，鱼尾纹四射着光芒，喜乐而归；何郎中受了恭维，做了人情，得了回报，乐在其中；母亲做生意如做人，为了生活，为了儿子，其乐无穷！

母亲的烟摊除了酷暑严寒难熬，生意上还算顺顺畅畅的。那年春夏之交的时候，“文革”来了，秋天的时候，母亲的烟摊就进了合作小组。

母亲的烟摊和那陈涛先生的杂货摊，和那黄氏尹氏两位女士的小百货摊合在了一起。陈涛先生原本在沪上工作，响应号召去了春风不度的玉门，当了主管商业的干部，后为了父母妻儿辞了职回到故里，在街头摆个杂货摊养家糊口，大起大落回归了属于自己的价值系统。

陈涛先生精明能干，母亲和那两位女士推选他当了组长。

合作小组的摊子摆在大石桥十字街口的东北角，背靠那块又高又大的混凝土电影预告牌，在预告牌后侧租了间小屋做了仓库。四个人的小摊子合起来变成了大摊子，而合起来做生意就来了问题：生意上了门谁揽上手来做？小生意总有讨价还价分寸如何把握？收钱一个人上手，相互能否放心、如何监督？到公家进货无妨，商贩送货到门谁来看货定价？货物盘点有了漏洞怎么堵？利益分配的点数依据怎么定？生意出现了亏本怎么办……四个人经常来我家开会，坐下来商量事情，相同的是，都是饱经风霜——肤色全是古铜色，不同的是性格、脾气、处事方法、思维方式乃至个体素质不尽相同，最大的难是嘴和心不和，最大的问题是四个人风里来雨里去苦没少吃，生意也没少做，而忙到手的收入与单干时简直就是天壤之别。四个人辛辛苦苦、磕磕碰碰拢在一起，大概也就一年左右便一哄而散了。商量好的，让陈涛先生上去汇报，就说：问题是天天讨气，后果是养家养不下去。竟然就不了了之，各忙各的去了。父亲胆子小，担心单干了会不会惹出什么事来。母亲却镇定得很呢，幽默地对父亲说："当权的成了走资派不问事了，造反派夺了权去闹事了，我们养家糊口的事不是他们的事了。"

合作小组散了，而母亲原来的摊位早就有主了。不得已母亲选择了到十字街口西北角边上，在经济饭店大门边与蒋胖子家的搭界处设了摊位，那是十字街西口子的咽喉处。为何生意人都不敢在这里落摊，而唯有母亲？是经济饭店每天在门前清洗猪内脏，那污垢的臭水从地表顺地势流入墙边的窨井，一到夏天臭气熏人。母亲将烟摊设在这里，烟摊与窨井仅一步之遥，这里市口好是首要，而臭气大是次要，母亲是没有选择的选择。母亲打了个比方：三舅老儿卖肉，你要买那块顶好的肉，连在上面的那块骨头一定也是你的。

合作小组散伙的时候，其他三位都抱怨，叫苦不迭，唯有母亲把满满的收获藏在心里，偷偷地乐着。最大的收获是母亲对卖小百货、日用杂货摸到了门道，散伙后烟摊的经营范围扩大了，烟摊车的一侧增设了两块搁板三平米的摊位。父亲为母亲做了一顶两头打绊桩的布棚。从此，母亲的烟摊车与那案板上琳琅满目的小百货相映成趣，远远看去，烟摊比起那破棚似的经济饭店，还真有点像模像样的抢眼。母亲烟摊的生意日益兴旺了起来，用母亲的话说，“最是那绣花枕顶的生意惹做”。

绣花枕顶六寸见方，布骨作衬，大红绸缎面料，绣着花卉虫鸟，置于枕头的两端，寓意着吉祥富贵。直到20世纪70年代前后，农家姑娘陪嫁的枕头多为这种枕顶。乡间习俗，男大当婚的人家每年八月初二请媒人，选定良辰吉日。中秋节后，母亲摊头绣花枕顶的生意就开始上门了。

十字街头那川流不息的人群中，大凡结伴而行的，脸上挂着喜气的女人，十有八九是上街买绣花枕顶的。迎面走来的，母亲会用写满笑意的眼神相迎，热情地招呼着：“过来看看，枕顶要买个称心如意。”令人叹服的是，母亲一见面能说出她们的身份：表情稍稍有点腼腆的是待嫁的姑娘，被挽着膀子的是母亲，年龄相仿较为老练的是嫂子，模样相像出言快着的是姐姐，能说会道的则是媒人。生意上了门，母亲总要先拉上几句家常：闺女多大了，姑爷做什事儿，良辰吉日选定的哪天……气氛和和融融着，母亲开始介绍起那些赏心悦目的枕顶来：“面料全是真丝的，素绸的实惠，绫子的耐用，缎子的亮眼，各合各的眼光，看你相中的哪一款；绣花最是要讲究的，凤戏牡丹富贵，彩蝶恋花甜蜜，荷花莲子早生贵子，蝙蝠展翅幸福飞来，鸳鸯相伴百年好合……”听着母亲娓娓道来，姑娘脸上泛起了红晕，陪着的脸上绽开了笑容，生意没有不成的。最是小雪过后冬至之前那段时日生意最旺，晨起太阳没露脸儿，母亲就忙着摆摊出样，枕顶挂得花团锦簇；

待到夕阳西下母亲才迟迟收摊，回家时一路喜悦，消解着冬日的冰冷，轻拂去一天的疲惫。其实，让母亲高兴着的，是一家人过年的希望。

那年，来母亲摊头买旱烟的老农都说，老天帮忙，今年遇上难得的好收成了。母亲是个听话听音的人，联想起“男婚女嫁丰年早”这句俗语，让她在意起来。立秋那天，母亲选定让凯哥去远乡收购绣花枕顶，我和春哥虽未作声却有些纳闷。其实母亲“用兵”自有道理：凯哥的雅号就叫“二犟头”，做什么事从不认输，平日学着画点水彩油画之类，虽不专业也算得上有点艺术细胞，看货不会走眼。

天刚蒙蒙亮，凯哥骑上自行车上路了。母亲好大的面子，借到炒炒米的大网儿那辆永久牌重型自行车，雪亮雪亮的让我眼馋。凯哥脚下生风去了如皋的小芹庄，六十余里乡间小路，一路弯弯曲曲，骑得风风火火，进了庄问遍十几户绣花的人家，全是同样的回答：早被预订了。顿时让凯哥心里浑似乱麻。细细打听后，凯哥又马不停蹄去了靖江的西来小镇，三十多里路的车程，进了西来镇那条后街已是午时，见了几个村姑坐于门前手头正绣着枕顶，心里才朗出一片天空。沿街二十多家挨家过着，选中八十八副枕顶一一算清账目，最后那个环家主妇还留凯哥吃了碗毛芋头酸粥。凯哥到家时天色已晚，才让母亲放下心来，一大碗油光光黄灿灿的鸡蛋炒饭算是奖赏。看得出，母亲为凯哥的不负厚望得意着，有一点却被蒙在鼓里：每副枕顶凯哥多计了一角多钱，十块五角“跑脚钱”进了囊中。我真的羡慕凯哥，在尚未成年之时，就有了一次足以感悟一生的经历。也许，母亲真有预见未来的眼力，兄弟几个中唯有凯哥成了老板。凯哥是应该感恩母亲的。

这年冬天，母亲早早备着的绣花枕顶还是没有够卖。那天，母亲早半个钟头收摊，请了炒炒米的大网儿当她的二轮车夫，夕阳西下时刻便颠簸在天寒地冻的乡路，去了西来小镇。也许是夜色太深弯道太多，归途跌进了乡间的水渠，母亲说是外婆保佑她没有伤及筋骨。过了午夜方才到家时，母亲满身裹披着厚厚的霜花。过去了这么多年，我老是在想着：那些买旱烟的老农挂在嘴上的丰收喜悦，成了母亲摊头绣花枕顶生意的红红火火，不是每个生意人都有这样的眼光胆识的。

母亲在街头摆摊的日子，一年四季最盼的是夏去秋来，绣花枕顶的旺季早早来到。那年“文革”铺天盖地的“三忠于”红色海洋让母亲困惑起来，她一遍又一遍地与父亲重复着一个话题：枕顶上绣的那些花卉虫鸟是“封资修”吗？她知道父亲回答不了这个问题便独自苦思冥想，竟然想出一个滑稽可笑又不能自圆其说的办法，让凯哥在每片艳红的绣花枕顶上用金黄色的丝线绣上“斗私批修”四个字。秋冬时节，母亲摊头绣花枕顶的生意依然旺着。竟然，没有人对母亲的做法提出异议或者评头论足。稍稍去想，也真够滑稽的，无论用文化的、艺术的、逻辑的、审美的视角看去，那“鸳鸯戏荷”“凤戏牡丹”与“斗私批修”都是风马牛不相及的，但从母亲为了生活的角度看去，倒不失明智之举：以聪明应对荒唐，以智慧对付愚昧。

绣花枕顶是我生命中关于母亲的记忆。是为追寻那已远去的曾经，2007年夏天，我请时任靖江市斜桥镇党委副书记的陆宝富同学陪同，去了一趟西来小镇：曾经的那条后街、那些老屋不见了，变成了亮眼的临街楼群；那位环家的主妇早已故去，幸好见到了她那憨厚的儿子；遗憾的倒是没见着那谙熟的绣花枕顶……临别时拜托那环家的儿子，帮我寻觅到一副当年的绣花枕顶，让我收藏，经常看它，犹如看那段岁月的回放，可以照见母亲艰辛中的笑容。

“文革”期间足有两年多没有学上，母亲是那样揪心着为我们的未来忧心忡忡。现在想起，我一点也不为那两年时光感到遗憾，恰恰是那两年让我目睹和体会了母亲街头摆摊的艰辛：夏天的烈日，从东爬到西，母亲陪着从早晒到晚，头上顶一条湿透了又折叠起来的毛巾，不出半个时辰准被蒸发得水汽无存；冬天的北风，钻心的刺骨，麻木了手脚，即便是铁打的汉子也未必能天天扛得过去。也许，如今的人们很少见到“一九二九相拢不出手，三九四九冰上走”那样的景况了，而我的母亲委实饱尝了数九寒冬的滋味，她被冻出了胃病，发展成了溃疡。发病的时候偏偏是在严冬时节，偏偏又是生意最旺的要命时候，母亲总是硬撑着照常上街摆摊。但她只能坐着，用手紧按住胃部，脸阴沉着。一旦有了顾客上门，她立马站起来，脸上瞬间就堆起了笑容。这种阴沉着脸与堆起笑容不住地转换着，哪怕母亲转过身去刚刚呕吐完满腹的苦水还没缓过神来，而一旦面对着顾客也是照样地堆起笑容。我看的次数多了就在想，母亲按住胃部阴沉着脸，是一种疼痛难忍的本能反应，而那瞬间堆起笑容，恰恰是一种尊重顾客、巴结生意的本能反应。看的遍数多了，我在心里真有点可怜母亲，可怜母亲多么的不易！说到底，母亲是在强迫自己，是一种风骨和意志的坚韧！

那年，母亲强迫自己支撑了一个腊月，然后硬撑着过了大年初一，就病倒了。母亲病得不能起床，连别人坐到她的床沿上，床稍稍有了一点点震感，她那溃疡就钻心得疼痛难忍。母亲就相信中医，请工农兵医院那位王涤非医生来家里，王医生是著名老中医王硕普的儿子。每次总是望闻问切后修正一下药方，每十期中药一个疗程，母亲喝那老大碗齐口的中药像痛饮似的。母亲说：“盼望早点上街摆摊子就不觉得苦。”直到清明节这天，母亲一早就起了床，亲手做了四样菜，领着我们去青枝桥那大田中央上了外公外婆的坟。母亲说：“外婆了不起，夜里托梦给我，盼我们来给她上坟盼望已久了，不知道我病了，她惊天一笑我今天就起来了。”第二天一早，母亲又上街摆摊去了。跨出门时有点故作气宇轩昂，看得出是久病初愈，精神是振作出来的。

那年秋天的时候，春哥拿定了主张，与小凤嫂子专门回来做母亲的工作。说：“已请好了主刀医生，连病房都订好了，带您去县人民医院手术治疗。”吃晚饭时，一家人异口同声地去说服母亲，答应得好好的，第二天一早母亲变卦了。母亲想了一夜，得出的结论是：这辈子不让开膛破肚，保住一个完好的身体去见外婆。母亲关闭了一扇门，又为自己开了一扇窗。她跟春哥说："听那香港回来的王家老爹说，现在有一种进口的胃药治得好这个病，不知哪里能买到，有点贵。"春哥知道，母亲铁了心的事九牛二虎也拉不回的。没过多久，春哥托人把药买回来了，美国进口的，名字叫"西米替丁"，好像是卖二十八元一瓶，是我当年徒工月工资的两倍。母亲吃了一段时期，效果果真不错，一个冬天没发病。有一回母亲头一扬对父亲说："我想了整整一夜做的决定，这叫愚者千虑必有一得！"母亲那种坚定自信的口吻是带着一个感叹号的。

屈指算算，母亲上街去摆烟摊是1960年，我上小学一年级；1974年那个严冬过后，母亲才依依不舍地将烟摊搬到了花园桥下的自家门口，直至1979年花园桥下的那个家遭遇拆迁，随着兄弟四个都有了工作各奔前程去了，母亲完成了她的历史使命，烟摊终于歇业。过去了这么多年我一直在想，母亲摆着烟摊的岁月，是把母爱的责任溶解为一种生活的常态，直面了二十载的风霜雪雨，以自己的千辛万苦作为本钱去换取儿子们的成长。这样的本钱实在是太重太重，重得让我们难以承载。不，是这样的母爱：一种热度近乎于滚烫；一种财富，近乎于无价；一种母爱，近乎于伟大！

裕泰和茶庄

父亲的乌篷船

父亲是只身搭乘一叶乌篷船来到黄桥的。

做牛马活、遭饥寒罪、受打骂苦，当属那个年代穷人谋生必跨的一道槛，如同孩时学步总要跌跟头一样，只是父亲跨这道槛的年龄让人心酸——才十四岁。三年学徒，身单力薄的父亲也许是苦活重活干得太赤诚了，留下了两侧走肠的患疾，不用那钢板别子束在腰间阻抑着走肠是不能走路的，这种被束缚着的痛苦让他背负着一直走到人生的终点。

父亲满师时，爷爷奶奶已经故去，孤单单一个人靠帮店家到江南一带跑单帮糊口。恰是父亲至诚厚道被外婆家看中，与母亲成婚。外婆家在小镇上开的“天顺昌”肉铺颇旺，母亲在家最受宠爱，亦因父亲孤身穷汉一个，外婆家的陪嫁很是丰厚。母亲上轿前又撒了一会娇，让外婆又在陪嫁中增加了五十枚“袁大头”，才让父亲得以开了一家碗店，名曰“发达瓷号”。告别了孤苦、穷困，父亲为刚出生的哥哥取名鹏春，愿景为家连着店的一叶乌篷摇向春天。令父亲一直痛恨于心的是当年突起的那场金圆券风潮，让碗店被刮得近乎于倾家荡产。父亲曾告诉我，南京政府快崩溃时，强行向百姓收购黄金，改以金圆券流通，霎时间物价飞涨，金圆券贬值，一落千丈，早上五十万面值的金圆券买到一打火柴，到晚上只能买到一盒，大小商家顿遭灭顶之灾。

碗店被迫歇业后，又逢母亲四年生下四个子女，父亲在自家门前摆着修钢笔的小摊，日日所得无几，母亲的陪嫁被卖得精光。父亲背负着六口之家生活的全部，举步维艰。

公私合营那年，经好心人介绍，父亲进了供销社，时年三十四岁，工资三十四元，年岁与月薪之和竟是“禄发”。父亲相信会带来好运，珍惜着养家糊口的饭碗，直到六十六岁单位准他退休，年年先进工作者榜上有名，救济榜上亦年年有名，且数额最高，在单位是出了名的。

经父亲之手保管过数以万计的山珍果品，他从没沾过一点滋味。即使三年自然灾害时期，父亲得了浮肿病，他也没打过库存商品的主意。实话说，我倒是沾过，也让我难忘。日杂仓库在西门桥下时，父亲管着茶食坊，那香甜味儿对吃不饱肚的孩子是诱人的。那次看着师傅们做着冰糖，我不由自主地流着口水，有师傅看在眼中，端给我一碗清洗料盘的糖水，让我透心地甜至今日，那师傅却遭父亲说了不是。有一次我实在憋不住馋了，偷吃了两颗黑枣，父亲给了我一巴掌，打得我两眼直冒火星，打得父亲自己眼含泪水。那是唯一一次让我看到父亲动怒的样态，嘴唇颤抖着，五指颤抖着，看出父亲的心好一阵平不下来。父亲是把公家的东西看成是“神圣不可侵犯”，把儿子的品行看成是自己的尊严。春哥说，父亲是供销社的末代忠诚，倒是没有夸张。父亲管的仓库，堆放的商品如同接受检阅的列兵方阵，从来没有走样的；计划供应的商品，凭票券供货，多出的哪怕是一斤白糖、一只锅盖，从来没有自行做主的；跨年度的干果，夏天伏晒装缸，缸底置酒防蛀，缸口密封防潮，从来没有霉变虫蛀的；入库的商品一一过手，稻草裹扎的碗二十只一支，手一托便知破损几只，从来没有出入差错的；年终的算账盘点，必定是账物相对一清二楚，从来容不得秋毫之差。那年黄桥中学扩建校舍，每个学生要交一箩碎砖铺基，春哥到仓库要一箩碎碗瓷片交差，父亲便要捡出碗砣，春哥不解：“碗砣有分量，瓷片能有多重？”父亲告诉春哥：“碗砣不行，报损是要凭数说话的。”虽说事小，让春哥明白凡事总有界限的道理。我暗自解读，父亲对工作的这种忠诚，是自己人格的一种保持，是直面人生的一种态度，是比钱值钱的一种价值。

父亲退休回到家里，却让母亲从过去想到眼前，从发根想到发梢，唠叨着说着往事。而父亲苦够了、忙够了、退休了，却没有听够母亲的唠叨——“老头子，我在娘家哪个不宠，一年四季享着福，跟着你为奴，衣食住行都得愁，愁得我白了头。”“老头子，你蹲仓库苦得不经风雨，我街头摆摊是风刀霜剑啊。”“老头子，我娘家陪的金银首饰、亮橱雕床无所不有，你得赔我。”

那天全家为父亲七十寿辰祝寿，是母亲自己为父亲斟的酒，也是母亲第一个举起杯说着祝辞的：“老头子，我在娘家还享了福，你是苦了一辈子，我嘴上唠叨，心里高兴啊，当年你乘的那只乌篷船在风浪里走、苦海里行，终于苦过来啦，刘家儿子们争气胜过家财万贯，祝福你啊……”

晓林叔叔

记得还是住在南坝桥下时，我刚满十岁，那天傍晚，家里来了一个从未见过的陌生人，面色苍黄且满是尘灰，背着一只用青色旧布缝制的挎包，操一口令我似懂非懂的口音："哥哥嫂嫂，我那边已结束，回来了……"原来这是父亲唯一的弟弟，晓林叔叔。

父亲十四岁只身来黄桥学生意，爷爷靠在宜兴城里做木匠活计供晓林叔叔上了几年私塾。父亲不到二十岁，爷爷奶奶相继去世，晓林叔经人介绍在苏州警察局找了份收收发发的文书差事，还戴了大盖帽，有了当伪警察的这段历史，后来被判有罪，在大丰劳改农场服刑。怪不得父亲每年一两次要去大丰、曲塘一带出差，回来后晚上总要和母亲谈老长时间的话。

晓林叔一进门，父亲一番惊喜，情不自禁地和晓林叔拥抱起来，我看出他俩眼眶里是有泪水的。母亲脸上开始还有一些笑容，随之就一阵子的呆板，欲言又止。母亲叫父亲将晓林叔引到里屋说话，关好房门，自己去大石桥街头买回半斤猪头肉、三两油炸豆瓣、四两瓜干白、一斤水面，让老兄弟俩在里屋对饮畅谈。直至时钟敲过十一下，乘着夜深人静，父亲才把晓林叔送到南坝桥外父亲工作的中盐仓库去借宿。

那天夜里，父母说了一夜的话。父亲告诉母亲："晓林在农场时就想好，回来后能在黄桥找份工作，哪怕是摆个小摊子，靠着哥哥嫂嫂过日子心里踏实。”母亲接过话头，一脸的沉重：“穷日子怎么过我从不害怕，你们俩可曾想过，几个伢儿渐渐长大，明年春儿小学毕业，学生登记表上填上这个有历史问题、劳改释放的叔叔，不就害了伢儿的前途……”当时，我一点听不懂母亲说这话的意思，待小学毕业“文革”开始后，才慢慢悟出了个中道理。

次日天不亮，父亲领着晓林叔乘车去了老家宜兴。宜兴虽说是父亲故里，却举目无亲，好在有父亲童年结伴玩耍的朋友相助，为晓林叔在日杂合作商店找了份站店的工作，在常胜街仓屋里东仓桥下租了间老屋安顿下来。晓林叔从小孤单，又在农场待了八年，回老家还是只身一人，便索性住到店里以店为家。晓林叔为人忠厚、珍惜工作，且能识字算账，人缘和心情一天天好起来，慢慢地手头也小有了点积蓄。当深深隐藏的那份春心才开始萌发，晓林叔却害上了烂膀腿。听老人们说过，烂膀腿总是化脓，看了让人恶心，不容易医好的。时间一晃就是五六年，待到晓林叔年近半百时，烂膀腿虽好了，却留下了黑乎乎的一片疤痕。

那年，中央开了十一届三中全会，晓林叔拿到了一份平反通知。父母亲双双去宜兴看望他，不过几日领着晓林叔回来了。晚上，家里敞开着大门，大摆了酒席，一家人美美地吃了顿团圆饭。那晚，父母与晓林叔的脸上没有了我第一次见到的愁云和泪水，一直谈到夜很深很深……

晓林叔六十岁办了退休，我专程去宜兴看望他。虽退休了，晓林叔在农贸市场又揽了份协管员的差事，说是不为钱，为的是不闲着。看着晓林叔一人住一间老屋的一个家，白天还能与邻里搭讪几句，抑或串串门儿，分享属于他人的一丝快乐；晚上，只能以无言的灯光和几件简陋的家具为伴，守着属于自己的那份寂寞。闲谈中方知，晓林叔一瓶煤气烧上半年，家里常备的只有大米，去菜场每周只是一两次，几只调味瓶多半是空着的。足见得，三餐是凑合着吃，日子则马虎着过，日复一日的是生活的平淡和无味。晓林叔告诉我："想找木匠打几件新式家具，不能成家也得像个家呀。"虽话音平和，我的泪却夺眶而出了，喉咙哽咽着："叔叔，家具就不必打了，过两年到黄桥跟侄子们过吧，乘着身子还硬朗着出去游游山玩玩水，也算对得起自己。"其实，退休是一道坎，会让人去想着过去和未来。经这么一劝，晓林叔的这道坎也就跨过来了。连续几年，晓林叔去了杭州、上海、北京……那年春天，晓林叔一高兴，领着几个退休族来到黄桥住了两天，又去了扬州。

父亲那年去世，临终前说话虽已吐不出多少声音了，还是吃力地说着，用手比画着。我用手托着父亲的头，耳朵贴着父亲的嘴唇，一字不漏地听着父亲从心底吐出的微弱颤抖的声音："晓林叔是个苦人，你们要好好待他，死了跟我安在一起，千万要，千万要……"晓林叔晚父亲三年而去，我们遵父亲所嘱将他的骨灰安葬在父母墓的北侧，立了碑，题了碑文：来自陶都，一生如出土陶罐，粗糙且满是伤痕。

庆芝叔叔

庆芝叔叔是2012年九月初一走的，我都没去为他老人家跪拜送别。这事我对德弟一直耿耿于怀：这么重要的事怎么不告知我一声呢？德弟还与我犟，他说他去送了花篮磕了头吊唁过了。你去了，我这个缺憾怎么弥补呀？

前不久，我写《李群》这篇文章方才知道，李群是庆芝叔叔家的女婿。于是我顿生念想：写一写这位我从小就特别敬重的庆芝叔叔，弥补我一直在心里自责的遗憾。

第一次认识庆芝叔叔就让我牢牢记住了他。那是六十二年前的农历二月二十二日——一个非常特别的日子，那时我家住在南坝桥下。这天傍晚时候，家里来了位风尘仆仆一脸慈祥的大眼睛叔叔，刚进门母亲便问："庆芝叔叔，今天什么风把你吹来了？"庆芝叔叔惊奇着说："啊，今天老先生五十大寿，我特地从乡下赶回来为他祝寿的。"那年头一日三餐都吃不饱，父亲母亲从来不吃早饭的，哪有过生日祝寿这个概念？记得我十岁生日那天母亲悄悄塞给我一角钱去看了场《窦娥冤》的电影，那高兴的劲儿至今还鲜活在童年的记忆里。庆芝叔叔话音未落，母亲眼眶里已盈满了泪水，顿时说不出话来。庆芝叔叔带的祝寿的礼物是一斤半驼色毛线。那个吃不饱肚子的岁月，这是一份多么厚重的大礼呀！庆芝叔叔说："大哥年岁半百了，嫂子给他结件毛线衣冬天保保暖。”母亲是激动，也是一肚子的五味杂陈才语塞的。她赶紧去大石桥烧腊摊子买了几样凉菜、打了一瓶粮食酒回来，让如兄若弟的两个人掏心掏肺地快活了一个晚上。庆芝叔叔送的那毛线，父亲没有肯给自己结毛线衣，他让给了母亲。因为，这年冬天天寒地冻的日子，母亲去大石桥街头摆起了烟摊，父亲对母亲说："你添件毛线衣可以抵挡一点那吼吼的西北风呢。"

又一次见到庆芝叔叔，他让我享受了一回终身难忘的口福。那是"文革"前夕的1965年秋天，家已搬到了花园桥下，春哥那年十六岁刚上高二，母亲让我去十里王家庄供销社庆芝叔叔那里去拿托他买的大概是半斤细绒毛线，回来母亲请翠云表姐为春哥结了件背心，记得那背心无论色泽还是式样都漂亮极了，挺令我眼馋的。那天下午，我从家里出脚到东口子，沿江八线公路一直向北走了一小时许。王家庄供销社就在公路边的东侧，我从那一排朝南的门市部东边的大门进去，走近柜台叫了声"庆芝叔叔"，没等我说事，庆芝叔叔就走出柜台微笑着抚摸了一下我的头说："跟我来。"于是，把我领去后院的茶食坊，那醉人的甜香扑面而来，顷刻间溢出满嘴的口水直往肚里咽。庆芝叔叔端过来刚出炉的一方盘的饼干朝我面前一放，说："吃，全部吃掉！"这是我头一回享这么大的口福，刚出炉的饼干香甜爽口，那种诱人真的难以言说。我一点也没有客气，狼吞虎咽着吃，竟然没有喝水，没有停歇，埋头苦干把一方盘几十块饼干消灭精光。当吃完的那会儿，只觉得喉咙里有点干渴；舌头一舔，嘴里右侧生出一个大大的血泡；稍一抬眼，几个茶食坊的师傅正朝着我笑呢。我一下子脸红了，那种难以名状的满足感成了我永不消逝的记忆。

一直以来，我只知道父亲与庆芝叔叔是如兄若弟的至交，直到1979年，家里租住的花园桥下那两间老房子面临拆迁。那天庆芝叔叔特地登门，问父亲：房子拆了搬去哪里安生？父亲告诉他，单位照顾，搬到日杂仓库暂住。庆芝叔叔走后，父亲向我说起与庆芝叔叔患难与共的一段过往：20 世纪 40 年代后期，父亲到苏州腌腊行谋生不久，几个朋友合开了一家卖铁锅、瓷器的店，由父亲具体操持，由于货真价实且诚实守信，经营状况良好，不料遭人妒忌便上门故意寻事挑衅。情况紧急之下父亲托人找到在苏州学生意谋生的庆芝叔叔，庆芝叔叔得知情况后感到事态严重，遂招集几个朋友赶去帮助论理助阵方才解围得脱。事后父亲与庆芝叔叔商量，认为苏州虽繁华之地，但时局动荡，社会凋敝，生意场已是是非之地不可久留。于是二人便一同回到黄桥各自谋生。这年我刚从电机厂调到团县委工作不久，我想，父亲在这个当儿向我说起他与庆芝叔叔的这番经历有两层深意：其一，父亲以此告诉我，出门在外要有知心朋友；其二，让我记住庆芝叔叔的恩情，人要知恩图报。

庆芝叔叔回到黄桥后思量着去江南搞点贩卖贩买的生意。那次从黄桥乘车前往江南途中，在珊瑚乡与靖江县交界附近遭遇枪击事件。详情不知，据说是国共地方武装的遭遇战，双方激烈交火时汽车遭到枪击，多人中弹。庆芝叔叔右臂被流弹打伤鲜血直流，遂逃到路边玉米田中，然后躲进农夫家中，他不假思索便将金戒指及随身带的钱赠予农夫，农夫为他包扎了伤口，深夜将他送到季家市姑姑家中。不久庆芝叔叔回到黄桥，在藕池岸南边的巷子内养伤，每天都是姐姐给他送饭。父亲说，“庆芝叔叔此次大难逃过一劫，是吉人自有天相，与他平日总爱行善积德有关。”

枪伤治愈后，庆芝叔叔便开始做起贩运生意。在黄桥收购猪内脏，起半夜用自行车驮到无锡去卖，一次驮一百五十斤左右，用两只大竹篓子担在后架上，一路上风一程雨一程地蹬车赶路，无论春夏秋冬全是大汗淋漓。尤其到八圩港摆渡过江，下坡上船，用屁股死死顶住竹篓，脚下撑出一串深深的坑印；推车上岸，埋头弓腰竭尽全力，脚下又是蹬出一串深深的坑印。待驮到无锡农贸市场卖掉，再去购买生活日用品驮回黄桥出售，这样跑两头贩买贩卖赚取差价加上千辛万苦，得以养家。

那年地方组建供销合作社，从社会上招录小商小贩和闲散劳力分派到农村基层下伸店工作。庆芝叔叔被分派到黄桥北边的王家庄供销社所属的丁家庄下伸点，当了下伸点点长。他经营头脑活络，与当地农民相处融洽，处处与人为善。尤其他深知农民疾苦又善解人意，无论是谁有个难事上门，他都有求必应：当家人手头紧面有难色来欠个账，谁家油灯断了油半夜来敲个门，看青的老头烟火接不上了来讨几支火柴，谁家的媳妇后半夜快生孩子急着来买卫生纸，甚至，谁家婆媳、妯娌之间闹了矛盾来请他评个公道……当年丁家庄的老老少少总是亲切地称呼他一声“阊先生”。因为，在人们心里，“先生”是一种尊称。

那年王家庄供销社扩大经营规模，把庆芝叔叔从丁家庄下伸点调到供销社任百货部负责人，恰恰是因为他的人品与能力。庆芝叔叔与我父亲都是那个年代供销系统的一代忠诚，一生兢兢业业、有口皆碑：他负责的百货部经营上千种商品，从明码标价、优质服务到商品完好率、损耗率及经营业绩都名列单位前茅，是年年老先进；他负责扩建经营用房，从征地签约、建材采购到组织施工，既事必躬亲又严格规范，还忙碌于工地上的杂事杂活，营业用房一个月就建成投入经营，又快又好被传为佳话；他被委以重任专门负责外出调拨煤炭、化肥、农药等计划物资，宁可披星戴月、自带干粮奔波忙碌，都要确保计划物资的调运万无一失，从不耽误春耕秋种农时，从不影响农民生产生活；他不是单位领导，单位遇上难事领导就喜欢找他商量，请他助力化解，直到退休后职工去市社集访，他靠个人魅力稳定职工情绪，从法律依据、工作路径到分头组织实施，帮助化解了事关职工利益的重要历史遗留问题；他不是单位领导，同事遇上大事难事总喜欢求助于他，有同事患了癌症重病，他帮助找到上海专家，专程陪同前往医治。有同事家里遭遇台风房屋倒塌，重新翻建缺少两根梁条，他二话没说将自家准备修房的梁条先给同事应急，自己另想办法……

庆芝叔叔的一副脊梁在那个年代担负着六个儿女和妻子、岳母一家九口的生活压力，何其艰难可想而知。他早年去贩买贩卖靠自己的加倍辛苦还能把生活挺得好一点，自从进了单位拿死工资，他省吃俭用对自己近乎于刻薄：抽最差的烟、舍不得吃肉，尽穿旧衣裳。贤妻良母的老婆每天起早贪黑去做零工，轧棉花、卖猪血、拣猪鬃、纺棉花、切萝卜，辛苦着挣钱补贴家用。最艰难的那些日子，一家子的生活真正是饥寒交迫，挣扎在死亡线上。幸好，六个儿女没有一个夭折，没有一个堕落，岳母被赡养到九十七岁无疾而终。

当我得知，李群这个好老师好校长是庆芝叔叔的女婿时，我有点惊喜：庆芝叔叔有眼力，找了个好女婿。当我顿生念想，想写一写庆芝叔叔时，我问李群："你对你丈人怎样评价？"出乎我的意料，他深思片刻，以一种稍带沉重的口吻说："伲丈人，让我对'大丈夫'这三个字有了更深的理解。"于是，向我讲述了庆芝叔叔直面的两件事：

1. 关于五儿子的婚事。

当年五儿子当兵回来，进肉联厂做工人已到了男大当婚的年岁。好心人给五儿子介绍了对象：女方干部家庭，本人素养很好，家庭条件优越，只是本人小时候患过小儿麻痹症，一条腿稍有缺憾。对于这门婚事，母亲明确表示了反对，是一种人之常情：爱子心切且有所顾忌面子。而庆芝叔叔明确给予了支持，是一种综合考量：儿子普通工人，没有住房条件，为上面四个儿子办完婚事后，已经是家庭经济窘迫，且自己已到力不从心的年岁，作为父亲他要搁下小儿子婚事这个担子。而事实上，小儿子自己是愿心的，婚后是幸福的。可以想见，当年庆芝叔叔作为当家人对这桩婚事的态度与决策经过了怎样的一番心理纠结与深思熟虑?!

2. 关于亲家母对他的当面责难。

当年女儿下岗后开了家“春雨”书店，请了她大哥在店里帮忙，大哥在妹妹家吃顿中饭则情理之中。庆芝叔叔晚年孤独一人，女儿心疼父亲，让庆芝叔叔每天来家里吃顿中饭。女儿女婿商量，把庆芝叔叔的开饭时间提前，以免老人与老人之间话不投机。果然，随了儿子儿媳过日子的亲家母心里不爽了：这是我儿子的家，凭什么儿媳的哥哥、父亲都来我家吃饭，还没有我做的主。终于有一天亲家母对庆芝叔叔当面发难，把心里的话和盘托出。竟然，庆芝叔叔没接一句话，只当没听见，且面带微笑离开的。当晚，女婿去向庆芝叔叔打了招呼。过了几日，庆芝叔叔若无其事着又照常去女儿女婿家吃顿中饭。李群对我说：“我从佤丈人身上看到了大丈夫能屈能伸的一种气度。”从一般意义上想象，面对这样的责难，庆芝叔叔的内心是煎熬的，又是无奈的、甚至是痛苦的，但他必须忍辱负重，既不与妇道人家一般见识，又不能为难女儿女婿，还要给自己一个体面的台阶，所以唯有隐忍。然而，我更愿意用不一样的眼光来审视：庆芝叔叔的这种气度，就是宠辱不惊付之一笑，是大丈夫的格局使然，不失为一种人生智慧，所以，令我敬佩。

我一直在为那年没能去为庆芝叔叔跪拜送别而深深自责，但愿我的这篇文字能化解心中的缺憾。庆芝叔叔，您在天有灵，请接受我对您的这份带着歉意的感念与致敬。

又写“二犟头”

小时候，一帮穿开裆裤的顽童无人不晓，凯哥的绰号叫“野猫儿”。男孩子相互间就喜欢拣最恶心又最畅怀的比喻给对方取绰号。十年前，我写的《二犟头》见诸于《泰州日报》又收进了《家住黄桥》散文集，友人们都只管叫凯哥二犟头了。我之见，“二犟头”配搭其人再贴切不过，名副其实又大俗大雅！

“二犟头”这绰号是母亲封赏的，缘起一桩往事。小镇上风靡斗蟋蟀的那年秋天，听隔壁酱油店周老四说“百脚看门的蟋蟀最厉害”，凯哥疯着去爬河坎、钻树丛、扒墙角，真让他捉到一只，还带回打死的那只百脚炫耀。周老四举起装蟋蟀的玻璃杯细细端详，点头晃脑着说：“大头毛颈，身宽体长，凶相在头，劲在双腿……”说罢，转身回屋取出一只乾隆年制的蟋蟀盆，说了句“好马配好鞍，送给你了”。静观一旁的母亲眉眼间露着笑意，压低着嗓门：“真是个二犟头。”轻轻一声感叹，是以母亲一种独有的眼光，看到儿子骨子里一股童年的犟劲，会穿越人生。

凯哥获母亲封赏绰号半个多世纪了，孩提时的“二犟头”依然在我的记忆里欢蹦活跳着。

庄则栋拿到第一个世乒冠军那年二犟头九岁，昼思暮想得到一只海绵球拍。那天去供销社的废品收购站，跑到柜台里边叫一声“雍姨娘”，遂踮起脚贴着那雍会计的耳朵说着心里的梦想。雍会计微笑着点了点头，他扭头奔去后院，从废品堆里龇牙咧嘴地扒下两片废球鞋的海绵垫。回到家遂剪剪拼拼把海绵黏贴到那木光板球拍上。且不说那黑乎乎的海绵好不好看、合不合用，只说那海绵与光板的黏接，当日从父亲那里拿的办公胶水黏接固然不行，翌日又厚着脸皮去向母亲烟摊旁那修鞋匠讨要补鞋的胶、去向修车行那同学的父亲讨要补胎的胶，回来反复地试，终归于失败。那个晚上二犟头痴人说梦似的对我说：“谁给我能黏接海绵的胶，我去拿个世界冠军还他。”我猜不透，二犟头孩时的梦想与他后来当上胶粘剂厂长，是否是命运的巧合？

小学毕业那年夏天，如释重负之后二犟头陡发奇想，在自家门前摆起了茶摊。自拿的主张，吃饭的小方桌往马路边一搁，盛茶的大钵头拿釜冠做盖，玻璃杯上求父亲划配的小方玻盖；母亲的指点，往开水里添加糖精、色素一搅拌，淡淡的桔黄色，卖一分钱一杯甜茶；算计好了的，赚到的钱买到一条游泳裤，替下那条破得委实难看的短裤。从此二犟头成了水栖动物，自由式不过瘾，蛙泳、仰泳、潜泳玩得劲头十足姿态优美。待夕阳西下，南坝桥下扎下去一个个猛子，摸上来一捧捧活蹦的虾硕大的螺，满载而归。即使如此，还是躲不开母亲板着脸责骂几句。男孩子谁不贪玩水，没想到二犟头深藏一个秘密：听老师说，县里夏秋之交组织纪念毛主席畅游长江，他悄悄报了名，通过层层选拔到高港横渡长江，竟两度到达彼岸。之初，我还纳闷，甜茶一起卖的，游泳裤没想到我。待他横渡长江归来我心里服帖了，还与他调侃：二犟头你胆大妄为，竟然不把长江放在眼里！

男孩子爱看打仗的电影那是天性，但没有二犟头那般痴狂的。那是个盛夏之夜，拉上我摸黑走五六里乡路，去何韩庄看露天放映的《地雷战》。我在心里激情澎湃一宿也就过了。二犟头不行，不知去哪里借到本《民兵训练手册》回来琢磨，又从母亲烟摊上偷来几大张火药纸，躲进父亲日杂仓库后院自制起砖雷来：大青砖凿出内半圆一对，坏锅铁砸成豆瓣大一堆，火药纸剥开有双手一捧。那手册上写得明明白白，应先装铁片后下火药，心急之下却颠倒了次序，况且是酷暑烈日当头，直落下的铁片与那几百粒火药籽相撞击，碰出一片火光冲天，只见那只右手顷刻间焦黑透出了红肿。我肯定，那景况、那疼痛二犟头至今难忘。红肿还没退去，二犟头心里不甘，又去废品收购站向雍会计讨到根半尺长拇指粗的钢管回来自制手枪：牙膏壳化锡水灌铸一端，管中央预置火柴棒留出点火孔，枪管固定于雕削的木枪把上。当晚他往枪管里灌满火药，塞紧棉絮，点火孔插进火药捻子，那花园桥下黑暗之中闪电般一道火光相伴着“砰”的一声巨响，让我感触到了二犟头那股犟劲的震撼。

“文革”的日子，我一点不懂辍学的人生后果，懒散着不知所然，二犟头蓦然间就长大了。初夏那天，在供电所做电工的鞠疤子招募邻里的几个小伙子去挖竖电杆的坑。二犟头去了，回来交八角钱给母亲的那手心有几颗紫色的泡。秋凉时候，隔壁酱油店的王会计说，酱品厂招人切萝卜还开后门呢。说者无心听者有意了，二犟头缠住人家去为他说情，一个萝卜场二十来天他那握刀的右手紫水泡长成了厚厚的茧。他把手心的茧伸给父亲看，说：“我想去供销社茧站剪蚕蛹，我行！”父亲那笑容里有点求之不得，让他去剪了一季的蚕蛹，剪多少钱不知，只晓得那虎口处、手掌心多出了几朵茧花。隆冬时节，父亲说棉花加工组开日夜班缺人手，二犟头执着地要去做这大人们都不愿做的活计。那次上大夜班瞌睡虫来袭，围裙被轧进地轴皮带险些遭祸。我很记得，二犟头每次把辛苦的钱交给母亲的那一刻，我投去的目光那样的凝神，说不清是羡慕还是钦佩？

二犟头只比我大一岁，抖出浑身的犟劲去辛苦，大人们的眼里那是“懂事”。而此后的两桩事让我越发感触到了二犟头那身体里有一种神秘的欲望在蠢蠢欲动。

“文革”“三忠于”狂潮那年，我与他一起跟着春哥去打下手，往春哥勾勒的那美术字、木刻画轮廓里填油漆，春哥登高画“毛主席去安源”巨幅油画，我与他刷刷底色、接接拿拿。我很享受围观者那赞叹目光的包围，心里升腾起一波一波的荣耀。二犟头不是这样，对绘画居然痴迷，从此作魔。一次次去看上南艺的表哥画鱼，偏要从其身后夹肢窝间窥其用色运笔，回来千百次地效仿描摹，画的那“鱼乐图”贴于堂前，撑足了一个贫寒之家的面子。每每有问出自何人之手？母亲只管吐出“二犟头”三个字，心里的窃喜瞬间从嘴角悄然溢出。二犟头画水彩还画油画，并专画人物肖像，乐此不疲。春哥去沪上当兵，他一次次将画作寄去部队，名曰求教，实为由头，让春哥一次次寄画册颜料给他鼓励。而今回望，二犟头虽未走向艺术之路，但那是青春的萌动，有如春笋破土而出的那股冲劲。

那是个丰收之年。听买旱烟的老农说了句“男婚女嫁丰年早”，母亲便早早地思量起绣花枕顶生意的事来。立秋那天，母亲选定二犟头去远乡采购绣花枕顶。母亲相中二犟头有股犟劲，不会耽误生意大事，亦看上他有点艺术细胞，看货不会走眼。天刚蒙蒙亮登自行车上路的，去了如皋的小芹庄。出脚母亲就照会“叫人不折本，舌头打个滚”，六十余里乡间小路，一路上嘴乖着叫人问路，果然一路顺达。进了小芹庄问遍十几户绣花的人家，全是同样的回答“早被预订了”。心里一阵慌乱又细细打听，遂马不停蹄赶去靖江的西来小镇。三十余里车程，进了那条后街已是午时，见着几个村姑正绣着枕顶，心才朗出一片天空。沿街二十多户挨家看货谈价，选中八十八副枕顶一一结清账目，那环家主妇还执意留他吃了碗毛芋头酸粥。二犟头到家时天色已晚，母亲用一大碗油光光黄灿灿的蛋炒饭重重奖赏。母亲的眼神告诉我，她在为二犟头不负厚望得意着，那是一家子的年作有着落了。有一点却被蒙在鼓里：每副枕顶多计了一角多钱，十块五角“跑脚钱”进了二犟头的囊中。我惊叹，二犟头在尚未成年之时，就担当起母亲生意上的大事，还悄然经手不穷；更惊叹母亲真有预见未来的眼力，多年以后，兄弟几个唯有二犟头成了老板。

二犟头那颗犟心是为他的人生准备的。那年因我先进了国营电机厂，委屈二犟头只好进了镇办机械厂。那年代进什么厂如同旧时女儿出嫁定了终身的。世俗社会里，“国营”与“镇办”事实上在工资等级、社会名分和婚配的心理标准上存在着差别，这让我背负着一种愧歉感，而二犟头只好将委屈憋在心里。可以想象，他用犟劲把委屈往心里憋是何种况味：心在呐喊，像逆流而上的纤夫把号子喊出震天的响。

二犟头信母亲的话，认“荒年饿不死手艺人”这理，憋着一股犟劲苦学车工技术。那车刀在坯面上发出金属的嘶叫声，铁屑溅起的火花四处散落。没有人知道他在刀具、车速与切削对象的相互关系、相互作用上下狠功夫，精细研判，一步一步实践认知，一点一点经验积累，记下密密麻麻几大本笔记，然后把一个个成果向《机械工人》等杂志投稿，近两年数十次投稿石沉大海却毫不气馁，终有一天编辑部来信：“你的革新成果已被入选，近期刊出。”于是一发不可收，三十几项成果陆续发表。那年，二犟头在人民大会堂从全总倪志福主席手中接过“全国青年五小发明奖杯”。那只瓷质奖杯酱红釉面，银色字样，熠熠生辉，透着一股犟气。那天我有点情不自禁：“妈，这是二犟头的犟杯！”母亲立马接话：“是是是，二犟头的犟，不犟哪来这奖杯。”

这奖杯于二犟头而言，是人生的里程碑，却没成为前行的路标，此后他的人生有过三次转身。

第一次转身看似有点华丽，二犟头从蓝领变成了白领，具有人生意义的一次转折。1983 年，县政府公开招聘工业管理干部，憋一股犟劲的他报考中榜，被聘为黄桥工业公司生技股长，一下子改变了他的人生航向。他本来可以在技术上钻下去且有很多的可能性，这年他已与中国机械工业出版社签下合同，出一本20万字的《车工技巧》。二犟头说："我是下定决心想挑战这一艰辛的再实践过程的，没能如愿以偿让我抱愧至今。"二犟头可曾觉察，常被抱愧之心撩拨那是一种生命的动力。

二犟头的另一个遗憾是梦想没有成真。母亲烧菜堪称一绝，兄弟几个唯他得母亲真传。那年，二犟头犟心涌动，筹划在东大街开家酒店，取店号"凯旋酒家"，欲请书家仲明题书，然后送扬州定制漆器匾额；已备好十公分厚的白果树砧板……箭在弦上的当儿官运撞上门来——升职为工业公司副经理。也许，如一句俗语"命运天定"，也许，黄桥餐饮业因此少了个"冤家对头"。

第二次转身应该是宿命，二犟头由从政转向了经商，与"黑松林"结下不解之缘。1991年，镇党委指派二犟头去胶粘剂厂当厂长，挑明了地说：因为烂摊子，所以派你去。那确实是个一穷二白走投无路的工厂：三间厂房老平房，两只反应锅加搅棒，唯一产品氯丁胶，常态化借贷经营、等米下锅。二犟头真是迎着艰难上任的，见面礼就是一桩棘手的事：700箱氯丁胶被东北长春的客户拒绝付款。其理由是，对方实际检验结果与合格证标注的指标有偏差。对于这个厂，这事要命。他理清法理，请了工商干部北上。无非两种可能，要么打官司讨公道，要么和解退货。恰巧那日清明节，那老板在家祭祖。二犟头赶在人家祭祖进行时登门，扑通下跪磕了三个响头，起身拉住老板的手说："我们兄弟，你的舵人亦是我的舵人。"说着眼窝里一汪泪水夺眶而下……也许，二犟头心里想的是，人家祭祖自己还在外讨债，对不起自己的父亲母亲。而就这三个响头、一汪泪水化解了一桩要命的事。二犟头从小看着母亲用穷办法过一贫如洗的日子长大的，他死死记住母亲的一句话："红军长征过的是铁索桥，我过的是电索桥，哪有艰险过不去的！"拿自家的房产证抵押开始闯荡的，二犟头创业艰难，其中有"道"。

创业——得道多助。上海是全国胶粘剂的高地。二犟头瞄准了几乎是赤膊上阵：经过人托人，相识了上海造漆厂的孟书记，那孟书记偏看好二犟头用餐方便面、夜宿双排座的那点精神，毅然决然开启了双方内外墙涂料的长期合作；某精细化工刚退休的技术总工身材魁梧外貌熊样，人称"老熊"，其家门被二犟头踏破了门槛，白天登门"策反"其老伴，苦肉计辅之小恩小惠，晚上登门直面"老熊"，磨破嘴全是掏心掏肺，柔情相逼两人终归情投意合，请到了"财神"于是才有那主打产品的应运降生，出于感恩，也为纪念，二犟头特意注册了"老熊"商标；上海胶粘剂销售部门槛高筑，外地产品概拒之门外，二犟头下软功夫去破上海人的"门槛精"，最后一次见那当家做主的经理，他奉上三样礼物：专业机构的产品检测报告，《中国化工报》登载他的几篇文章和一片真诚——从上午等到傍晚滴水未沾。那经理感动着说"服你了，服你了"，加盟的事成了，二犟头还蒙着：是服礼了，还是服你了？

市场——大道无边。二犟头简直是迫不及待马不停蹄地奔跑。因为他深知"无商不艰"，所以对自己步步紧逼：有了新产品他想有名分。一次次跑国家商标总局，注册的第一个商标是"黑松林"。是因为黄桥古称黑松林，有一个古老的传说；二犟头随缘"黑松林"是心里想编织一个新的美丽传说。于是品牌战略始于足下，注册了"老熊""老木匠"……一连串五十多个商标，占居行业之首；有了品牌他想拥抱市场。那些日子他日夜兼程，跑遍华东六省一市，建立起一百多个销售网点，瞬间便有了广告语的灵感：中国胶粘剂的绿洲有一片黑松林。占有了市场他想创名牌。从 1993 年"黑松林"注册到 1997 年荣膺著名商标，黑松林的生产扩张翻了两番，市场扩张增长了四倍，那辆依维柯跟着二犟头驰骋市场跑了三十万公里。

管理——天道酬勤。二犟头出的第一本企业管理的书是《黑松林，我的太阳》，记录了他创业阶段的心路历程。二犟头把心给员工，员工也把心给他。员工的子女从幼儿园到高中上学的事他揽，员工逢十过大生日他请全体员工同贺，员工谁家有喜事白事他准去……二犟头花甲生日那天恰逢星期天，员工们一合计：老板不收礼，我们加班为他祝寿。老板与员工相互祝寿这件事，使我看到了一种让彼此刻骨铭心的相互尊重，真挚而又纯粹。黑松林每天坚持出操晨训。夏日那个早晨忽然电闪雷鸣大雨来袭，员工的衣服淋湿了却没有一个离开广场。他心里悄然感动，专门为这事写了文章，题目：黑松林的员工是一支雷打不散的队伍。二犟头抓管理就是把每件事做到极致。他在美国看到一黑人跪在地上擦试旋转门的边边角角，便拍下照片挂在会议室启发员工。他自己动手打扫厕所，跪在地上把小便池壁上陈积的污垢擦洗得一干二净。于是有了员工的照样学样，后来连清华来的教授都知道，黑松林的锅炉房戴白手套摸不到黑。二犟头用心管理，常常妙招迭出。有一次市长到黑松林“微服私访”，厂里转了一圈然后告诉他“全厂看不到一个闲人，厂区看不到一点垃圾，车间地面上看不到一滴胶水”。市长走马看花，没有二犟头目光刁钻。锅炉房的煤渣堆经雨水一冲刷，煤与渣黑白分明了。二犟头立即开了个“节能降耗现场会”，他当众将一把硬币往煤渣上一扔就走了。回到会议室时，锅炉工把煤渣堆上捡回的硬币放到会议桌上。他沉重地问：“煤渣堆上那些没烧透的煤怎么不拣回来，勤俭节约的美德丢到哪里去了？”二犟头成了习惯，他把日常管理中一个一个故事，一点一滴的体悟，写成一篇一篇的文章，频频见诸于各类报刊，上到京城下到县城目不暇接。他毫不隐讳：宣传黑松林的企业文化，做不花钱的广告，何乐而不为？

黑松林像猛火烧粯子粥往上直滑的当儿，镇上的领导让二犟头去兼任当时举步维艰的电器厂的厂长。那天天还没亮，我与二犟头在电话里说定了的：坚决不去，千万不能去！哪知道，当日他被那胡书记召见，什么话没说，一瓶五粮液两人对酌，各自半斤酒下肚，二犟头遵命了。且莫说二犟头因此而加倍地付出与奉献，我只知道两个事实：第一为整肃厂纪，他一次就对192名违规者罚款亮出红灯；第二，那年全镇镇办企业改制中，唯有二犟头把持的黑松林和电器厂没有倒闭。难道，这不也是一种天道酬勤？！

第三次转身真有点炫目，二犟头从官派厂长摇身一变，成了民营老板，拥有了一方自立自主的人生舞台。1998年，黑松林成为全镇第一家由镇办改制为股份合作制的企业，1999年岁底又成为全镇第一家由股份合作制改制为私营的企业，二犟头随之成了经济独立、经营独立、事业独立的老板。时机巧合，企业改制这年二犟头恰好知命之年，我记得春哥说了句煽情的话：知天命了，犟心飞吧！

我没有去考证二犟头是否还是那样艰辛地奔波，我只是关注了他的坐驾。改制前他的坐驾依次是军用吉普、黎明吉普、依维科，三辆车全是二手车。改制后他只肯买了辆普桑，跑了31万多公里报废的，在我劝说下才与时俱进买了辆国内产的克莱斯勒。车子报废时，司机小周感慨着告诉我：“老板苦，这车也苦，不分日夜地苦。出到远差就喜欢傍晚动身，晚上我开我的车，他看他的书，困了就睡；白天反过来，他奔波我睡觉。”那天报废的车要卖了，我特地去看过里程表，不到八年这车为二犟头行程532810公里。于是我耳边又回响起小周司机说的话：“老板苦，这车也苦，不分日夜地苦……”

我无法拿黑松林去跟国内的同行业企业相比较，我只知道黑松林是1995年加入中国胶粘剂协会的，如今已是该协会的常务理事单位、十佳典型企业，还是全国胶粘剂标准化技术委员会委员单位，参加了

13 项行业、国家标准的制订；我只知道黑松林已与世界 500 强的德国汉高公司、德国亚地斯公司、美国 3M 公司成为合作伙伴。

我没有去考量二犟头这些年对社会的贡献，我只知道有这样一个事实：2010 年 12 月 24 日，二犟头向全体员工郑重承诺，自 2011 年至 2015 年，员工每年工资增长幅度不低于 15%。他，说话当钱数，逐年兑了现，全体员工的工资实现了五年翻一番。于是朴实的员工有了感恩的表达，由几个班组长发出三点倡议：……做一名又红又专的黑松林人；……做一名优秀的黑松林人；……做一名有理想的黑松林人。我反复地看那二十八个员工响应倡议的签名，参差不齐曲曲弯弯接成的长龙，多么像骑士手中挥动的鞭子。于是我心里感叹：这意境多好，扬鞭，策马，员工是鞭，老板为马。

我无法去估量二犟头钟情的企业文化，从企业管理提升到“心力管理”的文化效应和理论价值，我只知道他那执着的犟劲是一步一步迈进的。

这么多年来，二犟头在默默地坚持刻苦读书、辛勤耕耘。我自愧不如，我这二犟头哥哥拥有四个书房：办公室、卧室两个固定书房。那办公桌上总是垒着一堆一堆的书山，只留出两个巴掌大的地盘伏案。他说，“我用心血撰写的一篇篇艰难文字，是我人生一串串坚实的脚印，是我生命的标点。”坐驾是流动书房。人在旅途从不肯闲着，坐椅周围随手可取的书刊报纸。他说，“我已习惯在车上、在路上敲打文字，因为我充满信念去追赶太阳、追赶月亮，从一个征途踏上另一个征途。”出差投宿的房间是临时书房。打开那沉甸甸的手提包，里面全是读物。他说：“我没有忘记我从贫穷里走来，从创业的坎坷路上走来，我一刻不敢停留，一刻不敢懈怠。”我很钦佩，我这二犟头哥哥一直保持着四个习惯：每天凌晨三四点钟起床读书笔耕的习惯。那次我说，偶尔为之可信，经常这样可敬，四季如常那是书痴。佩嫂接话了，倒苦水似的："正月初一就恋书房也是常事！"只要遇见圈内的专家学者不耻请教的习惯。那次二犟头与清华张德教授同行去京，加上飞机晚点，他抓住这大把时间将管理故事说与教授听，实为抛砖引玉。其中，他说：员工都说他喜欢吃鸭头，原来是和员工出差吃饭，觉得员工辛苦，把好吃的让给大家，偏要说自己喜欢吃鸭头。其实谁不知鸡头鸭脚好吃。于是，教授的一句话点燃思想火花：对下属，有时触动人心灵的或许就是一只鸭头。所见所闻点滴收获记小纸条的习惯。有好几回，黑松林食堂的酒席桌上，宾客好友妙语迭出之时，二犟头掏出水笔和纸片，笑着写着还自嘲一句"好记性不如烂笔头，学习学习"。正是那些歪歪斜斜的字，零零碎碎的纸，常常会在他脑海里碰撞出思想的火花。参观学习旅游观光必写心得感悟的习惯。就这最后一个小小习惯，二犟头积聚了118篇游记散文，去年结集出版了，书名《心是一棵会开花的树》，尤其后记"走在路上"解了我惑：哦，这本书是二犟头走在路上采集的光芒！

我知道，二犟头钟情企业文化的初衷只是把管理的故事和体验记录下来，发表出去，为企业扬名，收获了广告效应。但我没有想到，二犟头的企业管理文章日渐聚沙成塔，多次结集出版，《黑松林，我的太阳》《细节的响声》《漫话企业细节管理》《漫话企业文化管理》……每一本都是沉甸甸的分量。

我知道，黑松林企业文化声名远播，缘于《中国化工报》《经营与管理》等十几家报刊争相为二犟头开辟专栏，一波一波地推介和宣传。但我没有想到，二犟头把企业管理的文化提升为"心力管理"的理论。那是2010年，他把积累总结的企业管理的25种方法概括为《心力管理》由上海人民出版社出版面世，得到了国内许多高端专家学者的肯定和好评，清华大学经济管理学张德教授专门为此写了研究专著《中小企业的成功范式——心力管理解读》。我还是没有想到，二犟头竟三次走上清华讲堂，两次走进南开大学，先后应邀去十几所高校和国内一些社团、企业演讲。他告诉我，头一次走上清华讲堂那天，他在心里高喊：亲爱的父亲母亲，儿子没有读过大学，今天登上清华的讲堂啦，你们在九泉之下高兴吗？我还是没有想到，2017 年二犟头的《知心、聚心、塑心——心力管理的操作艺术》由清华大学出版社出版了。我还是没有想到，2018 年 5 月 17 日，二犟头在黑松林开了第八次《心力管理》研讨会，参加研讨的嘉宾来自京城、沪上、金陵……于是，我恍然大悟：二犟头的“犟”那是一犟到底的“犟”！

二犟头用心血铸就的“心力管理”，专家学者的评价褒奖得比较饱满。而在春哥的文学眼光里有点偏颇，质疑其能否经得起时间的考量，那么多文字面向未来，有多少价值意义？我不苟同春哥的观点，但我曾对二犟头这样质疑：一个企业家在企业文化上倾注超乎寻常的精力意义何在？其实，我与春哥所持的看法都不在其道。然后，我说了个超脱于理论与文学，贴近于人生当下的观点，我说：“你就把二犟头比成个嗜酒成瘾者好的这一口，他做这件事快乐，就让他快乐在自己的快乐里吧！”春哥于是朗朗一笑“对对对，我赞同”。

其实，我还想对春哥说：“古人造字造这个‘犟’字，是牛头顶个强大的强字，你这个弟弟、我这个哥哥是个九牛拉不回的二犟头！”你看二犟头这势头，已经是“全国百姓学习之星”，中国作协会员、全国化工作协执行主席，《心力管理》获“全国企业文化成果”和“省管理创新”一等奖，黑松林成为“全国企业文化示范基地”……我突然发现，二犟头这些光环和殊荣，折射出的是一种动人的生命活力和人生亮色。

我还是在想二犟头的“心力管理”。简单点、通俗点说，“心力管理”不就是“用心做事”。这让我想起在母亲身边的日子里，我们无论做一件什么事，母亲都会习惯地叮嘱一句“儿子，要晓得用心做事等于事成一半”。于是我有了一种豁然开朗的感觉：母亲早年的那句叮嘱，不就是二犟头“心力管理”理论的源头？！

“二犟头”这绰号是母亲封赏的。但我笃信，二犟头的“犟”是骨子里的，母亲一定是遗传给了二犟头生命的密码，赋予了他强大的心力。并且，这生命的密码他又遗传给了女儿，他女儿也犟，边工作边啃书本，直至考进南大拿了个博士学位回来。

我与二犟头从小一起长大，至今没有分开，我想对他说：二犟头，犟吧，一犟到底吧，我陪你，就像回到童年，我陪你玩！

中将府仪门

归来

我选择记下德弟的人生是一种自讨苦吃。没有办法，这是我自己的选择，为这事我已纠结了将近十年。就写作而言，德弟是个有故事的人；从感情上说，我不忍心把德弟拉到我的笔下，这无异于往他的痛上撒盐。如今他也年过花甲的人了，人生巴凉巴凉似个秋。那天我对他直言不讳：我不会对你笔下留情的。他说：知道，反正也这把年岁了，你要我好。

德弟在家是最小的一个，比我这三哥小四岁，因此对家里度过的那段风霜岁月没有体验。他不记得曾经的那个家：一间破屋，一盏油灯，一只黑乎乎的烹飨锅，一张全家共眠的板床，一贫如洗的一个家；他不记得父亲拿 20 元工资养活全家时怎样过日子：那回家里一分钱也没有了又断了柴草，母亲心里一急折断两根筷子燃旺了奄奄一息的炉火；他没有上课时被老师叫出课堂，被责令回家去拿欠缴的学费，拿不到钱不准回来上课，那种难堪、窘况和屈辱的心理体验。我确信，我说的这些真是德弟人生的一种缺憾。

恰恰相反，留在德弟童年的记忆里，是母亲对他的惯和生活无忧的乐。母亲遗传了外婆“有理没理都惯着最小的那一个”。哥哥们早上灌薄粥，母亲会悄悄塞给他四分钱去买只大烧饼；母亲多病又没生女儿，繁杂的家务活从没他的份儿；穿衣新老大旧老二补补衲衲老三，反倒是他的身上衣比哥哥们格正……母亲崇尚读书，对哥哥们向来管教严苛。自从“文革”毁了春哥的大学梦后，母亲彻底灰心了。尤其对德弟这惯宝宝放任了：小学是“文革”中的“红小兵”玩学，初中一片茫然厌学，进入高中干脆混学。怪谁呢？“文革”害的？母亲惯的？少壮不努力的？德弟自己也有口难辩。

出了校门，街上悄然传着知青下放的消息。德弟唯一能消解茫然的，就是与青春期一帮少友一起赶时髦混时光。我特别记得德弟那时的一副扮相：笔挺的灰色的卡其中山装，衬托着那最潮的菊花头，每天气宇轩昂地跨出家门去游荡。那菊花头不是理发店理出来的，是他自己对着镜子，用凡士林把头发往上涂抹，头发不规则地呈一撮一撮的上指，黑溜溜、油光光地挺拔着。也许是寓意一种青春向上的时尚美感。德弟面临下乡，母亲在心里疼他，谁也不想惹怒他。唯有一次，德弟正整装待发，母亲淡笑嘲讽一句：“绣花枕头！”春哥跟着愤愤一句：“金漆粪桶！”只见他那布着几粒青春痘的脸上掠过一阵红晕。母亲斜视着他那张脸跟进一句：“金玉其外，一肚子稻草！”母亲的话犹如蚂蜂蜇人，德弟一转身就溜了。

德弟的人生起程有点阴差阳错。1975年，哥哥们都分配工作了，偏偏是在家十指不沾事的他被下放到果园场当了果农。逆反的心理加上反差的现实让他感慨，说：“那样的苦日子，可谓地狱般的历练。”那是一堆青春期的男男女女朝朝夕夕在一起，德弟那憋屈的心里反倒生出一种犟气：粪担子落肩三步曲——红肿、青紫然后长成肩肌，别人只是苦磨一肩，他在众目睽睽之下磨炼双肩可担；果树施肥挖那一拓长二尺深的弧形坑塘，每人每天得挖对角八组，他起个大早半天搞定，像上战场挖战壕那般奋力；盛夏季节穿梭于果树林中喷药治虫，挥汗如雨之中隐忍着那“波尔多液”“乐果”气味的刺鼻钻肺……我没想到德弟能吃得下苦来。那时哥哥们都在各自发力，春哥是歌剧团编剧、凯哥的车工技术成果登上了《机械工人》杂志，我在厂里当车间主任，对他形成了压力包围。他何不想活出个人样来？悄悄地拿春哥的文艺刊物带去打发夜里的时光，捡拾优美的词句密密麻麻、工工整整抄录于塑料皮的笔记本里。那段时光是德弟人生的最初体验，真实且又朦胧。真实的是青春在燃烧，朦胧的是人生还迷惘。也许，是他众人面前干活利落，人又长得挺拔，闲时还捧捧书本故作斯文，让他在那一拨知青中初露了头角。那个金秋季节，梨子熟了，苹果涨红了脸，德弟谈上了恋爱。那是他人生迷惘之中即时的一份心理慰藉，是他自己的选择，经年累月两人终成了眷属，成了他酸甜苦辣人生的伴侣。

果园场四年劳苦之后，德弟享受顶替政策子承了父业。父亲厚德载物管了几十年的供销日杂批发仓库，六十六岁才肯让他退休。那供销社主任让一对父子直接岗位顶替实在高明，父子结为师徒，父亲理所当然掏心掏肺传授，德弟刚刚华丽转身亢奋着如饥似渴。一点不虚夸，个把月的光景，德弟居然就有章有法能独挡一面顶岗了。其实德弟子承父业挺不易的。父亲乃供销社的老忠诚，在计划经济年代，批发仓库担负着东半县几十万人口的生活需求，几乎是他一个人默默地扛着。对于德弟这初生牛犊来说有点硬撑，叫得好听是个主任，其实是购销员、会计员、保管员、勤杂工集于一身，那几十间仓库的商品得分类合理码堆保管、精准安全管理；那千百种类的商品，光价格就有进货、调拨、批发、零售四种价格，必须账物款准确对应，元角分精确不误。恰好，那几年因家的老房子被拆迁，父母亲借住日杂仓库大门堂北侧的两间屋，德弟日常工作的点点滴滴都在父亲的眼皮底下受到监护。父亲亲眼目睹德弟的确是业精于勤、任劳任怨，保持了四无仓库传统，连年的先进工作者，让父亲每每在心里有一种青出于蓝的窃喜。

子承父业的成功，让德弟开始了一段青出于蓝而胜于蓝的光鲜人生。二十九岁这年，德弟被推荐参加县社的青年工作队，三个月后出任黄桥商业社经理。商业社管辖石灰行、苗猪行、山竹行、旧衣店、收购站，全是老行当老店铺，老人员都是绝后的行当状元。德弟俯下身子脚踏实地做事，连连出招见效：修缮竹木老店、改造苗猪市场、拓展竹藤加工、旧衣店改头换面卖时尚服装……一个暮气沉沉的商业社焕发了朝气，成为全县典范。两年后德弟走马上任黄桥商场经理，是东半县营业面积最大的商场。德弟春风得意敢作敢为：与上海百货站签下合同大单，以低于市场价收购沪上一家关闭商场，率车队浩浩荡荡吃进全部库存商品大获成功；创办家电、纺织品批发部，举办供货会、展销会，开系统内跨界经营先河。只因德弟业务能力的彰显，他被调任黄桥供销社副主任主抓业务。那正是冰箱彩电自行车批条子供应的年代，德弟风光一时。我曾告诫他：做商业工作可不能沾染商人习气。果不其然来事了，答应好的给凯哥的十八吋彩电，他见风使舵转手给了镇上的干部。凯哥怒发冲冠了："要死的，势利的，欺人太甚的奸商……"眼看一场短兵相接，母亲往中间一隔"乖乖肉不要动手，回去用导弹打"，兄弟俩忍俊不禁方才一笑泯了恩仇。

改革开放势不可挡了，德弟亲自带人去南京设办事处，名曰下海弄潮，恰恰成了他人生的转折点。空手套白狼转手倒卖几十辆汽车，几十车化工产品，转中转的开销加层层剥皮，幸好没受骗恰是没赚钱，白忙二年失落而归。时值供销商业日落西山，夫妻双双下岗之际，妻子又患上严重的类风湿关节炎，这种内外交困雪上加霜像一双无情的手把德弟推向了人生低谷。

我没想到德弟的人生低谷像山体滑坡那样坍塌下来。我是回黄桥当镇长后，从接二连三的那些事警觉到的。先是那天镇教育助理的妻子在政府大院里怒骂丈夫，秘书来告诉我是因德弟向农村合作基金会借贷的三万元请助理担的保，镇上搞大清理扣发了助理的工资。我无奈地向助理夫妇致歉，当即表态：扣发的工资我做哥哥的给。不久镇工会主席来找我批活动经费，事由含糊其辞，言语吞吞吐吐，我觉察必有难言之隐。几经追问，其因是德弟曾借其三千元工会会费久拖不还，想以此移花接木抵账。这简直令人啼笑皆非，随即打电话给凯哥送钱来了结此事。再就是有天夜里，德弟在我宿舍刚认识我那朋友，过两天他就去向人家开口借了二千元。我得知肺都气炸了，当晚把他叫来骂得他狗血喷头。那天他喝了酒，在地上打着滚痛哭流涕倾倒心里的苦水——

夫妻下岗，德弟选择了开饭店。躲在心里的理由无非三点：既有面子，又顾到嘴，还可以靠住当黑松林厂长的凯哥身边庇荫。玩小聪明让朋友出面租下凯哥家一楼的两间屋开沙龙酒家，两天紧锣密鼓的张罗，置圆桌三张，雇了大厨、女服务员、勤杂工，便仓促开业。一年下来生意不火不淡略有盈余。饭店次年迁至宾朋浴室对面，依然是租两间屋摆三张圆桌雇三名员工，然而从此风波来了。当年妻子是全县女乒季军，也许是患类风湿关节炎又下岗的原因，变得自闭自卑，每每怀疑丈夫与女服有染，从此家无宁日。那一年之中饭店更换六个女服务员，妻子不仅不得释怀，反倒逆反生出刚烈：借故家中有椽梁受腐漏雨，决意要卖掉三间一厢的住房，两人口水战旷持日久也罢，妻子甚至枕下备剪刀寻死作活，一意孤行仅以两万六千元卖掉住房。德弟说，妻子这是醉翁之意不在酒，目的是以此阻碍他开饭店。这年德弟已租下老汽车站面朝繁华东进路的门厅，女服务员找了个中年妇女，想以此力挽窘境的，却遇上东进东路拆迁改造封路，生意一下子冷淡下来。卖房的消息又不胫而走，惹得菜市场上的供货商们纷至沓来讨账，被迫无奈之下饭店关门大吉，从此德弟债务缠身，每每走投无路便拆东墙补西墙还账……

德弟在地上打着滚哭诉时，那一把眼泪一把鼻涕的惨状，像是被一只无形的手在撕心裂肺。那一刻，我的心像被一股力量所震撼到，忽然想起母亲对我说的一番话。我肯定母亲那天是对我一个人说的，轻声平和且语重心长地说："旋儿听着，将来，春儿我不愁他，他有支笔，他那支笔妙笔生花，值钱；凯凯，我不愁他，他有双梭扒梭扒的手，穷不到他；你，我也不愁，你忠厚，最终你不吃亏；德德，嗯，他呀，茶壶打掉的落了个嘴。"说到这里母亲神情凝重着话锋一转说："乖乖肉，兄弟间处好点，千朵桃花一树生，都是妈妈肉上生的肉，啊！"母亲还真是个预言家，这番话过去几十年了，偏偏被母亲说住了。母亲的话把我裹进了厚厚的感伤，顿然觉得呼吸有些不畅，止不住地泪泉涌似的。我和德弟都哭成了泪人，各自心里满是五味杂陈。

那天晚上德弟在地上打着滚哭诉时，我见他脚上那皮鞋破旧得变了形便生出联想：足见他的人生路有多艰难？！然，德弟的人生困境才是开始。那年初秋的一个下午，先是凯哥打来电话。电话那头怒气冲冲着："这家伙，他儿子上大学的事我费心费碌，又着人送上五千，他竟然到厂里来耍赖，说'你还在初中设黑松林奖学金呢，侄子上大学差钱，今天我是来化缘的……'"凯哥最后愤愤一句："耍赖的，坚决不给！"那余音还在耳边回荡着，春哥的电话来了，一样的怒气冲冲："这家伙的，他儿子上大学还理直气壮向人讨钱，竟然说'长兄为父，长嫂为母'这种耍赖的话……"最后同样一句"耍赖的，坚决不给！"接完电话我回过神来想，德弟耍赖可恶，侄儿何过之有？哥哥他们只是说说气话而已，这弦外之音我懂——好人让我来做。当晚我回城里筹了点钱，次日中午在九崇天酒店代表哥哥们请德弟一家吃了顿送行的饭。德弟与弟媳相对无言，我对侄儿说了些勉励的话。

母亲在我心里的分量太重了，那一番话搅得我心绪不宁，便又犯起愁来：侄儿去扛学业的责任，德弟何以扛得下一个父亲的责任？那年年底我调回城里工作后，决意把德弟弄去一家火锅店打工。火锅店开在地下一层，老板便让他在一楼入口处担当迎宾加保安，迎来送往兼管门前车辆。差事不苦，对心灵是个煎熬。在黄桥人前人后被叫主任的德弟，不得不低下身子陪上笑脸侍候于人，待深更半夜火锅店散了市去朋友家投宿，月薪不过六百元，尚不够儿子的生活费。有回我故意着问：承载这心灵煎熬的力量支撑何来？他说：为吾儿的未来，也为自己不抱憾终身！我在心里应了句：还像是人话。

我心里明白，德弟的人生陷进了一个深不见底的坑里，儿子是他爬出来的动力和希望。我狠了狠心，托友人带德弟去北京建筑工地打工，找了份工地安全员的差事。他先后蹲过七八个工地，默默地咽下了被命运捉弄的滋味：酒仙桥工地赶上抗非典，他把孩提时跟着春哥填写美术字的记忆翻出来练了整整一宿，次日在检查组到达前把抗非典黑板报赶了出来，项目经理赏了他一小瓶二锅头。尽管只值十块钱，他却懂了什么叫来之不易；东城门中学项目新开工，他带炊事员去打前站，搭人字棚、睡稻草地、吃方便面，留在记忆里，蜷缩着身子熬过北京那个初冬之夜的一宿，比人生中的哪一宿都难忘；临时调去顶岗的那个工地，正值隆冬季节，偏偏是值深夜班，让他领略了裹着军大衣时寒风钻心刺骨的那种痛；北师大四幢高层学生公寓工地，那马不停蹄地、上上下下来来回回地巡查，每每入夜腿里像灌了铅。他在电话里对我说，以后的路再难也走得动了……德弟在北京满满二十个月，点滴成溪，这是他人生中不可忽视的时光，让我想起一位友人说过的话：若不低头，一道矮门你也过不去。

儿子毕业的那学期开学后德弟终于舒了口气，从北京工地上给我发来五个字的短信：大恩不言谢。儿子毕业后考进了电视台。他从京城回来开了家卖酒的店，店号“黑松林酒业”，毋庸讳言——抱凯哥的黑松林著名商标取暖。时而会遇上上门讨陈年老债的事情。譬如，那女的在店堂扑通下跪，说家中有要紧的事急用钱。纠结无奈之下他便老起脸来缠我，抑或请有声望的人出面去跟凯哥说情。凯哥会狠狠地说几句恨铁不成钢的气话，然后拿钱替他还债。儿子在电视台谈上对象了，女方来黄桥访亲对其家境耳有所闻，三个哥哥出面帮他撑起台面，成全了其美。

德弟人生的冰凉日子是儿子成家后开始回暖的。常去城里儿子那里小住两日，一反常态地学乖。乖得寡言少语，难得开口便是贴媳妇福字，拍儿子马屁，讨孙女欢喜；乖得手脚勤快，揽起扫扫刷刷洗洗理理的活计，颇有当年管理仓库的那份用心。还自诩，要在儿子媳妇面前重塑形象。如此表现，得来回馈颇丰：四季一身的行头自挑自选，全是儿媳买单；多年欠缴的养老保险，全是儿媳补缴；买下的公房破漏，换上盖添家具买家电全是儿媳掏钱。于是惹得一帮朋友羡慕：皇帝假的福气真的。卖酒的生意虽说清淡，倒是三朋四友常有光顾，请托他当和事佬、做代笔先生，那打架斗殴调停、交通事故私了、民间纷争说和之类事，凭三寸不烂之舌一纸协议作罢、一张契约完事，于是混个有喝有吃，偶尔一天两醉不亦乐乎。最是逢上过年过节，儿子媳妇、亲家公、哥哥们都会给他送上温暖。

前年春节前夕，我回故里去看他，那街上人山人海车水马龙。德弟卖酒的店已从致富路上迁到街背后的小巷里，两位友人在座却没有顾客。我眼睛一扫，全是杂牌的酒，货架摆的地上垒的空盒空箱居多。去送温暖的，心里巴凉巴凉着感叹——做生意的一把好手苦于缺少本钱。我贴着他耳根问：“外面还欠？”他浅浅一笑，小心翼翼断断续续吐出几个关键的词：“基本上……小的零的……你放心！”他说的当儿我又想起了母亲的话：“千朵桃花一树生，都是妈妈肉上生的肉”，于是鼻子一酸，泪水已含在眼里了。

最使我感动的，是这两年德弟让我看到他不断在变，最大的变化是开始悄无声息地写点文章。说心里话，之初我有点不以为然。那天，春哥在电话那头大着嗓门惊喜地告诉我："鹏旋，看十月十一日的《泰兴日报》，鹏德的文章成铅字了！"当我看完德弟的处女作《归者春潮》的那一刻，是一种什么样的心情：犹如冰凉冰凉的一颗心骤然回暖，犹如浩荡浩荡的春风刮过大地回春，我眼眶里溢出了泪水，我从泪光里依稀看见，德弟从坎坎坷坷的人生歧路上归来！

温暖的激将（代后记）

泰州市文联主席、作协主席庞余亮先生不仅是一位文学的大家，而且是一位激将的高手。前者，拿一个鲁迅文学奖来说明就够了；后者，当可以我为例证。

八年前，庞主席在黄桥见到我与我握手时，突如其来问我一句：“鹏旋，你这个人怎么这样清高？”问得我一头雾水不明所以。他立马跟进一句：“你怎么不想加入省作协？”我这才恍然明白过来，回应了他一串笑声。没等我说什么，他照会一旁的小说作家何雨生：“雨生，你帮助准备资料和申请，介绍人写我。”当我拿到省作协2016年8月1日颁发的那深蓝色的会员证时，我默默地在想：我竟然是个作家了，庞主席真会激将，给我办的这会员证并非荣誉，俨然是在催我履职，让一个六十五岁的人欲罢不能。

庞主席的激将还真管用，犹如一股暖流与我内心追逐快乐的那股热情相拥，成为了一种不敢懈怠的推动力。那几年，我写成的文章主要有两个去处：一个是《泰州日报》的副刊，一个是黄桥的《黄钟》文学季刊。后来当了泰兴作协主席的何雨生告诉我，庞主席非常关注《黄钟》杂志，每期他都必看。这让我感慨了：有一双温暖的眼睛在关注我们黄桥的《黄钟》，在关注我的“履职”，这种“关注”无异于“激将”。于是，2020